# 热血作证

——光明守卫者的故事

何红梅 著

人民日报出版社

图书在版编目（CIP）数据

热血作证：光明守卫者的故事 / 何红梅著. -- 北京：人民日报出版社，2021.6
　ISBN 978-7-5115-7073-4

　Ⅰ. ①热… Ⅱ. ①何… Ⅲ. ①散文集－中国－当代 Ⅳ. ①I267

中国版本图书馆CIP数据核字(2021)第117774号

| | |
|---|---|
| 书　　名： | 热血作证——光明守卫者的故事 |
| | RE XUE ZUO ZHENG——GUANG MING SHOU WEI ZHE DE GU SHI |
| 作　　者： | 何红梅 |
| 出 版 人： | 刘华新 |
| 责任编辑： | 王慧蓉 |
| 特邀编辑： | 刘　姗　孙梦秋 |
| 封面设计： | 刘　璞 |
| 出版发行： | 人民日报出版社 |
| 社　　址： | 北京金台西路2号 |
| 邮政编码： | 100733 |
| 发行热线： | （010）65369509　65369527　65363531　65369512 |
| 邮购热线： | （010）65369530　65363527 |
| 编辑热线： | （010）65369844 |
| 网　　址： | www.peopledailypress.com |
| 经　　销： | 新华书店 |
| 印　　刷： | 廊坊市宏森印务有限公司 |
| 开　　本： | 710mm×1000mm　1/16 |
| 字　　数： | 300千字 |
| 印　　张： | 15 |
| 版次印次： | 2021年7月第1版　2021年7月第1次印刷 |
| 书　　号： | ISBN 978-7-5115-7073-4 |
| 定　　价： | 60.00元 |

# 目录

序 ·················································· 1

通向掇胡线 ········································ 6

九个人的气血相连 ································ 11

阳光下的红房子 ·································· 18

"非常"寂静时 ···································· 23

风雪中的兄弟 ···································· 29

天空没有翅膀 ···································· 35

铁塔的影子 ······································· 43

没有故事的"战场" ······························ 50

老马、老李、铁大个 ····························· 57

浩哥的爱情 ······································· 69

铁塔的足迹 ······································· 77

热血作证（一）疫战出击 ······················· 91

热血作证（二）心心点灯 ······················· 108

热血作证（三）同舟共济 ······················· 117

再唱一曲《康定情歌》 ·························· 126

一个人的遇见 ···································· 132

倾情阳光 ········································· 140

鹰的图腾 ········································· 179

沙漠里的骆驼草 ································· 211

含笑花 ············································ 223

后记 ··············································· 233

# 一片丹心向楚天

徐剑

《热血作证》的电子版,是春节前发给我的,在手机上存了多日。当时,我在写一部云南的书,神思皆在彩云之南的气场里飞旋,无法分身而出,故对作者何红梅说,待书稿杀青,即伏案阅读,为其写序。

然,北方严冬是漫长的,庚子渐远,冀地新冠肺炎疫情突起,我在与京城一河之隔的永定河孔雀城里,竟被围城。回不了北京,唯在家中圈禁文心,心无旁骛地创作。辛丑年春节,一家三口分别于京、滇、冀过年,一颗孤独的文心与寂寞相伴,寂寞点好,于文学是幸事。先读古贤书法帖,以慰长夜。后来,读何红梅的《热血作证》,开篇就是巡线的故事,长夜茫茫,五更寒,我竟披衣而起,古方块字在天晓中渐次放大,茁壮为一队巡线工,由远及近,由小变大,引领者却是一位战国楚女,汉襟长裙,袂袖玉腕,蘸着上古的精神膏血,点燃了一炬火把,照亮了线路走廊。千山万水一路走来,仰望天空,不知是她在前,还是班组工人在前。我从夜暗中,仿佛又见到那"桃之夭夭,灼灼其华"的美眸与风韵。

静览其文,并非图其宏大,或一个场面,或一个人相,或一个片段,或一座青山,或一个村庄,甚至就一个变电器、一座铁塔的描写,居然这般传神,如此拟人化,精彩迭出,令我大为惊讶,不妨录上一段:

人注定属于大地,鸟儿注定属于天空,如果大地的人企图逾越界限进入天空,就得接受天空的磨砺。磨砺一个肉体凡胎,洞察万物的天空有的是办法。它可以把冬天的风霜变成一把刀子,在他们脸上、手上,甚至裸露的脖子处来回地刮;也可以把夏天的烈日,炼成一座火焰山,将铁塔的身躯烤得滚烫,让铁塔之上的人顶着炙烤,无处躲藏。还有深秋的霜、深冬的冰、雪天的雪……天空总有更多磨砺他们的办法。天空的磨砺从不屑以一周、一月、一年计数,而是十年、二十年、三十年,直到天空确认可以将一个人炼成一座铁塔。(《天空没有翅膀》)

这样的好文字,何红梅一片丹心向楚天,倾情来写她的电网兄弟姐妹,且写得如此动情,写得如此沉重雄厚与繁复,从中可窥文学功底一斑。

其实,对于非虚构的写作,我推崇的是一种田野调查精神,一种考古的深挖细究,从一个夯土层深入另一个夯土层,写出年份的味道,深淘出年代感来,写出一个时代的背影和苍生世相。须作到三到,即走到、心到、情到。更要坚持三不写,即走不到的地方不写、听不到的地方不写、看不见的地方不写。而这几点何红梅真的作到了。军运会保电,她现场与巡线工人一起走过,新冠肺炎疫情她在现场,差点被一位女工感染。湖北电力公司扶贫,她亦在写作现场,千山暮雪,洪水如瀑,生死就在一步间,这里有她的身影,颇有几分侠女义胆,剑笔所向。

然而,我后来方知,她过去所痴迷与钟情的仍旧是填慢词,写诗,写随笔小品文。改变,皆因一场"长征"路的文学之旅,皆因在《康定情歌》的故乡看到了一个电网女工守望爱情的短视频,心灵受到深深地撞击,文为众生世相动情,一篇报告文学《再唱一曲〈康定情歌〉》,何红梅找到了真正的自己,完成了灵魂的改变和重塑,从此一发不可收。

报告文学《热血作证——光明守卫者的故事》是重头戏。那些失眠或早醒的日子，我分几次读了何红梅的中篇《倾情阳光》《热血作证（一、二、三）》《天空没有翅膀》，令我惊叹不已，这是一位写起自己的电网兄弟不要命的女作家。因为2020年7月何红梅进藏时，我是知道的，彼时我刚从西藏采访19个贫困县脱贫归来。何红梅一行三人本想与我在西藏会合的，但是他们晚了一步，我先返回内地了，他们后到。行前我还专门交代她入西藏，要特别注意休息。岂料，当天晚上，在宾馆里发生了高反，那种状态有点生不如死的感觉。以后几天她白天跟着送变电的经理一起上山，海拔皆在4600米以上，最高到了5300米的地方，一个弱女子如此采访行动，简直就是用命在拼啊。暮霭沉沉时，方下山回来，晚上长夜茫茫，实在睡不着了，只好靠喝酒来灌醉自己，睡上一觉，看到此处时，我的泪水也奔涌而出。

  《热血作证——光明守卫者的故事》最让我喜欢的还在于，何红梅写的就是身边工友故事。可以说，它是国家电网的众生世相的反映，它携着浓烈的人间烟火气。乍一看，他们平平凡凡，毫无卓然之处，可是当一条江遇上洪波涌起时，当一座城被泥石流席卷时，当武汉被疫情袭击之际，沧海横流，沧浪楚天，国家电网人的角色就顶天立地了。因为此时前方的白衣天使，后边站着一群国家电网工科男、工科女。倘若此时武汉掉电，一城网崩，一城皆黑，那么靠呼吸机维系生命的病人的后果便不堪设想了。这群楚天勇士，他们有的亲人感染，有的至亲逝世，但是没有一个人退缩，一旦国家召唤，个个义无反顾地走向抗疫战场。何红梅浓墨重彩地叙写她的工友抗疫工作过程，他们的坚守，还有他们家人的牺牲。

  读罢全书，我既感到欣慰，也有些许的遗憾。欣慰的是，何红梅的文学叙事一直激情饱满，叙事沉雄绵密，是一部沉甸甸的非虚构类大书。若说遗憾的话，就是这种全面强攻似的书写，多少还是有点笨拙，对于人类文学的黄金律贴得还不够紧，即对人性、命运、情感和荣誉，尊严、使命与牺牲的书写的文学坐标，多少有点游离，还不够

### 热血作证——光明守卫者的故事

强大与勃然，或者说在这方面的着墨，略有些疏离感。

可是，全书一直昂然的激情最终淹没了我，不少地方令我热泪如瀑，我被这种感情的大潮簇拥着，奔涌向前。因为热爱，所以感动；因为感动，所以震撼。或许何红梅正是被每天身边的人所感动，故才会写了这样的经典文章。

一条路的滋味只有自己走过才能真正体味，一座铁塔的历程亦然，倘若自己不曾亲身经历，就算穷极想象也无法将一座铁塔陡峭站立的过程，将那些人如履薄冰的过程一一还原再现。我唯一能够想象的，是那 800 多块铁塔的骨骼，它们像人体的骨骼一样排列在山脚，随后一块一块朝圣一般顺着索道朝着山顶攀爬，爬向自己命运的归宿地，和着立塔人的血汗一点一点凝聚、一点一点成长，直到长成参天巨人。

（《铁塔的足迹》）

与何红梅接触多后，才发现她一如穿越楚地的沧浪之水，去掉了泡影，秋深时才变得秋水般的澄清和碧蓝。这让我想到了她的名字，以红梅精神自喻，却有满眼朝霞般的灿然。江峡上，红梅开，经历风霜冰楚，依然冰心玉骨，清香如故，那是因为一腔热血浇灌的花蕾。故寒冬腊月，冰凝楚山，浮天一片白，可是却有红梅绽发，报春未来。一片丹心向阳开，我以我血荐轩辕，遥想当年，我在汉口二七路读军校，遥望大江东去，极目楚天舒，滚滚长江东逝水，看黄鹤远去，留下晴川历历，芳草萋萋，却是一江的风平浪静。彼时，东风四起，我坐在永定河孔雀城的剑雨斋里，一杯茶、一支狼毫、一炷沉香袅袅，品读《热血作证——光明守卫者的故事》。掩卷之余，会读出不一样的感觉和滋味。为此，我将此书推荐给大家！

是以为序。

2021 年 3 月 28 日于北京剑雨斋

国网湖北荆门供电公司迎战高温,加快电力线路迁改,满足地方发展需求。

(摄影:刘晓飞)

# 通向掇胡线

他是一名平凡的输电线路运维工,之所以没在文中叫出他的名字,是因他不仅仅是他,他是无数个他,无数个像他一样为守护人间光明默默付出的电力工人。

8月的田野和寻常没什么两样,无非多了两个沉默的巡线人。田野上多的是沉默的事物,对田野而言,多两个沉默的人与多两棵沉默的稻子没什么区别。

要说不一样,只能是稻子比人更沉默。稻子一生都在沉默中成长孕育,最终低垂下沉甸甸的脑袋,任禾穗泛出金子般的色泽。从秋天的角度来看,这种颜色代表的是生命的光华,是成熟,是朴实,是沉静。就如蒙田所说:"穗还是空的,它们就茁长挺立,昂首睥视;但当它们臻于成熟,饱含鼓胀的麦粒时,便开始低垂下来。"这是植物值得人学习的精神。

沉默的人顺着田野往前走,只见铺天盖地的夕颜花,沿着稻田两侧恣意丛生,一片一片、一朵一朵,举着蓝紫的火焰,如梦一样蔓延开去,竟望不见尽头。

我忍不住发出啧啧的赞叹,终于让身边那个沉默的人也多看了两眼。如此浩荡的夕颜花,一色的蓝紫,这种自然馈赠的仪式,仿佛我们此刻踏上的不是充满艰辛的巡线路,倒像通往梦想的旅途。事实上面对一条陌生的路途,它究竟是通往艰辛还是通往梦想,谁也不敢断言,毕竟没有走过的路,谁也没有发言的资格。

他一直在前面默默地走，迎着铁塔的方向，我默默地跟在他的身后，追赶着他的背影，像追赶一座铁塔。

世间万物都有归宿，铁塔也不例外：掇胡线86号塔在稻田边，87号塔在芝麻地，88号塔在高粱田……对于这些铁塔来说，在哪儿都一样，反正不管它们在哪儿，那些巡线人都会巡着它们的身影而去。如同此刻，因为一座砖瓦厂的落地，好好的平地被挖出的泥土堆出了山的高度，唯一的通道也因堆放的煤渣变得不能通行。88号塔站在高处，远远地望着我们，它知道无论多么不可逾越，我们终会出现在它身边。

每到一座塔前，他会习惯地拍拍铁塔，就像两个老友突然见面，亲热地拍着另一方的肩膀说："嗨，老朋友，你还好吗？""砰砰砰"，忠实的铁塔会反馈给他强壮稳健的回声。你得相信真诚的心灵总有一种神奇力量，它能营造一种回声。这不是什么神神叨叨、故弄玄虚的说法，而是一种客观事实。如同作家写作，当他把心中某种真情融进写作时，作品就会产生一种强大的感染力，读者就会因这种心灵力量而怦然打动。这就是心灵的回声，你给予什么就会得到什么，哪怕是一个人对一座无言的铁塔。

他经常一个人在山里巡线，除了铁塔、草木、飞鸟蛇虫作伴，人倒成了稀罕物。终于遇见另一个人时，就算平时不爱说话的他也会下意识加快脚步，远远地迎了上去。即使迎上去后他也不知道说啥。

遇见牧羊老人时他正好巡过89号铁塔，转过几个山地，老远就见老人蹲在地上守着一群羊。他迎上去的那会儿，老人也会从地上站起身来。

放羊啊。

老人咧着无牙的嘴笑，算是回答。

我是巡视高压线的，他指了指远处的电力铁塔。

牧羊老人顺着他的手指很认真地看了看远处的铁塔,他知道那是给他们送去光明的家伙,但是他不知道说什么,只是哦了一声。

他递给老人一支烟,两人开始看着吃草的羊默默地抽烟,吃草的羊也抬起头,看着两个不说话的人。

告别牧羊老人,一路知了叫得声嘶力竭,叫得夕颜花也没了清晨的神采,像霜打的茄子,一副心慌气短的样子。两个人闷闷地走,走过 90 号塔,远处传来狗叫的声音,有狗叫就有人家。这户人家他熟悉,其实不只这一户,顺着这条线路仅有几户数得清的人家他都熟识,且熟如亲友。这家老人姓樊,今年 70 岁,儿女长年在外打工,老人守着大山和几分薄地过日子,每次巡线他都要经过老人的家门口,一来二往就熟识了。他不能进山的时间,老人充当护线员帮他照看 90—96 号线路铁塔。农闲时他会接老人去荆门城区玩,吃吃喝喝转转,像陪着自己亲人一样。

老人长得像刘和刚唱的《父亲》那首歌里的模样,黝黑干瘦,风霜和劳作的痕迹刻在他的脸上,让他看起来更像 80 岁。临走时老人要送我们,一直送一直送,他说回吧。老人咧开无牙的嘴说:"我把你们送到前面。"完后他在前面走,老人背着手佝偻着身子默默跟在他的身后。让我想起电视剧《篱笆、女人和狗》里的画面。到了前面他又说回吧,老人说:"我把你们送到大路口。"到了大路口,他再次说回吧。老人只说家里那块地的竹子太能长了,对线路有危险,找人把那块竹子全部翻了吧。他说好,马上就找人来。说完我们转身,老人还站在那里。

记起路上老人跟他絮絮叨叨一个叫老周的人。我问他老周是谁?

他说是 10 年前大雪封山时巡线认识的护林员。当时也是巡视掇胡线,只不过,今天我们从双河巡向胡集白云山的方向,那会儿他是反方向巡。从127号巡到77号，巡了50个基塔，整整一天他像野人独自在深山雪地跋涉。巡到终点，又冷又饿又累的当口儿遇见了当时还是护林员的老周。60多岁的老周刚从雪地里打了一只野兔，路遇饥寒交迫的他，喜出望外，兴冲冲地拉着他进屋，两个人就着兔肉足足喝了一斤酒。那一刻天地孤绝，山林寂静，一间简陋的屋子，只有大片大片簌簌而落的雪花和两个初次相识的陌生人。此后再巡到这里，他会习惯地去看看老周，一看十数载，他已人近天命，老周已老得喝不动酒，老得再也打不动兔子。

山越走越深，铁塔随着山势越升越高，起初叫得声嘶力竭的知了声已经变得有气无力，一路上连飞鸟也不见一只。鸟儿可是精灵，大暑热的天它们早就寻找清凉的树荫去了，可不会像这两个傻乎乎的人顶着毒日头走。

山里很久没有下雨了，太阳把田地烤得裂开了大嘴，大口大口地喘气。稻田早成了野草的天下，野草玩命似的长，将大沟小壑掩饰得严严实实，人不小心一脚踏空跌进沟里四脚朝天，引得野草一阵偷笑。

离开98号塔，我们一时找不到通向99号塔的出口了。满眼都是攀爬交错的藤精树怪、随心所欲扩张领地的野草，比人还高出一个头的蓬蒿，它们覆盖遮蔽了每一个角落。在山里巡线迷路是常有的事，即便是一位资深的巡线人。要知道植物真要发起狠来人也无可奈何，巡线通道砍了又长，植物铆足劲头没日没夜生长的势头足以令人感受生命的坚韧不拔。生长是植物的本能，它们活着就是为了生长，自然不能怪怨它们，何况它们是最懂得珍惜光阴的物种，生命只有春夏两季，它们也想赶在秋天到来前交出生命的果实。

作为一名资深电力巡线人，必须拥有逢山开路的本领，他走过太多的山区，如久经考验的战士一般。回想最初接管荆门的输电线路——

一远双线一半以上在山区，连线路通道都没有。巡两基塔要绕两个山头，钻刺丛，走野兔或蛇虫走的隐没路，实在习以为常。那时候每次巡视，他必随身携带一把大砍刀，与荆棘刺丛作战。像一名突出重围的勇士，从山下直砍到山顶，刀过之处荆棘刺丛应声倒下。不过，张牙舞爪的荆棘刺丛也没放过他，在他的脸上、手上、腿上、胳膊上留下的血印活像野兽的利爪挠过一样。他不以为意，伤口对巡线人来说，太寻常了。记得刚开始巡线时恶狗还咬掉过他腿上的一块肉呢，蜂子也曾蜇得他一条胳膊肿得像大腿。这些刺伤算什么。他撩起一条裤腿露出大大小小的伤疤，在他看来，这些伤疤书写着一名电力巡线人的资历，是荣誉，犹如一名战士从战场回来佩戴的勋章一样。

兜兜转转40多分钟，总算钻出藤精树怪们布的迷魂阵。99号塔后还有100号、101号、102号……出了密不透风的刺林，还有密不透风的树林……二十几年在巡线路上来来去去，不管什么路，也不管有路没路，巡线人必须时刻保持坚定执着的脚步，他早已知道能为人指路的，不是停止，而是前进。

# 九个人的气血相连

他们是国网湖北荆门供电公司的一线工人,是为保世界军运会用电的电力战士。从 9 月 25 日离开家乡奔赴武汉,24 小时走在保电巡线路上。为更多地了解他们,2019 年 10 月 14—20 日,我来到他们中间,跟随他们一起生活,一起巡线,一起风里雨里早出晚归。如果不是生活在其中,永远无法深知,在那极其平凡、单调、乏味、枯燥,又极其机械、疲惫、艰辛的背后,隐藏着怎样一种朴素之美。写此文我无意为谁歌颂,只想通过我的文字,将我看到的、感受到的真实画面如实呈现。

在此,谨以此文献给所有参与军运会保电的无名电力战士!

一

先从鸟儿们的清晨说起吧,因为这是鸟儿们最先发现的秘密。某一天,曙光初现时,小鸟跳跃在枝头正要放开歌喉,它们的世界突然闯进九位奇怪的背包客。他们穿着近似小草色的工装站在一起,排得整整齐齐,像路边一棵一棵挺立的树。习惯寂静无人处放歌的鸟儿顿时惊慌,呼啦一下,藏进树丛,缩着脖子滴溜着眼珠听他们说话。鸟儿听不懂人话,但时间久了,它们也懂得分辨人间的朴素与繁华,就像风儿懂得分辨枝头每一片朴素的叶子。当他们列队再出现时,鸟儿不再躲藏,依旧跳跃在枝头欢快歌唱。

尘世之中,万物有灵。我相信当小鸟们一次一次用歌喉将他们的身影送向四面八方时,总有一只鸟儿和我一样,对他们的去向充满好奇。而我的好奇不仅建立在他们的去向上,更好奇那些早已习惯与荒野、大山相处的人,突然置换到繁华喧闹陌生的都市,他们的脚步和目光呈现出的又是怎样的姿态。

## 二

第一次一口气从他们嘴里听到那么多线路名，出于本能，我只记下了几个最简单的词：最长的、最难的、最苦的、最重要的、最美最纠结的……以至于负责人陈克勇让我在这些线路里作选择时，如同置身一片森林让我在众多的树里选择其中一棵。我当然没有成为"为一棵树放弃一片森林"的傻子。我选择了九棵树所有的路。

繁华的都市隐藏的未知比落叶总是要多得多。车水马龙、流光溢彩里，依然如常，有晚归的人、匆忙的人、无聊的人、得意的人、失意的人……唯一不同的是，因为一场举世瞩目的军运会，街头巷尾突然多了一些身着草绿色工装的背包客。都市太过繁华，他们的身影很容易被淹没在如潮的人流中，就像一棵小草淹没在大森林里。不过，只要仔细留心，总会发现一点不一样的痕迹：比如他们的脚步既不似赶路者的匆忙，也不似悠闲者的惬意，有着常人不易察觉的规律和严谨；比如他们的目光与脚步总是严丝合缝，总有明确的目标；比如他们的脚步总是很奇怪，直路不走走弯路，好路不走走泥泞，马路不走钻树林。

光远走的路是最长的。除了长，其实真没什么可说的，每一个细节都如白开水，如果用镜头来记录，只能看见一个背着包的人傻傻地走啊走，走过解放大道、京汉大道、中山大道……走过宗关地铁站、太平洋地铁站、硚口地铁站、崇仁地铁站……没有声音，没有画面，没有交流，从头至尾如同观看一部无声且没有剧情的黑白片。如果顺着他的目光用镜头放大，会发现连他的视线也是空白的。那些需要他巡视的电缆一律静卧在泥土之下，隔着灰白冰冷的水泥盖板，他看不见它，它也看不见他。只有时间默默地数着他的脚步，一步、两步……

九个人的气血相连

一百步、两百步……一千步、两千步……一万步、两万步、三万步、四万步……一天、十天、二十天、三十天……

持久的时间，漫长的脚步，某种层面更像一颗试金石，可以炼出一颗心的本质；也像一个过滤器，可以脱去那些漂亮虚无的叶子，让树的真实骨架渐渐显现，如同压在书里的夏叶失去水分后的叶脉清晰可辨，终于可以看清人的内心。

最重要的路是小熊的。将镜头对准他，画面背景里会出现一溜铁塔兄弟，它们排列整齐，手牵手，一次一次迎接那个风尘仆仆来来去去的人。它们一次一次向他行注目礼，默默远送他走过街道，走过废墟，走过隧洞，走过泥泞，直走到一片荒郊野地。在那里有一群幸免于难的草木，它们会给人讲述"扑灭野火"的故事、"一个人与三条蛇对峙"的故事、"一个人闯入蚊虫的世界"的故事以及"一个人风雨无阻、一身泥泞，将自己还原成一棵草"的故事。

跟随他们走过线路之后才知道，在都市里保电巡线和在山里检修巡线没有什么不同。一个踏实的人、一颗淳朴的心、一位目标明确的行者，不会因为环境喧嚣繁华或偏僻荒凉而改变。如同一棵草，不会因为环境喧嚣繁华或偏僻荒凉而改变自己生长的姿态一样。

唯一的区别，保电巡线更考验一个人持久的耐受力，毕竟平时山区巡线，再苦再累就那几天，完后即可调整休息。而保电巡线的时间是无间断、连续性的，从早到晚，从晚到早，每天24小时，重复着琐碎、枯燥、乏味的内容。

24条线路、电缆，每天跟随不同的人，走在不同的路上，每天随缘随分地遇见。

踏上小白的线路，逢上一场大雨，这场雨将整个城市浇得透心凉。撑着伞，顺着线路七拐八绕，绕进了园博园。没了汹涌的人流车流，

## 热血作证——光明守卫者的故事

三个人和满园的树木临时组合成一个世界。心的寂静倒映出肃静的深秋，那些向秋天交出了丰盛的果实的树依旧选择沉默不语。

走着走着，一堵高大的墙，一扇紧锁的铁门横在眼前，像极了生活中的某种真相。墙外那座铁塔和我们隔着一条马路，它与此刻我们巡视的电缆一脉相连，它的位置也是我们将要抵达的地方。风雨中它注视着几个懊恼的人，不说话。能说什么呢，说什么也不如踏踏实实、一步一步地走。

记不清怎样原路返回，又怎样七拐八弯绕到那座铁塔脚下的，只记得此路不通的情形，竟遭遇了三四次。3公里的线路长度实际走出了15公里。15公里仅仅是一天中的一趟，其实一天中还需有两趟、三趟、四趟。

最美最纠结的路，从小白的那张胖脸上不曾看见纠结，只看见美。

我所体验的每一天如此平凡，甚至太过平凡，像一个农妇琐碎的日常。但琐碎的日常未必没有发现。

如果有心，你可以在一棵树的身上找出一片森林，也可以在人身上掏出万物，如醇厚的泥土、朴实的草木、沉默的石头、坚硬的铁塔。李铁人组装过铁塔，巡视过铁塔，也维修过铁塔。他巡视的铁塔线路总长超过3万公里。33个年头，餐风饮露，披霜戴雪，让人怀疑他的身体里是否已经有铁的质地。

军运会援汉保电，级别最高、规模最大、标准最严。"保异乡的电"，"陌生的城市"，"陌生的线路"，"陌生的路途"，因他主动报名而来，又添加了两个最，年纪最老，身躯最高。陈克勇将一条2.3公里的线路分给他，这是24条线路里最短的一条。他知道这是一份带着温暖的分派。来来回回巡视，从塔头到塔脚，一天十几遍，十天一百多遍，白天巡过，半夜再去查。如果铁塔有心，是否心会发热？假如铁塔会说话，它会对他说些什么？

那天清晨和他一起坐在路边吃完早饭，他长腿阔步，我一路小跑，巡到终点。1.8 米多的身躯，站在铁塔下，仰起那张风霜雕刻的脸，与铁塔对视的那一刻，铁塔也恍惚了，不知道究竟它是他，还是他是它。只听风儿穿过，他的身体发出了铁的声响。

曹营长的年龄仅次于李铁人。虽然他的从军经历早已从他的称呼上暴露无遗。但还是鲜有人知，他曾以飞行员的名义翱翔在蓝天。将青春的诗写在蓝天之上，是每位血性男儿的梦想。中国空军航空学院第二十三期学员名单里曾录有他的名字。那所学院出过几位将军，出过著名的航天员。杨利伟就毕业于那所学院第二十五期，说起来还是他的学弟。后来他从飞行学院转到地面高炮部队，天上地下，20 年的锤炼，早已将一种坚硬的东西植入他的身体。

军运会开幕式那晚夜巡，我跟随他和胡一刀一起，和白天一样走走查查，将白天重复的内容再次重复。中途我忍不住用手机观看起开幕式，当中国军人踏着豪迈铿锵的音乐节奏压轴出场时，他忍不住过来看了一眼后又转身。趁他不注意，我拍下了他一张夜色中的背影照。相比拥有五官的正面，背影没有表情，不会说话，少了装饰，更真实。这是一个已走向衰老的背影，虽然臃肿了，也找不出翱翔蓝天、射击高炮的英武痕迹了，但依旧朴实坚挺，依旧能感觉一种烈酒一样的情感酿在他的心底。

他说，还有三年就退休啦，有过从军的经历，有过为军运会保电站岗的经历，知足啦！

二

从头至尾，我总下意识地回避类似关于妻子、孩子和家的词语，唯恐那些说烂的故事流于笔下,会稀释他们的纯朴、稀释他们的纯度。可细细想来,谁不是烟火中的凡人,谁不是孩子的父亲、妻子的丈夫、父母的儿子,如果剔除生活赋予人的这些身份,人的世界还有什么情感可系?还有什么温暖可言?

一路上看的不是电缆就是铁塔,听的不是铁塔就是线路,好像这样的路只能诞生与铁塔、线路相关的画面。铁塔、线路、路途、脚步,这些词看得多了,听得久了,人的心也不知不觉多出几分粗糙和坚硬。杨友的线路竟是一个例外。虽依旧有铁塔,但是铁塔的面容不再强硬。它看见一个妻子带着不满两岁的女儿,终于在自己的脚下找到了她的丈夫。它温和地注视着他们,听他们窃窃私语。

妻子对丈夫说:

"我带柠宁来作检查,医生说无大碍,你安心工作吧。"

听妻子问女儿:

"柠宁,看爸爸穿的'红马甲'帅不帅?"

"帅!"孩子的声音像清泉,像花开,含着笑,含着糖,可以融化天下最坚硬的物质,包括铁塔的心。

听父亲对女儿说:

"柠宁乖,爸爸没有亲自带你去看病,对不起哟。等军运会圆满结束,爸爸就带你出去玩。"

……

一股温情的潮水涌上铁塔的心头。那一刻,它明明感觉什么触动了它,却又抓不住,就像那年春天的风,曾经一次一次拂过它的身体,它却始终无法抓住一样。

这世间原本不缺真情、美好,缺的只是匮乏的心灵、善于发现的眼睛,谁也不必为谁刻意渲染,只需将世间的某种真相如实地还原呈

九个人的气血相连

现就好。

除了杨友一家,铁塔承认它还曾"窃听"过那个号称胡一刀的通话,还有柳军、陈克勇的通话,都是他们与孩子的通话。白天迎着铁塔,他们总是留给大地一个硬汉的背影;唯有夜巡时,夜深人静,孩子的一通电话,或求助、或倾诉、或埋怨,才让他们暴露出真实的身份、真实的面目。风也承认,这些烂俗的故事它曾听过太多太多,但它同样承认,一份平凡的坚守之所以伟大,是因为他们除了日复一日地默默承受、坚守,他们还将生活赋予他们父亲、丈夫、儿子的种种身份推卸得一干二净。

四

只有经常站在夜深之处的人,才能真正发现夜的秘密。它们将零点设定为时间抛物线的顶点,区分昨日和明天。一个多月的时间,他们就这么站在抛物线的顶点,风一吹,时光便滑向第二日。就像夜间在他们脸上幻化的光影,浑然不觉。

其实,这是一种白天与黑夜界限不清的生活,时间久了,像一张泼不进水的网。今天又将重复昨天,下一时辰又将复制上一时辰,从清晨到夜幕,从夜幕到黎明,就像啃一块坚硬而无味的馒头。

坚硬不是坏事,坚硬的一面,有粗糙厚重的纹理,更值得人去细细摩挲。就像九个人、九个方向、九条纵横交错的足迹,相接相连,汇集而成的一幅气血相通的足迹图,那份沉重,更值得人去细细掂量。

搁笔前我忍不住列出了他们的姓名,就像五天时间里我用 89491 个脚印邂逅的一座一座铁塔;我还想大声叫出他们的名字,就像在呼唤守候在铁塔脚下的一棵一棵小草。李仕洪、曹健、陈克勇、白桂明、熊义龙、胡勇、周光远、杨友、柳军、姜金节。当我叫出他们的名字,一棵一棵小草面含微笑,骄傲地昂起了它们的头。

# 阳光下的红房子

　　文中的红房子实名武汉武昌区永利村变电站,是荆门供电公司参与世界军运会保电、变电运维值守六座变电站中的一座。文中的四个女人分别叫段洁、向梦、王茜、彭会萍。透过四个女人的背影,映射出的是六座变电站的背影,是36名变电运维工的背影,与背影后的种种滋味。

　　以此文献给参与世界军运会保电值守的每一位变电运维工人!

一

　　红房子里突然走进来四个女人,惊动了那棵惯于静默的桂花树,见四个女人从它身边走过,微笑着注视它,深深地吸了一口气,真香!桂花树听出了女人言语里流露出的惊喜,偷偷地抿着嘴笑,越发花香四溢。

　　吱呀一声,女人们打开了那扇沉重的铁门,屋子里开始传出来回走动的脚步声。

　　一所偏僻的红房子,一座无人相守的院子,突然有了女人的声音,多了女人的足迹,有点儿春天到来的感觉,桂花树一边甜甜地想,一边散发着甜甜的香。这所看似其貌不扬的红房子,很少有人知道,它的身体里隐居着怎样一群大大小小的铁将军,隐藏着怎样的神奇,创造着怎样一种驱散人间黑暗的能量。那一刻,桂花树竟也忍不住得意起来,因为它倚墙而生,是与这群铁将军仅有一墙之隔的邻居,它时常用自己紧贴墙壁的耳朵倾听墙内少有人知的秘密。

　　它听见墙内几个女人在说话,清点着这所红房子里所有的家族成员。她们依次登上一层楼、二层楼、三层楼……开始逐一拜访那些大大小小各自相安而居的铁将军。

阳光下的红房子

## 二

　　从踏进红房子，四个女人分工，两人一班，24小时轮班。24小时里每两小时，不分白天黑夜，从大大小小的铁将军眼前一一走过，像护士一样无微不至地守护它们的安康，这也是此次她们进入红房子的使命。

　　一天、两天，十天、二十天，从上午到下午，从下午到黄昏，从黄昏到深夜，从深夜到黎明。那些毕生不曾开口的铁将军，面目坚硬倔强，却掩饰不住内心的激荡跳动。日复一日，晨昏夜幕，它们已经心甘情愿将自己的身躯交付于四位女子手中，坦诚自己的心跳任她们一次一次获取。跳动是光荣的，跳动意味着它们还健康，还积蓄有聚集光辉的热情，发出电能的力量，这是存在的价值和意义，既是对自己的最好报答，也是对守护者的最好报答。

　　她们是红房子的守护者，可我更愿意说她们是生活在红房子里的主妇，后者更自然，离真情更近。她们打理着日常，如同主妇打理点滴家务，乏味琐碎，实在没有一件可值得言道的。

　　一座院子、两扇铁门、四面围墙，将她们封闭，但不隔绝。对面洗车店的两只小狗，仗着身材小巧，时常从门缝里钻进来。趁她们从红房子里走出来的机会，尾随她们嬉戏打闹。这个院子，除去她们，两只小狗是唯一存在的活物，有时会忍不住贪看。她们贪看小狗亲昵撕扯的画面落在了太阳的眼底，太阳不说话，只是悄悄地将她们的影子拉得很长很长，铺在身边的草地上、花朵上，让身着工装的影子多了小草的色彩、花朵的芳香。

　　说是一座院子，其实只有一座红房子，五棵树。准确地说只有四棵树。一棵桂花树，三棵水杉树，还有一棵水杉树在墙外，因为它的身躯紧贴红房子的围墙，三分之二的枝叶伸进了院里，所以勉强将它算作了红房子的成员。

喧嚣的人会觉得这里狭小如笼，贫瘠如沙漠；恬静的人会觉得这里删繁就简，如国画里的留白。

她姓彭，是四位女子里年龄最大的。每天除了巡视铁将军，就是看树，白天看，深夜也看。她看它们，它们也看她。看得久了，就像在看自己。世间的人，世间的树，都是网在光阴的物种，每一种都承载着岁月风霜，哪种都逃不脱。

她说以前在钟祥值运行班也习惯这样，每逢夜深人静时会看外面的树，看见不同的季节，不同的影像，秋冬时候那些光秃秃的树木，更像一个洗尽繁华、只剩下真实的躯干的人。

## 三

红房子里的女人再次迎来夜幕降临。随她们简单准备晚餐，彭会萍在宿舍里捡了几个红薯去洗，顺便打开过道的开关，一盏一盏的灯在她背后镀上一层微弱而温暖的光亮。

将红薯丢进微波炉，再将早晨买的包子、煎饼，用微波炉加热，冲一杯牛奶，红房子开始有了几丝温暖的烟火气息。

夜如秋水，容易让人敞开心扉，就像酒醉的人容易说出心里话一样。深夜的主控室，一排排并肩站列的控制屏彼此共振，发出嗞嗞嗞的声响。它们在讲它们的故事。我们在讲我们的故事。

八年前，她随运维班进山巡视变电站，发现一个小院子，看见一块门卫兼农妇的版图。她并不诧异这块版图的粗糙和原生态，深山老林，偏僻简陋，原该是它们具有的面目。她诧异的是，一株国色天香的牡丹混迹在蒜苗、辣椒、白菜堆里。牡丹花她认识，之前并不喜欢，觉得太过富贵逼人,像一个娇贵不接地气的女人,难以伺候。她询问农妇如何种植的牡丹,农妇却说简单,她用种辣椒、蒜苗的方式种它。假如她说那株牡丹是笑吟吟的样子,或许有人会发问,子非花,安知花之乐?毋庸置疑一朵花的纯真,一朵花开得恣意灿烂,便是最真。走时她拍下那朵牡丹,设置成自己的微信头像。

一个小故事让我们陷入片刻的沉默中。不是所有的感觉都能说出来,也不是所有的感觉非要说出来。两个女人站在窗前,看向窗外,凌晨两点的街道,像一场散尽喧嚣繁华的宴席,孤独、清冷,却也真实、宁静。无论幸福被怎样定义,其实就是一种感觉,到了一定年龄不得不承认,只有拥有内心宁静的人才是真正幸福的人。

长期上运行班,颠倒黑天白夜地过,她神经开始变得衰弱。好多年不知道深睡眠是什么滋味,十几年来,睡眠就像搁浅的船,徘徊在清醒和睡眠之间。常常越往夜的深处,越清醒,越多思,越胡思乱想。2020 年 10 月 16 日正式进入特级保电,晚上开例会,负责人孟慧说,今年 6 月荆门公司 1901 网络攻防是演习,破坏分子可能要来,这次国际军运会开幕,就是一场实战。一句话让她胡思乱想了一夜。早晨她去买了一把水果刀,贴身藏着,万一有坏人闯进来挟持她断电,她就用这把刀和坏人拼了!眼看就快退休了,如果自己的防线出了问题,不仅晚节不保,人家还会指责荆门公司派的什么人!守的什么门!

她用最简单的方式向我作了一次生命捍卫责任的预演,也用最简单的方式向我传递出,女人不该被一种词语定义,既要有桃花的妩媚,玫瑰的浪漫,又要有蒲草的坚韧,树的独立,必要时还需有铁的坚实。

四

## 热血作证——光明守卫者的故事

如果说一天中正午是白日的至高点，阳光直射，影子消失。那么午夜则是夜晚的至低点，人在零点被黑夜吞噬，融于彻底的"静"中。

有多少人曾用多少种方式度过这样至低点的夜？

将自己彻底融入这样的"静"中？

啜饮过怎样的滋味？

即便是阅尽万古沧桑的太阳、月亮也无从知晓。只有真正生活其中的人才知道。

越往夜的深处走，越觉得人像一艘孤独的夜船，一次一次、一点一点接近黎明。黎明来前，总是惊人地相似，就像佩索阿说的，"如深夜的码头，宁静中混杂着一丝即将闹热起来的味道"。不用太久，就会有连绵不断的人、事来填满这个空荡荡的码头，先是阳光，接着是各种声音：鸟语声、行人声、汽车声……而她们，和她们守护的红房子，又将重复旋入昨日的寻常里。

# "非常"寂静时

或许世间每一个平凡而朴素的人都是一本平凡而朴素的书，朴素的人从来不会口若悬河，沉默注定是这一本本平凡而朴素之书的特色和内容。但沉默仅意味无声，并不意味没有语言，没有过程，没有细节，没有付出。当我们愿意付以真诚去了解、去发现这些沉默的过程和细节时，或许多少能在心里留下点什么。

以此文献给所有战斗在疫情一线的电力工人！各行各业，每一位坚守在疫情一线的平凡人！

一

阳光比平常更加灿烂，如果不是过分寂静的大街小巷，被口罩捂得透不过气的口鼻，满屏滚播的"新冠肺炎"字眼，一切恍然如常。

从没想过，有生之年会置身于如此画面，一度繁华宽阔的街道，只剩下萧瑟的树木、四个人、一辆车。四个人用口罩将脸捂得严实，小心翼翼隔绝着来自外界的空气，紧张的氛围怎么看都有点像剧情里的场景。

还是上车时我们彼此打过一声招呼，此后他一直沉默着注视前方，专心握着手中的方向盘，朝着负责二医、康复医院、妇幼保健、疾控中心医疗点供电的象山变电站奔驰。

世界在人类陷入沉默时显得格外寂静，静得似乎可以听见时间嘀嗒嘀嗒从身边惊慌失措地走过。为了分散内心的不安，我开始和他说话。我问一句，他答一句。最终这种近乎机械的对话令我更添沮丧。这些年常和一线工人打交道，虽说早已吃透他们的性格，事先也曾预料今天的对话会是怎样的结果，但临出发前我还是忍不住抱了一丝期望。湖北作为重灾区，已经到了人人自危"出门即危"的境地。他们

## ◉ 热血作证——光明守卫者的故事

天天出门，哪怕一如寻常没有动人的故事，多少也该有点儿异常的感受吧。但是我的期望再次落空，他和我之前接触过的许多个"他"一样，除了一个比一个沉默，无一例外都是"没什么好说的"。

事实再次证明，面对这个寡言少语、缺少色彩的群体，唯有和他们一起，如影随形，用心观察，用心体味，用心解读，就像解读一块角铁和一枚螺丝钉。

到达象山变电站，一扇铁门打开了另一个世界，"电巨人"五脏六腑分明，井然有序、气血相连。变压器是心脏，高举双臂的开关、刀闸是四肢，电压互感器、电流互感器是五官，那些眨着眼睛的控制信号屏是大脑，而隐藏在信号屏身后的电缆、导线管则是它们细微的血管和筋脉。在这个井然有序、气血相连的世界里不需要口若悬河，嘴巴也派不上用场，只能用心用眼用手，需要沉默而专注。听"心脏"有无异响，体温是否正常，看"大脑""血管""筋脉"有无堵塞，有无异常。一百多号物件，被从里到外，从头到脚，像检查人一样，唯有如此才能确保这座电的巨人体能健康有活力，为人类持续发热发光。

"性情相投"这个词并不仅限人与人之间，有些人和有些物也天生注定脾性相合，比如他和朝夕相处的变电站，他和它们一样简单纯粹，平淡而沉默。变电运维工，很少有人知道他们的职业，甚至闻所未闻，他们安于沉默，也惯于沉默，如同在江河里沉默的小水滴，在森林里沉默的小草。他们的工作环境远没有一线医院危险，不会有一线医务人员那么多悲壮感动的故事。但他们有守护的光，这光永远照亮着需要照亮的地方。

从站内出来，他关上铁门、上锁，再检查一遍，上车，开始驶往雍冲变电站。雍冲变电站在去往子陵镇的方向，要穿过城市。车在十字路口等候绿灯，意外看见右侧马路口和我们同样的黄色皮卡车也在

"非常"寂静时

静候绿灯。那是一种光明而醒目的黄，属于电力抢修车的色彩，多少次冰霜雪雨，只要它们出动，就意味着点亮光明的希望。我们透过车窗远远地看向他们，只见车窗打开，突然伸出一双手，朝着我们的方向使劲摇动。没有语言，空气中只有几双摇动的手。红灯忍不住眨了眨眼睛缓缓闭上，绿灯如梦初醒，继而睁大眼睛，无声地目送着两簇黄色的火焰交叉离去。

二

去雍冲站，不太走运。乡镇路封得简单粗暴，一堆半人高的黄土直接将路封死，车辆无法通过，这也是疫情时期所有电力巡视员共同的遭遇。好在雍冲站离封路口不远，可以步行过去。相比之下，花竹变电站就不太幸运，同样封死的路口离站还有近6公里，平常便捷的巡视这次需要弃车徒步到达。

近一个多小时的路程，一步一步地走。此刻唯有脚步是对坚守最有力的佐证。有时也想，至少某种特定的时候它能映照人性，剥除虚伪的外衣，鉴证真诚。

除了几个人高低不一的脚步声，一路竟然鸟也不见一只。这让我想起还没拉响疫情警报时，在市公司改春联时看见一位员工的对联作品：

千山鸟飞绝，人影不绝，心系光明急抢修
万径人踪灭，灯火不灭，情牵百家忙巡线

记得当时我和王忍不住相视而笑，这副对联若不究平仄对仗倒也有几分生动，也写实。今天一路而行，再回想那副对联似乎有点一语成谶的味道。

● 热血作证——光明守卫者的故事

他说从疫情警报拉响那天起,他出门的频率明显高出平常,平常可以一个星期或者三天巡视一次,现在每天巡视一次。每次回家,家人都守着一桌菜等着他。他进门第一件事都是藏在角落里先给自己消毒、测体温,恨不得把自己从头到脚用消毒水过滤一遍才敢靠近他们。俗话说"常在河边走,哪有不湿鞋",疫情幽灵依附概率最高的总是常在外走动的人,谁也不敢保证自己就是幸运儿。他怕的倒不是自己,他是怕连累亲人或更多无辜的人。

儿子每天关注疫情,每次回来总要问一句:"老爸,明天还出去吗?"儿子的问题难以回答,只能说:"不知道,单位没事就不出去吧。"妻子却是心明的,饭桌上他电话不断,不仅向领导汇报今日巡视情况,而且在安排明日的巡视任务,她知道明天再危险他依旧会出去。

三个站,巡视耗用了大半天时间,我们忙着找路,忙着走路,忙着从数不清的"血管""神经""经脉"前一一巡过。忙碌一度让人忘记了疫情,忘记了不安,如果不是手机里弹出一条一条关乎疫情的信息,差点忘记此刻的人间正在上演无情的悲剧。

三

返回路上,一如既往地沉默。但这次他主动打破了沉默,他说这段时间的经历让他想起曾经看过的一部十分震撼的科幻电影《我是传奇》。

权威部门一再警示不能出门,但世间总有些人必须出门,比如医生、警察、环卫工人、电力工人等,为了保持社会的稳定总得有人去冒险。他说起初出来还有点儿不安,后来反而平静了,这段时间每天出来看这座城市,它更像一个孤立而无助的人,后来出来和这座城市天天一起也有了点共患难的味道,也算人生难得的经历。

或许世间每一个平凡而朴素的人都是一本平凡而朴素的书,朴素的人从来不会口若悬河,沉默注定是这一本本平凡而朴素之书的特色和内容。但沉默仅意味无声,并不意味没有语言,没有过程,没有细节,没有付出。当我们愿意付以真诚去了解、去发现这些沉默的过程和细节时,或许多少能在心里留下点什么。

### 四

到此这篇文章本该画上圆满的句号。因吴继雄的出现,意外再续下一节。他肩负一样的重任,甚至他的任务更为艰巨,管辖16座变电站,比王洪涛还多3座,其中5座关乎城区疫情核心医疗点供电和口罩生产厂家供电,他们巡视的地方是城区疫情最严重的地方。

既然看见了就无法装作看不见,于是头脑一热我又随他跑了出来。可惜,现实永远是现实,不会因为人的情感作出丝毫让步,由于一场突来的意外,我第一次真真实实感受到,疫情原来离我们如此之近,这场"非常"寂静时的体验只能就此仓促停止。

存在,皆有其合理性。非常时期,突如其来的灾难,可以轻而易举揭开人类虚伪的面具,剥离出真实的人性。隔离在家的日子,我也曾反问自己,如果那个意外最终被确认,我会如何看待曾经的选择?

如果内心尚留真诚,相信世间还有善良的心,雪亮的眼睛,应该羞于虚伪,耻于伪装高尚。

我会懊悔。如果搭上了孩子的健康、亲人的健康,危害到更多无辜的人,我会十分懊悔。

第一天晚上我有些焦虑,睡不着,在微信里问吴继雄:万一这次我们真的被感染了,真出了什么问题,会后悔吗?

他回复我:何姐,不要想太多,不怪任何人,也不后悔。我们都会没事的。呆呆地看着手机屏幕,我想起那天从漳河变电站巡视出来,寡言黑瘦的他指着门前尚且满树枯枝的桃树对我说,它们开的花特别好看,结的桃子也特别甜,等疫情结束桃子熟了我们再带你来。

那一刻,突然想起法国作家加缪的小说《鼠疫》,书中有这样一段对话:"这一切与英雄主义无关,而是诚挚的问题。这种理念也许会惹人发笑,但是同鼠疫作斗争,唯一的方式就是诚挚。"

"诚挚是指什么呢?"

"我不知道诚挚指什么。但是就我而言,诚挚就是作好本职工作。"

# 风雪中的兄弟

## 一

天地过分寂静，天气喜怒无常，一会儿大风大雨，一会儿阳光灿烂，又一会儿冰雹飞雪，越发让人感觉混乱无常。

和许多人一样，汪珂每天翻阅疫情通报，看着那些确诊病例和死亡的数字，会使他生出恍惚如梦的感觉。直到2月5日的一通电话，得知班里一位同事被确诊为新冠肺炎，他方才如梦初醒。仿佛一夜之间疫情走近了他，身边的事物也仿佛一夜之间发生了变化。自2月6日，8名接触过确诊同事的班员全部被隔离，除去4名探亲在外的班员，整个胡集运维班只剩下他一人。年前所长让他和那位确诊同事的对调休息，让他成了唯一的漏网之鱼，也成了名副其实的"孤家寡人"。

担心的大雪说来就来了。上班五年，年年都会遇见不同程度的冰雪。往年有所长和有经验的老师父，还有齐心协力的班员，他根本用不着担心。今年不一样，远离城区的胡集运维班只剩他一人，6座变电站、3条重要化工企业保电线路、42个自然村、5个社区、3个乡镇卫生院，这份非常时期的保电任务，像压在肩上的五行山。

六神无主中哥哥站到了他的身边，就像小时候，在他最需要帮助的时候哥哥无声伸出援手。哥哥说他懂二次保护、懂变电运维专业，没有武汉接触史，身体健康，他来帮助弟弟。

一个人一生中能够真正体味多少词的真意，汪珂不知道，有些词只有当人处在某种特定环境时，才会切身体味并记忆深刻。如"雪中送炭"，又如"兄弟连心"。

哥哥和汪珂相隔4岁，哥哥从小老实。而他是个鬼灵精，平时父母总惯着他，所以他从小调皮，时不时还会欺负哥哥。小时候他和哥哥的身份有些颠倒，不是哥哥保护他，而是他保护哥哥。哥哥受了别人欺负会跑来告诉他，然后他跑去给哥哥出头撑腰。

哥哥性格内向，话不多，平时很少和他交流。一年前哥哥去援藏，他关心哥哥有没有高原反应，在西藏好不好。哥哥回答：有反应，还好。此外再没说什么。直到同事转来哥哥写的一篇文章，他才知道刚去西藏的日子哥哥曾因高原反应整夜整夜睡不着觉，因为天气异常寒冷又干燥，脸上脱皮开裂到惨不忍睹；哥哥对口帮扶的西藏调试公司，日常工作都是随着工程走，因工地昼夜温差大，住宿条件简陋，曾几次感冒发烧；哥哥出差的变电站普遍偏僻，工作生活环境特别艰苦，在那曲四周都是戈壁，司机每天驱车30公里去镇上买盒饭，等回来饭早已冷得像冰；去波密调试的路途，冰天雪地，悬崖陡峭，哥哥和队员路遇翻车事故……

那是他第一次读到哥哥的文章，也是第一次知道哥哥在西藏的工作环境和经历。他太了解哥哥，从小到大哥哥不爱说话，不喜欢叫苦，对人对事更善于默默地作。就像小时候，哥哥从没对他说过好听的话，却总把最好的东西留给他、什么都让着他一样。

其实他和哥哥也有相似之处，就是不会说漂亮话。读完哥哥的文章，感觉鼻子发酸却什么也没说，只是把哥哥写下的一段话记在了心里："在路上，就是一个遇上人和被人遇上的过程。我终于明白，一个人的远方不是情调，而是历练；一个人的远方不是唯美，而是现实……"

这次春节哥哥从西藏回来探亲休假，因为疫情"封城"就一直住在胡集。难得在家休息，他全心全意陪伴两岁大的儿子，想和儿子拉近距离。就在2月5日那晚，哥哥决定陪他一起保电时，连夜送走了儿子。他担心每天东奔西走有风险，会不小心连累亲人，于是把儿子

## 风雪中的兄弟

和妻子送到丈母娘家,他说离他越远越好。

## 二

雪还是雪,人间不再是昔日的人间。早晨接到胡集变电站发生故障的电话,汪珂和哥哥就急赶在路上,兄弟俩知道,今天,不似以往,他们对抗的除了疫情,还有这场洁白的雪。

好不容易,抢修车抵达兔子岭。路上积雪太厚,加之山坡陡峭,车子打滑,无法前进,汪珂和哥哥只好赶紧下车选择徒步前行。

顶着风雪,哥哥走在前面,汪珂跟在后面。风大,雪密,风挟持着雪像沙子一样打在人的脸上,生冷生疼。中途几次睁不开眼睛,他忍不住停下来揉揉眼睛,再抬头,哥哥已经走出好远。雪花裹着哥哥的背影,变得模糊泛白,只留下身后一串一串清晰可见的脚印。他踩着哥哥的脚印,一步一滑小跑跟上,趁靠近的工夫偷偷拍下大雪中哥哥的背影。

半小时后兄弟俩到达站内。深山大院,一扇铁门,"光明巨人"顶着厚厚的白雪,像往常默默地注视着他们的到来。50年来,它历经风雨,记忆只记住了两场雪一样。一场雪是19年前,天像破了窟窿,漫天飞扬的雪,封住山里山外。那时变电站自动化还不似如今先进,还是依靠那些变电运维工人不分昼夜,24小时不间断地轮班守护它。一场与世隔绝的大雪,下班的人出不去,换班的人进不来。因为水塔封冻,4名出不去的运维工人没了生活用水,仅仅依靠10桶纯净水维持简单吃喝,继续24小时迎风斗雪轮换坚守,苦苦支撑了一个星期。因为那4名工人的艰辛守护,那次大雪它居然平安度过,一如往常地发热发光,仿佛那场雪根本不曾来过。

另一场雪就在今天,它比不上19年前的大雪,但是这场雪下得过分寂静、过分孤独、过分反常。整座山,偌大的院子,只有两个人。它记不清这是第几十天看见他们,只记得阳光、风雨,来来去去,始终只有这两个戴口罩的兄弟。

它注视着他们的身影,看见他们呼哧呼哧地爬坡,一脚下去雪没入他们的脚脖;看见密密匝匝的雪花不依不饶一路追打着他们的身影,直到他们像雪人一样进入了屋子。

那是相当于一个人"五脏六腑"的屋子,制造光明的能量主要依赖于它们。因为这场风雪,不知哪里出了故障,哥哥和弟弟急急忙忙赶来就是为了及时诊治。他们来不及拍去满身的雪,从"血管"到"神经"开始逐一细查,帽子、肩上的冻雪开始悄悄融化,衣领、肩膀、后背湿了一片。一个多小时的诊断分析,最终哥哥判断是线路故障导致跳闸,并通过计算,将故障点的准确位置报告给了调度,为电力巡线工提供了准确的信息。那一刻,它也松了一口气。

恶劣天气特巡是电力工人对它们一贯的特殊保护,就像特殊时期医生对人类的特别照顾一样。几百号"兄弟手足"他们都会逐一去听诊探视。风雪中那个戴着口罩和眼镜的哥哥,站在巨人的"心脏"前,擦净温度计上的浮雪,凑近查看"体温",靠近倾听"心跳",又站在"巨人的手臂"前,弓下身子,擦去气压表上的冻雪,问诊把脉查看"血压"……戴口罩的弟弟跟在哥哥身后,一前一后,一步一步在雪地上留下一串串脚印。

这一天,兄弟俩被这场风雪牵着鼻子四处跑。5点半端上碗正要吃饭,平堰变电站35kV平关回开关跳闸的监控电话又打来。兄弟俩赶紧放下碗,再次全副武装钻进风雪中。

从胡集变电站到大峪口变电站,再到平堰变电站,一路风风火火,他们像救死扶伤的医生,重复着一系列动作,检查、分析、诊断、救治，最后再例行特巡保护。相比胡集、大峪口，平堰变电站的故障处理相对周折，起初以为是风雪过大导致开关跳闸，经过仔细检查，排除线路故障，才确定是记录故障信息的装置出了问题。这个故障相当于人的头脑位置出了事故，处理起来比较麻烦。当时天已黑透，高压室的灯坏了，汪珂举着手机照明，哥哥就着微弱的光处理，十分费劲。后来想着还有平关二回备用，不会影响村民正常用电，为了避免视线不清出现误操作事故，他们征求调度同意，留待第二天一早再来继续处理。

离开平堰时已是8点，黑黢黢的夜，只有一辆标注电力抢修字样的车，奔跑在飞雪中。白茫茫的旷野，纯白的雪映衬着的橘黄，越发像一簇移动的火焰，令万物噤声，人迹罕见的雪夜无端变得庄严。

返回的路上，哥哥握着方向盘注视前方，继续沉默。汪珂也没说话，默默看向窗外。他在暗自祈祷。老天保佑别再出什么故障，让他和哥哥平安度过这个风雪之夜。老天是否真的听见了他的祈祷不得而知，只知那夜胡集运维班真的平安度过。至于其他运维班却没这么幸运，12点45分，大后方检修公司工作群发出紧急通告，钟祥运维班长寿变电站故障报警。凌晨1点50分，群里发出现场图，风雪中班长带领班员赶往长寿变电站查询故障，检查出接地故障导致绝缘击穿，一组开关烧毁。事情紧急，检修公司几人又连夜从荆门出发急奔钟祥救援。一夜通宵抢修战役，直到第二天早晨9点才结束。

他知道，这只是他看得见的艰辛。除了他们，这个风雪夜还有多少人，上演着多少艰辛，他无法看见。

三

第二天，阳光灿烂，仿佛昨夜的风雪只是一场梦。这段时间以来，汪珂常有作梦的感觉，梦里哥哥陪他闯关。这样一关一关地闯过来，让他也一天一天变得不一样。

他说，每天忙完会和女朋友视频。女朋友从事和他一样的工作，也是变电运维工。他在胡集值守，她在沙洋值守，各自坚守在一线，守护着各自的战场，每天忙完彼此通过视频报声平安。

我好奇地问他女朋友的名字，他说叫邓睿。突然想起，我认识那个姑娘，之前她兼职沙洋运维班的报账员，常去办公室找我签字，是一位白净清秀斯文的小姑娘，单纯善良，像春天的迎春花。

哥哥回来后好不容易儿子开始和他亲熟，却成咫尺天涯。为了不让儿子疏远他这个爸爸，每天坚持和儿子视频。儿子还小，什么都不懂，偶尔会在视频里问："爸爸你怎么还没有回来呀？"他只说，爸爸在忙，忙完就回来啦。

因为汪珂拍下的那张哥哥的背影的照片，那个雪夜，我忍不住拨通了他的电话，那个叫汪洋的哥哥。对方的声音从电话一端传来，对这个未曾谋面的一线工人，我一时竟不知该和他从何说起，我和他陷入机械性的问答。十分钟后我挂断了电话。

其实我知道，不能指望一个连声音都透着老实木讷的人能说出什么，就像不能指望一块拙石能说出什么一样，他略微口吃，却有一句话让我记忆深刻，他说，"和儿子视频有点儿像望梅止渴"，当时觉得这个比喻非常特别，让我不禁失笑，后来回想又觉莫名发酸。他还说，等弟弟班里人手够了，自己就可以退出了。退出后他还要隔离观察14天，才能去见儿子。

今天是2月29日，听说他仍陪弟弟在一线，就祝福他，希望他能早点见到儿子，早点实现抱抱儿子的心愿。

# 天空没有翅膀

天空没有翅膀，只有一步一步留下的脚印……

## 一

一辆车如孤独的行者，在寂静里穿行。穿过城市，穿过集镇，穿过村庄，穿过旷野，穿过一条坑坑洼洼的大堤，停在一片麦田边。

车上下来三个人，抱出一堆螺丝和类似长钉的铁具，开始低头闷声不响地蹲在麦田边，像在隐藏田野里的秘密。

日头渐至中空，他们终于站起身来。一个人开始将地上组装好的铁具装进身边的背篓里，又蹲下身子去背背篓。背篓很重，那人个头瘦小，一时没站起来，身后的人赶紧扶了一把，随之一前一后朝着麦田中央的铁塔走去。

人站在铁塔脚下，人不说话，铁塔也不说话。人把背篓放好，开始仔细打绑身上的安全带，作登塔前的准备。铁塔撑开四肢，四平八稳地直立着身子，准备迎接他们登塔。这是几十年来，铁塔与人早已形成的默契。

两个人登塔，一个人坚守塔下负责安全监护，负责地面材料传送。就像刚才那个背篓太重，为了安全，只能等那两人到达塔底，再由塔下的人用安全绳将背篓系好拉上 50 米的高空。

那两个登塔的人举着攀爬工具，开始沿着铁塔的身躯一步一步向着高空攀爬。"爬"字改变了人的正常行走方式，注定需要付出于地面双倍行走的气力，需要比脚踏实地更加脚踏实地。随着他们一步一步上爬，攀爬的工具敲击着铁塔的身躯，铁与铁的撞击声回响在空寂的田野，仿佛他们爬行的每一步都充满了铁的质地。

　　50米高的铁塔，人站在脚下仰头对视，如同插入云端的巨人。而那两个一步一步向上攀爬的人，也像一步一步要登上天空似的。眼见一个人在前，一个人在后，越爬越高，越爬越远，就像放飞的风筝。

　　风铆足了劲来回奔跑，它时而好奇地绕过铁塔打量空中的两个人，时而拉着铁塔脚下的麦苗前仰后合窃窃私语。只有铁塔闷声不响，它知道他们是要为它移除身上的鸟巢，还要为它安装防鸟针，替它善意地拒绝鸟儿们的靠近。因为那群不谙世事的鸟儿，总把担负输送光明重任的铁塔巨人当成可以依赖的钢铁大树。每逢春来，争先恐后地在它们身上筑巢、生子，成群结队歇在它们身上聊天，丝毫不知，自己的家、自己的粪便，也会形成"污闪"，会直接影响它们的健康，阻断它们完成输送光明的重任。

　　在塔下仰望，塔上的人像匍匐在天空。他们重复着相同的动作，挥动手中的工具，使劲拧紧螺丝。他们匍匐的位置是铁塔的手指处，相当于人的手指末端。装完一个防鸟针，他们会猫着身子，一边拉动安全带（安全带一端拴在铁塔上，另一端拴在他们的腰身上），一边扶着铁塔的手臂，踩着巴掌宽的角铁朝着铁塔身躯处挪行。那里放着装防鸟针的背篓，因为那里安全，背篓不易侧翻。等到靠近背篓取出下一个防鸟针，他们再踩着角铁一步一步挪行过去。

　　旷野寂静，塔下的人和塔上的人隔着高远的距离，偶尔能听见他们对话，几点零星的声音，仿佛从遥远的地方传来。脖子仰疼了，腿也站酸了，我忍不住朝着空中呼喊，声音被风丢到半空，没有收到回音。其实，我也没喊什么，只是春寒料峭，地面清寒，风大，在塔下站了三个半小时，手脚冰凉，止不住地掉清鼻涕，就想问，他们在50米的高空冷不冷。

丢三落四的风，偶尔也会将他们拧螺丝间隔敲击铁塔的声音捎回、放大，一种带着力量的节奏一声一声清晰地回响在田野，像一首铿锵有力的田野进行曲。我再次仰头，一群大雁，排着"人"字形，应着进行曲的节奏，正从铁塔上空缓缓飞过，它们一定看见了塔上的人，说不定也把他们当成了会飞的鸟。

谁都知道，天地万物，造物主自有严格界限划分。人注定属于大地，鸟儿注定属于天空，如果大地的人企图逾越界限进入天空，就得接受天空的磨砺。磨砺一个肉体凡胎，洞察万物的天空有的是办法。它可以把冬天的风霜变成一把刀子，在他们脸上、手上，甚至裸露的脚脖子处来回地刮；也可以把夏天的烈日炼成一座火焰山，将铁塔的身躯烤得滚烫，让铁塔之上的人顶着炙烤，无处躲藏。还有深秋的霜、深冬的冰、雪天的雪……天空总有更多磨砺他们的办法。天空的磨砺从不屑以一周、一月、一年计数，而是十年、二十年、三十年，直到天空确认可以将一个人炼成一座铁塔。

天空严酷，但也公正。它让经得住磨砺的人身体里扎下一座铁塔，站在铁塔上，他们也成了铁塔；也让磨砺过来的人身体里住下一座天空，行走在天空中，他们也成了天空。

二

四个小时后他们从天空归来，周身大绑的安全带工具、安全双钩随着他们下塔发出相互碰撞的声音，一种充满金属质感的声音在他们身上此起彼伏，犹如从天空归来的盔甲战士。这一身行头可不轻，足有十来斤。每次下塔卸下它们，都有挣脱五花大绑浑身一轻的感觉。只是今天不行，下一个目标黎明村牌云线 97 号铁塔离这里不远，为了节省时间还得穿着盔甲继续前行。

## 热血作证——光明守卫者的故事

光明像原野的星星，它们各领编号、姓名，坚守在各自需要坚守的地方，如同一支铁军，看似分散，实则气血相连，井然有序。面对这支铁军，他们永远知道它们所处的位置，如同将军对自己的士兵一样了如指掌。

黎明是一个美好的词，能带来希望和期冀。不知道是不是托了这个词的福，肆虐全球的新冠肺炎竟然遗忘了他们。村口贴着红纸，纸上写着四个大字"无疫情村"，如同张贴的光荣榜。一路提着的心突然就放松下来，三个人站在与97号铁塔相望的油菜花田，忍不住挪动脸上的口罩，露出鼻子深吸了一口春天的气息。

铁塔也非千篇一律，它们如同一个个人。因为分类不同，电压等级不同，姿态和身高也不同。比如大同村牌云线93号铁塔膀大腰圆，脚跟壮硕，令人踏实，而眼前的97号铁塔如同穿着高跟鞋的姑娘，高挑纤细，让人无端生出几分胆战心惊。

眼前的铁塔，让那个每次带头爬在前面的师父想起了人生中的第一次登塔。那是在汉江边，100多米的铁塔，比眼前的铁塔还要高出一倍，直插天空。那时的铁塔可不像现在楼梯式——设计坡度45°，合理螺旋式上下，便于攀爬。以前的设计是爬梯式，坡度很陡，最陡的地方接近90°垂直上下。爬到中间，整个人像被什么力量拉扯着，不由自主向后倒去。爬塔不比走路，更需要体力，耗氧量大，呼吸会比平常吃力，即使年轻，每次爬到中途也须休息一次。所谓休息其实不过是人停在半空，用胳膊夹着铁塔，让手放松。手因为一直抓握用力，肌肉过于紧张，时间长了容易变得酸软无力。铁塔的体形属于渐次上收状，越到塔顶体形越细，人站在塔顶工作，处于动作状态时还没什么感觉，一旦歇下来，明显感觉塔尖在空中移动，慢慢移过来，又慢慢移过去。那天他在塔上就这么待了一天，连吃饭都在空中。不仅没觉害怕，反而充满新奇。

事实胆战心惊仅仅属于胆小懦弱的人，从不属于勇于登高的人。

他们再次爬上空中。马路对面走来一位村民，大声惊呼，看啦，有两个人在天上，像玩杂技。他的叫声又引出两个人，他们一起站在路边饶有兴趣地盯着他们在天空中移动、行走，仿佛真的在看一场杂技。这与杂技当然有天壤之别，杂技是表演，需要舞台，需要观众，他们是实实在在作事，不需要舞台，更不需要观众。面对舞台和观众多少透着作秀的成分，是作给别人看；他们是作给自己看，作给良心看，有着本质区别。

## 三

97号塔不仅需要安装防鸟针，还需要移除大鸟巢，这是最令他们头疼的事情。

在铁塔上筑巢的多是喜鹊，如果仔细观察鹊巢，会赞叹这是一个多么精细的"家"，外层由杨枝、槐树、柳枝叠成，虽长短不一，但非常牢固，想单独抽掉其中一根都费力；里层大多为垂柳的柔细枝梢，盘旋横绕成一个半球形的柳筐，镶在巢内下半部；再里层，是用河泥涂在柳筐内塑成的一个"泥碗"，碗壁上按满了深深的爪痕，分明是喜鹊用喙衔来的一块一块河泥，再用脚趾抓着"踏"上去的；更里层，还有一层贴身的铺垫物，用芦花、鸡毛一类的绒羽混在一起压成的一床"弹簧褥子"。看着这样的"家"，谁能怀疑鸟儿不懂爱心不知用心呢？谁又能去质疑万物有灵，忍心摧毁？何况鸟窝已经孵出一只只嗷嗷待哺的雏鸟，也是鲜活的生命啊。他们决定将喜鹊窝放进背篓里，背下铁塔，将它们转移到附近枝繁叶茂的大树上。

一个喜鹊窝相当于普通鸟窝的数倍，他们需要分两次甚至三次才能背下来。今天他们爬了太多趟，有些疲惫，为了保存体力，两人开始交替登塔，交替地背。40米的铁塔，徒弟小熊因为鸟窝有刺扎了手指，一时失手，鹊窝从手上掉了下来，鸟蛋摔碎了，露出了未出壳的雏鸟。那只黑尾巴的母喜鹊绕着小熊飞，一边发出激烈的叫声，一边用翅膀扑打小熊的脑袋。

万物有灵，动物一样懂得生儿育女，保卫家园，一样有语言会说话，只是没有人能听得懂罢了。

他们就这么从空中到地面，从地面到空中，近乎机械地反复上下。路边村民开始好奇地问我，他们在干什么？我只说，他们在为你们守护光明。

我只能这样说，没法说他们是光明守卫队里的"带电作业特种兵"，是输电专业的核心技能人，是可以在不停电的情况下进入高压电场处理紧急故障的人。为保疫情期间的光明，才申请加入应急小分队，四处消防灭火一样每天端鸟巢、安装防鸟装置，才这样在50米、40米、30米的铁塔高空，十趟、二十趟、三十趟地反复爬上爬下，爬下爬上。语言陈述往往过于轻飘，没有真正体味过的人难以知道个中艰辛，这和只有刀子割在自己肉上才能真正感觉到痛的道理类似。

他们每天早晨8点出发，晚上6点收工，周而复始。一辆车，三个人，反复出现在东南西北的荒郊野地。他们看见春风一天一天漫过村庄；看见嫩嫩的草芽带来希望的生机；看见阳光渐渐覆盖荒凉的大地；看见一座一座的铁塔经他们之手穿上盔甲，越来越坚强，越来越雄壮。

## 四

于他们，我只是一个过客，偶尔充当了一只眼，记录下他们不足可道的一幕幕，就像风记录田间地头的小草不足可道的一幕幕。

过客的目光终究短暂，终会停止。那个刮着四级大风的阴天，是我最后一次看见他们从天空下来，只听师父说了一句，今天塔上风太大，爬得特别吃力，像顶着一座山。而小熊第六次从塔上下来时，因为端鸟窝又被扎了一些刺,手指疼得不能触碰。小白用酒精给他消毒,交代回家用针仔细挑。上一次他也是扎了一手的刺,回家挑了两个小时。

返回路上,小白依旧开车,后座的师徒依旧沉默。之前就知道这对高度默契的师徒,身高相似,性格相似,生的都是儿子,都满 4 岁。直到回来路上又知道原来他们的妻子职业也相同,一个是护士,一个是石化医院护士,从疫情暴发那天起一直坚守在一线。那天还知道师父有个妹妹也在二医。前天妹妹接到出征去武汉金银潭医院的通知,他急急忙忙赶在出工前给妹妹送去了生活用品。第二天妹妹给他发来消息,说哥哥转身离去的时候她很想哭。

那时我竟什么也没问,没问在那举世艰难的两个月里,他们的孩子,他们一家是怎样度过的,也没问他的感受和他妹妹的现状。不是不想问,而是不忍问,这两个月经历了太多的不寻常,见过太多人间的艰辛,内心已经变得莫名地脆弱。又或者,有些故事未必都要说出来,那些不曾说出的故事也许更动人。

## 后　记

文中三人,分别为师父胡勇、徒弟熊义龙、队长白桂明,他们是荆门供电公司检修分公司的一线电力工人,是光明守卫队里的"带电作业特种兵",是输电专业的核心技能人,从 2020 年 2 月下旬至目前,他们仍然奔走在移除鸟巢和安装防鸟装置的路上。

孝感笔架山上，国网湖北送变电工程有限公司电力员工在冰雪天130米高空抢修220kV输电线路。

（摄影：邹小民）

# 铁塔的影子

> 一基铁塔已不再是单纯的角铁组合
>
> 不再是铁塔自己
>
> 是一种精神
>
> 一种运送光芒的精神

——摘自蒲素平《铁塔》

一

6月的田野,没有花朵,所有的树木站在远处,无声眺望着一座工地。那是铁塔的工地,与秋田为伍,为田埂小路簇拥。机械无法到达的地方,一台绞磨机在工人的操作下发出枯燥的声响。绞磨机的前方,四四方方的塔基旁边躺卧着年轻的角铁,它们如同打磨过的银器,在烈日的照射下泛着青春的光泽。太阳的炙烤让角铁体温升高,渐渐变得滚烫。它们恍惚想起了熔炉,那个锻造角铁的最初之地。也许这世间万物诞生都属一次偶然吧,包括角铁。它们究竟因何诞生,因何成为一节角铁,又因怎样的机缘躺卧在这里,谁也说不清。唯一能说清的是,从它们成为角铁的一刻将注定成为一座铁塔的一部分,就像眼前的这个人,从他拿起角铁的一刻注定会成为铁塔的影子。

这个人站在塔基前看着角铁,看着它们被先组合成铁塔粗壮的脚,又组合成铁塔坚硬的骨骼,开始长个一样朝着天空生长。这令他想起了1992年的7月,也是这样的田地,也是面对一堆年轻的角铁。19岁的他从浓稠的泥田里拔出双脚第一次站到了塔基上,那是他亲手开挖的塔基，就像人类建房打下的地基一样。师父说这是铁塔的根基，和植物的根基、人的根基一样，往后几十年站得稳不稳，是否经得住风霜雨雪的考验，经得住挫折磨难就看根基是否扎实牢固。

　　一座塔基成了铁塔的起点。他开始将手中的第一块角铁组装成铁塔的第一块骨骼，随之第二块、第二十块、第二百块……空旷的田野里，一块平整的塔基上铁塔悄悄冒出了尖，像发了芽的树苗，开始在他的手中慢慢长高。几个人在塔上奋力地装，几位同事在塔下忙着递，因为铁塔不同的部位需要不同的角铁，每块角铁都有各自的位置，就像每个人都有自己需要坚守的岗位一样，为了不搞混，他们给角铁编了号。他们在塔上呼喊某块角铁时，像呼喊着某个人的名字，塔下的人听见赶紧将对应的角铁吊上去。那是一个配合相当默契的过程。到了正午，烈日当空，塔下的人眯着眼往塔上望，人和铁塔都变成亮晃晃白花花的一片，分不清哪是人哪是铁塔。塔上人往塔下俯视却是一眼分明，几个人赤脚站在泥田里，一站一天，像长在田里的植物。

　　铁塔像根一样长在大地的那一刻，也长在了人的记忆里。从此他们会像记住某位熟知的朋友一样，记住某某线某某号铁塔具体在什么位置，无论风霜雨雪他们会像医生关照人的健康一样定期去巡视、看护它们，确保它们体内的光明血液永远鲜活奔腾。

　　输电外线工的工作注定是围着铁塔打转的，像铁塔的影子一样，铁塔在哪儿他们在哪儿。这次来到京山钱场，和之前去过的无数个地方一样，目标永远是铁塔。这次是为惠钱线、惠隆线等十几位家族兄弟而来，它们横跨高速公路，无论是输送光明的责任还是确保高速公路的安全，都需要有更为强壮的身躯来接替。坚守有20多年了，风雨侵蚀，它们也渐渐变得孱弱，该退休了，不饶人的岁月也没饶过一座铁塔。

就像一个蹒跚学步的孩子，从他迈开摇晃的第一步起，注定会一步比一步稳固。今天的他早已不是那个只懂检修巡线组装铁塔的毛头小子了，这次，他让跨越车流不断能担四级风险的铁塔巨人一座一座安稳有序地诞生，又将一座一座旧塔安稳有序地退去，他不仅为它们制定了诞生的基地，也为它们制订了退出的方案，像掌握了铁塔王国大权的君主，颇有成就感。

事实说明无论时代如何发展，科技如何进步，铁塔永远离不开这群人。铁塔诞生的流程也不会改变：施工测量、基础开挖、杆塔组立、导地线展放、安装附件，如同人的生长步骤一样，每个细微的环节都将直接影响铁塔一生。至于铁塔的每个环节、每个细节，他们必须像一名真诚的农夫对待自己的土地一样，永远认认真真踏踏实实。

二

不要以为铁塔没有记忆，天生冷硬。每座铁塔，从它们诞生的时刻起，也记住了一群人和他们流淌过的血汗。

在这群人进入京山钱场开始惠钱线改造，一张张黝黑发亮的面孔在铁塔前晃动，热火朝天地重复着无数次的画面时，它不能不想起1998年7月。那是惠钱线诞生的时间，是京山钱场镇的第一条110kV铁塔线路，也是他姜金节第一次站在京山钱场这块土地上架设110kV的铁塔线路。

那次诞生的杆塔兄弟可比这次阵容庞大，一共92基，30基铁塔、62基水泥电杆。

依旧是火辣辣的日头，依旧是机械无法到达的田埂小路，62根水泥电杆，每根长达9米重达180斤，只能由人工抬进立塔现场。开工的第一天，京山钱场镇有上百的村民增援，村民们抬着沉重的电杆，一边喊着号子一边一步一顿缓缓前进，一串一串深陷的脚窝像烙在大地的印记。电杆兄弟不像角铁那般灵活，拆可握在手中，合可屹立大地，它们横竖就是一根不开窍的水泥疙瘩，唯一的变通也显得愚笨，只懂得将一根分为几节。几节抬进去也还得还原成一根啊。村民不懂专业，只能帮衬抬电杆、挖电杆窝子，除此外其他环节都得他们亲力亲为。他们先得用撬棍将那些分成一节一节的电杆专业地滚到一条线上，再精确到不差分毫严丝合缝地将它们焊接成笔直的一根。撬动每一节电杆都是一场硬碰硬的力量角逐，几个人撬得汗水流到脚板心，双手不得力，就用两只胳膊顶。一天电杆撬下来，两只胳膊开始红肿渗血。

　　焊接好的电杆终于可以起吊了，没有现代机械的襄助，原始的扒杆成为起吊电杆的唯一工具。电杆吊得是否成功，全看如何布绳，如何系好扒杆索脚、系好起吊点、系好各方拉线，整个过程全然又是一个专业流程。排完水的秧田又逢上一场大雨，四野稀泥，他脱了鞋挽起裤脚深一脚浅一脚朝着电杆躺卧的地方走去。他弯下腰，俯下身子，一只手将绳子伸进杆塔底部，另一只手从泥巴里抠出绳子，灵巧地系好第一个节点，再系第二个、第三个……泥巴从裤脚溅到前胸，再到脸上、嘴上、头发上，瞬间干成泥印。蒸笼般的大地让汗珠像下雨，又将泥印化开淌成一条线，滴在泥水里，滴在不通心窍的电杆上。他反身上岸拿起喇叭，像一只花脸猫似的开始扯着嗓子喊："左晃绳！右晃绳！"牵引双方在泥人的指挥下逐渐一点一点调整电杆，直到像插红旗一样将电杆插进电杆窝子。那样的全套动作，他们从早到晚一天要重复六七次。

　　没有连接导地线的杆塔们如同一个没有血脉、神经的人，还不能称为气血相连的兄弟，充其量只是完成了从匍匐到站立的过程。而今的放线现场虽然有了放线机,但过程依旧艰辛,如空中穿针引线绣花。无法想象,在没有放线机的曾经,92基杆塔、84000米导地线,必须顺着一条直线行走的他们究竟是如何穿越布满荆棘沟壑的大地,让它们进入高空成为一条光明血脉的。

  还是那天晚上,我随他们黑灯瞎火地返回住地时,听到了他的同事(一名输电二代)聊到16岁跟随父亲体验放线生活的场景。一列人拖着导线,像纤夫拉纤一样,逢山过山逢水过水,如果经过荷塘,人和导线便毫不犹豫地下到荷塘。齐腰深的水,密集的荷林不肯让路,他们拖着导线硬钻,上岸后荷梗在他们腿上、胳膊上留下一条一条密密麻麻的血印,以示惩戒。等到晚上收工回家,整个人就像打了败仗的伤兵,肩膀磨破了,手也磨破了,全身上下没有一处好皮。事后他才知道那段经历,是身为线路工的父亲有意借此达到父亲善意的劝告,以后从业不要选择输电线路,太苦!事实是命运若能由人还能称之为命运吗?最终无论他怎么选择,绕来绕去还是成了铁塔的影子,和姜金节一样一工作便是半生。

  曾经淌过血汗的地方最终都站立起一座座铁塔,就像农民和着汗水播下的种子最终都长得枝繁叶茂。从第一天来到工地现场,从第一座铁塔在眼前慢慢成型,我几次隔着距离默默观望,越发感觉它们真像一棵树,生长得如此缓慢而艰辛。只不过和树不一样的是,让它们成长的不是阳光和雨露,而是人的心血和汗水。

三

  我得承认对铁塔的工地和一群铁塔的影子,只跟随了4天,如同一线支流仅浅显地流过他们身边而已,就算与他们一起吃住在工地,早出晚归,不过还是一个彻头彻尾的形式主义者。我没有拿过一块角铁，没有拧过一颗螺丝，更没有爬上铁塔的天空去承受烈日的炙烤，甚至连连续 13 个小时和他们一起站在工地的勇气也没有。我曾万般无奈地去寻找过树荫，溜到工地旁摘过农户的枇杷，看过蚂蚁爬行，还和一条流浪到工地的小狗说过悄悄话。我千方百计地打发时间的冗长，摆脱眼前的枯燥……能说什么呢，没有什么能比事实更能说明事实，面对铁塔，一个软弱虚伪的人注定会现出原形。

记得有人曾问我这世间究竟有多少种生活方式，当时没能说清，我想现在至少可以说，其中有一种叫工地生活，而这工地生活中又只有一种叫"铁塔影子的工地生活"。一盒简单的盒饭，大地为席，蚊虫作伴，或吃在烈日下，或吃在风雨中，或吃在风沙里，或吃在荒野地……这里永远生长着坚硬的事物，角铁、螺丝、铁塔、铁锤……包括回响在工地的每一种声音，流逝的每一分钟，移动的每个人。

29 年来他记不清在工地度过了多少个白天夜晚，多少次餐风饮露、披星戴月，但他却记得清经手立过的铁塔有 400 多基，遍及京山、钟祥、沙洋、荆门三区，像植物的根系四通八达，从 35kV 到 110kV、220kV，如雨后的春笋越来越繁茂，如大地的骨骼越长越强壮。

半月时间，一座一座铁塔站立，一座一座铁塔复活。新的铁塔复活时，老的铁塔退去，就像新兵接替老兵退役一样。

拆除惠钱线 47 号铁塔时，他始信这世间的因缘际会，除了人与人，也包括人与铁塔。那曾是他亲手立起来的铁塔，他仰头打量铁塔的一刻，铁塔也在默默打量他。那会儿他还是个 20 出头的小伙子，就像一座崭新的铁塔，从头到脚焕发着青春的光芒，浑身有着使不完的劲。不知不觉一晃二十几年过去，他与线路铁塔打了半辈子交道，年轻的脸也褪成了铁塔的底色，一样镌刻了风霜。

那一刻，他站在铁塔前看着铁塔。我站在他的身后看着他，默默

铁塔的影子

无声，突想假如有人用蒙太奇的手法来记录铁塔的一生，应该十分奇特吧。当我们还原出世间所有的铁塔从匍匐到站立的过程时，分明可见一个又一个铁塔似的鲜活身影。

# 没有故事的"战场"

## 一

2020年7月18日下午，一支属于国家电网湖北省荆门供电公司抗洪救灾的队伍紧急出发了，一辆一辆的车迎着风雨，浩浩荡荡连夜朝着恩施奔驰，一种穿越风雨的激昂，让猛烈敲打车身的雨顿时变成了战斗的鼓点。

随后一天我也赶往恩施，路上读一篇抗洪救灾的文章，其中一句"无论有没有身穿军装，所有参与抗洪救灾的人都是战士"，顿时莫名感动。想到之前视频所见，半个恩施城泡在洪水中，想着此刻我正奔向这支驰援恩施抗洪救灾的队伍而去，一时浮想联翩，百感交集。

直至到达现场，看见眼前的画面，终于忍不住质疑，我读到的那句话真的包含眼前这些人吗？

没有红旗招展，没有急水汪洋，没有泥巴裹满裤腿，更没有等待救援的人民群众……这样的"战士"、这样的"战场"是不是不太符合常人对于抗洪救灾的想象？他们要抢救的是被洪水淹过的电力设备，由于所有设备分布零散，也使得"战场"不仅零散，且毫不起眼、毫无规模气势。第一天到达他乡异地，他们没像解放军战士那样立刻投入轰轰烈烈的战斗，而是默默无声地走街串巷。他们必须先熟悉"战场"、了解抢救对象，就像走访客户一样，一处一处定位勘察，在不能行车的亲水走廊，顶着烈日老老实实一步一步地巡走。

勘察了解抢修对象，是为了拿出紧急抢修方案，办好相应流程的工作票，就像医生即将对病人展开的救治，准备救治一样。因为所有设备都被洪水泡过，体内积满厚厚的淤泥。为了让设备尽早安全试验，及时检测健康与否，尽快解决故障、恢复送电条件，19日下午他们必须完成所有设备的清淤工作。就像打扫一间间房屋一样，一点点洗净泥沙，然后一点点烘烤、烘干，逐一进行电气试验检测。实际上给一台台如同布满血管、神经的设备作清淤打扫实在比打扫房屋要麻烦得多。如果有人留心，会发现7月20日凌晨3点，沿江的大街小巷还有几束微弱的光在晃动。那就是他们，打着手电筒在继续完成清淤打扫、烘干及试验工作。几个人身背工具包，左手拿着万用表，右手拎着塑料桶，里面放着铲子和抹布，一台台公变、一台台专变、一台台路灯变，在他乡寂静漆黑的深夜，重复着相同的动作。一点点铲除淤泥，一点点清洗，一点点抹净擦干，一点点用吹风机吹干，再用绝缘电阻表一个个进行试验……

　　为了熟悉所有抢修地点，亲眼看看各个抢修点的细节，在陈克勇和孟慧的带领下我也循着他们的脚印走街串巷。那会儿我不由自主想起了去年10月在武汉的军运会保电现场，也是眼前这两员大将，也是跟着他们走街串巷，只是当时天气没有今天这般闷热，现场情形也没有今天这般紧迫。

　　这趟行走竟让我无意中看到满目疮痍，第一次目睹洪水洗劫后的场景。所经之处一片狼藉，门前无一不堆积着淤泥和毁坏的家。我们停下脚步，无声地注视那些还在整理家园的居民，只见三块"家""和""顺"字样的木匾装饰品东倒西歪地躺卧在淤泥里，一位老婆婆弓下身子，欲伸手向"家"的那块木匾，最终又缩回了手。孟慧说他们来的那天，比眼前还要狼藉，满地淤泥无处下脚，乱七八糟如同强盗洗劫过一样。听当地居民说17日下午2点通知撤人，人刚撤走洪水就疯涌进来，放眼之中一片汪洋，迅速淹没了一楼，他们的车辆财产根本来不及转移，只能任由洪水吞噬，他们除了流泪，毫无办法。一次疫情，一场洪水，时时警示着我们看似平和稳定的日子却暗涌着无常，2020年的我们已经感受足够深刻。

这次荆门公司需要援助抢修的设备就分布在这片受灾最严重的区域，因环网柜、电缆分支箱、变压器近30台电力设备受到洪水不同程度的损坏，居民已经断电4天，他们急切地盼望来电，渴望恢复正常生活。此情此景我再次告诉自己，不能因为平凡而去否定平凡的价值，无论这些"战士"与他们的"战场"有多么平凡渺小，他们的背后关乎的却是2000多个居民的光明，与过上正常生活的希望。

仅下午1个多小时，路遇的居民无一例外地会问："师父，什么时候来电？"一位大姐拎着一袋肉，说："没有电，这日子好难过哟。家里冰箱的腊肉都坏了，这些肉我只能存到亲戚家去。"

我们总说：等一切结束后，难熬的日子都会过去，生活也会回到正轨。就像诗里写的：

> 等那些时间过去
> 花就会开了
> 天就要亮了
> 哭丧的脸笑了
> 失散的气球重新回到手心

当你真正面对这些正在经历灾难的人时，会觉得这些话实在过于苍白虚空。对诚挚的人来说，再多安慰的话也不如实际行动有力，就像他们唯有整日整夜不眠不休地抢修，才能尽快恢复送电。

随着他们一处一处走，那些散落的抢修点终于被我串联起来，廊道、小区、地下室、居民巷、商业区……一处一地，情形不一，有的阴暗，有的潮湿，有的既阴暗又潮湿，蚊子竟多得瘆人，身着长袖长裤的我略略停留就被咬得满身的疙瘩。

我的初衷只走一趟来回，不承想一下午都在来来回回走，不知不没有故事的"战场"

觉步行2万多步。因为他们要不停巡视,除了检查,还要解决时不时出现的问题。而我为了充当一双见证的眼睛,期待抓取哪怕一丁点有故事的细节,只能跟着他们不停地走。

现实是令我失望的,在我看来,他们处理的那些问题实在让我没法形容。

接近4点陈克勇接到电话,随他赶到一台电缆分支箱前。工人检测有一根电缆出现故障,箱内三根电缆呈"品"字形,有故障的那根正好藏在最里面。巴掌大的分支箱空间极度狭小,他们想在不影响其他两根电缆正常供电的情况下,拆除有故障的那根电缆。可能有人会说与其费那个脑子,不如把那三根全部停下,等那根有故障的电缆修复好再一起送电不就完事了吗?这当然是最简单的办法,只是他们认为一根电缆关系100多户用电。如果只图简单,余下两根原本可以正常用电的200多个用户就会受到无辜牵连。

看着几个人围着一个电缆分支箱冥思苦想,只觉他们迂腐的样子令人哑然失笑,但我又不得不承认这样的迂腐透着难得的用心。尽管我认为类似这样的小问题,无论怎么处理,都不会有人关注,也不会因此受到任何非议,但我也认为人间真诚的纯度恰恰都体现于目光之外,就像一位善良的人,他所作的善举并非为了让人看见一样。

二

对于忙碌的人来说时间不经消磨,天色就在这来来回回的步伐中黑了下来,沿江的修竹茂林渐渐只剩下黑乎乎的轮廓,夏虫趁机隐藏其中自言自语,犹如夜色里孤寂的人找到了契机,让这个艰辛的夜晚有了倾诉的出口。

这已经是他们到达后的第二个夜晚了,也是他们给自己预设留下的最后工作时间,所有人都作好了准备,就算一夜不睡,所有的抢修工作必须在今晚结束。

夜色慢慢降临,出来散步的居民开始越来越多。我站在一台环网柜前看他们进行试验,身边经过两对老年夫妇,他们也停下来观看,一位阿姨问:"姑娘,什么时候可以来电?"

我说:"快了,今晚他们会通宵加班,修好就会来电了。"

身边另一位阿姨忙补充说:"昨天晚上就看见他们忙到半夜,也不简单啦。"

"姑娘,不急不急!你们慢慢忙啊,不急不急!我们再等两天没事的。"

"你们吃晚饭了吗?"

"你们是荆门来的吧?感谢荆门人呢!"

……

我忠实地记录下这些句子,未作丝毫伪饰,你得相信人与人之间的善良与温暖永远存在身边。临走时,有对老年夫妇还不忘朝工人们拱手作揖,再示感谢。那一刻,我用手机拍下瞬间的画面。

白天黑夜,我看见了太多平常琐碎的画面,为了换一台被洪水毁坏的环网柜,工人顶着闷热潮湿的天气猫身爬进电缆沟里,后又带着一身汗水、泥巴从沟里爬出来;为逐一校验变压器,几个人在阴暗潮湿的地方一相一相检测,闷得衣服水洗般;一个人后颈被蚊子密密麻麻咬了近20个红疙瘩,一副瘆人的样子;一个人的应急鞋因为不知道来回走了多少趟,慢慢裂开、脱胶、掉落,十足狼狈……面对那些画面,我除了感叹,不曾过分动容。只是,面对那些素不相识的行人,那些言语终于让我有点眼眶发热。不得不说,艰难时刻,一句理解的话语包含的温暖远胜过千言万语。

抢修队的黄祥玉说:"当这里的人听到我们是荆门过来支援的时候,每个人都对我们表示感谢,觉得我们很不容易。还有人为我们送冰奶没有故事的"战场"

茶，没有一个人对我们有半句抱怨的话，这让我很感动。我们这次过来，别的什么都不提，为了这些恩施人都值。"

三

夜渐渐趋于深处，白昼的亲水走廊犹如散尽喧嚣的舞台，路人都已离去，最终只留下眼前主角——一群通宵奋战的人。

最后的时间如拉紧的弦，漆黑的夜里随处可见各种微弱的光：有为填写电缆耐压试验工作票，身边的人为他举起的手电筒之光；有为替恩施公司统计水淹的设备，便于他们后期作更换，笔记本电脑为他散发的荧屏之光；有为更换征94环网柜作最后冲刺，应急灯为他们照射的光。这样的应急之光同时也照耀着作电力电缆交流耐压试验的人……这些平淡的场景，这些平凡的人，这些微弱的光，最终都汇集成无声的光照亮着清江的深夜。

这只是我近距离看见的，因为凌晨时分，我已极度疲惫，头晕目眩地靠在现场唯一的一把椅子上，至于其他散落的工作点，实在无力再看。事实是不管如何看，一个人的目光终究是有限的，但心是无限的。目光不及处，就让心去感知。当一场暴雨断续下了月余，当半个中国浸泡在洪水中，当无数电力设施被洪水摧毁，有多少灾民渴盼光明？有多少黑夜急需照亮？又有多少人复制着眼前的画面，辛苦远胜于此刻？那些恩施公司的一线电力工人兄弟们，湖北省公司、各个地市的一线电力工人兄弟们，乃至整个国家电网的一线电力工人兄弟们，为了保卫光明，他们曾以怎样的血肉之躯抵御着这场苦雨？又因这场苦雨他们度过多少个通宵不眠的夜？吃过多少不为人知的艰辛之苦？

试验终于作完了，还有试验数据要分析，报告还要编写、打印……这些无比严谨、琐碎、枯燥的流程恕我无心再一一列举，就让我用最乏味最无文采的句子来作今晚最后的陈述：2020年7月21日凌晨5

时，荆门供电公司支援恩施应急抢修工作全部完毕！完成4台环网柜工频耐压试验，18台配变的绝缘电阻测量，26条电力电缆交流耐压；完成3台环网柜，共计12套保护装置的二次回路绝缘电阻测试、回路电阻测试、保护整组试验。试验全部合格，具备送电条件。

请相信，不管我的陈述多么枯燥，在这每一条背后都有一颗颗诚挚的心，一个个湿透的背影，一条条麻木的腿，一双双熬红的眼睛。

是啊，这里确实没有常人想象的抗洪救灾的画面，没有战士们扛着沙包往前冲的悲壮，没有人与洪水对峙的英勇，没有泥巴裹满裤腿睡卧在沙包上的心酸，只有冷硬的设备、枯燥的任务、闷热的白天、不眠的黑夜，以及一群没有故事的人。但是，是不是这诸多的"没有"背后真的什么都没有呢，我想还是要看，那是怎样的一双眼睛和怎样的一颗心。

## 后 记

7月21日清晨6点半，天又渐渐沥沥地下起了雨，酒店依旧停水，仍旧不能洗澡。吃了早餐，8点半再次赶到抢修现场，陈克勇和孟慧早已带队到达，他们在等待恩施公司验收。时近9点，雨越下越大，突然收到恩施市屯堡乡马者村沙子坝滑坡体出现大面积滑移，堵塞桥坡河形成堰塞湖需要腾库泄洪的预警消息，清江有可能再次引发洪水，10点半之前所有的人员必须全部撤离。撤离前，我亲眼所见混浊汹涌的江水1小时涨了近4米，那种惊恐、悲怆、无奈与无力无法用语言形容……但是，感谢老天，一度紧逼的洪水终于在下午退去，下午4点在现场具备安全作业条件后，荆门公司与恩施公司工作人员取得联系，傍晚6点10分，正式签署应急抢修工作移交报告。一场历时两天两夜的应急抢修战终于结束。

# 老马、老李、铁大个

## 一

老马、老李、铁大个，他们仨是秤不离砣的搭档，也是公不离婆的朋友。准确说三人中我先认识的老李和铁大个，随后才知道了老马，有点儿像顺藤摸瓜。

11月初，荆门公司迎来双河特级保电任务。为此我特意带着翊嘉、欣玥来到钟祥输电战区，当时迎接我们的就是老李和铁大个。老李精瘦，铁大个特高，老哥俩站在一块活像长短排比句，颇有些喜感。接着随行去钟祥核心保电现场牌云线路。一行六人顺着线路铁塔一路巡视一路聊，走到一处宽大的田沟前，铁大个人高腿长，轻松一迈瞬间走出老远，紧随其后的翊嘉、欣玥和我一时杵在了沟边。老李顿时跳脚，冲着铁大个的背影放炮：老家伙，只顾自己走也不知道拉一把美女。铁大个没吭气，赶紧掉转回身。老李像导演，让本已奋力跨过来的我们再度跨回去，让铁大个守在对面，待我们再次奋力跨越，他则伸长蒲扇大手作势一拉。如此这般，在老李和铁大个的精诚合作下，一道田沟我等竟来回奋力四次，其热忱真诚不容置疑。

当即翊嘉连呼：哎呀，真遗憾，马主任没来，马主任来了更有趣。

穿过光秃秃的桃林，一马平川的田野呈现在眼前，只见刚萌芽的小麦像初春的小草，朦朦胧胧地延伸至远方，煞是好看。身着红马甲头戴安全帽的老李叉腰站在铁塔边，一副指点江山的派头：这画面，大场景，老马没来，可惜。

直到从牌云线160号巡到164号，铁大个雷同说话：今天老马没来……

我忍不住发问，老马是谁呀？

翊嘉说老马是马主任，有趣的马主任。不过据说，只有老马、老李、铁大个三人齐齐到场，画面才会真正有趣。我此生最爱结交的莫属有才之人、有趣之人，最爱瞧的也是有趣的画面。听到这里，心想如此有趣画面此番未能得见，怕是还得来一趟。

这不，真就来了，冒着风雨，冷得直哆嗦，就为老马、老李和铁大个三角俱全。

不承想，我的热情倒吓着了人家老马。据说，为了动员老马来见我，老李费了不少口舌。开始说何记者要来，不说记者两字还好，一说吓得老马立刻缩了回去。老李继续努力：不是记者，是作家，是位美女作家呢。美女作家也不去，老马一贯低调，甭管记者、作家他都怕。眼看招数使尽，跟老马动狠的他不能，只能求爹爹告奶奶：我都说好了，人家何作家已经来过一次，这次就是为专门见你而来的……我说老马，你给我一点面子，要不然我的老脸没处放。我说老马……

老李使尽力气，三位老哥此刻才算齐整整地出现在我眼前。

输电人的工作特性就是不分春夏秋冬、风霜雪雨跟着线路铁塔跑，我们来了自然也不能耽误他们的工作，该去哪儿去哪儿。跟他们来到长滩保电现场，老李已为我们准备好雨衣、雨裤和雨鞋。个个准备披挂上阵。

老马176厘米左右，不胖不瘦，雨衣合体，加上气质温雅沉稳，背着相机不像一线工人，倒像去一线采风的摄影师。

老李比老马略微矮些，精瘦精瘦，穿上雨衣、戴上安全帽，加一张饱经风霜的脸，绝对输电线路工人的气质代言。

唯独铁大个拿着老李给的雨衣雨裤还在一旁穿得吭哧吭哧：我说

## 老马、老李、铁大个

老李,这是你给我的裤子,穿了半天撸都撸不上来。这会儿我们才注意到近190厘米的铁大个,上装雨衣穿是穿好了,就是套在工装上吊八寸活像猴马褂,两条长腿正憋在雨裤里,进出不得,像卡在了门缝里。老李又埋头翻出一件一次性雨衣给铁大个:老哥你可不能怪我,我准备的最大码,怪只怪你个子大,要特制。一旁一直没开腔的老马,看着铁大个终于穿好一次性雨衣,才慢悠悠地用钟祥方言说出一句:"你穿得像个放油(牛)滴(的)。"

看来这三位老哥还真有戏!

## 二

老马沉稳不轻易言语,铁大个憨实不善于言语,唯有老李外向精干,特别活跃健谈。几个人雨中前行,他就像炒豆子一样道出前尘往事。

回忆三位老哥人生中第一次会面,是在1986年的一场篮球赛上。那会儿他们还是小哥,20岁刚出头,刚上班不久,个顶个的年轻朝气。老马和老李因为上班都在钟祥电力工程队,认识早。铁大个因在基层张集变电站,属于后来认识。那年铁大个作为篮球人才选拔来参赛,因为个头高,电杆一样,站在人群中突出半截,赛场上他负责中锋,篮板球又打得好,所以给老马和老李留下挺深的印象。

现在回想,那是命运为他们以后的交集埋下的最初伏笔。

一场球赛结束,铁大个因为篮球特长,正式从张集变电站调入钟祥电力工程队,和老马、老李圈进了一个大院。

起初,因为老马是正式工吃商品粮的,老李和铁大个属于亦工亦农,感觉有差距,不怎么和老马玩。直到一次荆郑线架线立塔,需要输电专业和变电专业到现场一起配合,老李和铁大个在塔上高空作业,老马则带变电专业的人在塔下辅助送塔材，将一块块塔材吊在安全绳上反复拉向高空，常常站在烈日下一拉一整天。

一天还好。几天下来，塔上两人发现，天太热好些人扛不住，找借口都溜一边躲懒去了，只有老马自始至终站在塔下拉得不打折扣。两个人开始觉得这个吃商品粮的正式工不错，和他们一样能吃苦。他们初步判断这位老马一定不是偷奸耍滑之人，值得一交。

老李和铁大个在观察老马，其实那会儿老马也在观察老李和铁大个。两个人爬在空中顶着烈日，烤得冒油，扛不住的人还停下来歇息一会儿，那两个傻乎乎的一作就是一天，不叫收工不住手，像长在塔上一样。立塔时，焊接铁塔基础，很多切割下来的钢筋边角废料丢弃一旁，他们心疼，收集起来，请会焊工的老陈师父，一点点焊接起来。点焊时，一节节的钢筋废料要人帮扶才能焊接，没有面罩的铁大个亲自上阵，一边帮扶一边别过脸躲避弧光。最终，边角废料经过再组合可以继续发挥作用，而铁大个的眼睛终究没有逃脱弧光的灼伤，无论如何冷敷，都火辣辣地疼，水蜜桃似的肿了好几天。在老马看来，简直一个活脱脱的傻大个，却傻得可爱。

三个人进一步加深了解是2002年，输电变电专业已经分家，老马到了钟祥供电公司安保科任科长，因为输电线路出现问题需要老马现场协调解决，三个人在生产现场接触的机会越来越多。老马是实心帮忙解决问题的人，老李和铁大个又是实心作事的人，实心对实心，真算对了眼。一来二去，老李和铁大个知道老马工作之余也爱喝点小酒。有段时间铁大个在工区食堂帮厨，只要作了好吃的他们就会想着老马，三个人时常一起喝酒，俗话说酒品看人品，三个爷们越喝越觉着彼此实在，越喝越近乎。不过在老马的记忆里，他从来没有喝赢老李和铁大个，受伤的总是他。

## 老马、老李、铁大个

2010年，老马任钟祥输电工区主任，成了老李和铁大个的领导，在别人看来老李和铁大个怕是要讨好了，老马肯定会关照他俩。话没说错，老马对哥俩还真挺"关照"，但凡最重要、最辛苦的活儿都会分派给老李和铁大个。已经各自担任生产班长的老哥俩也不计较，从来不给老马找麻烦，不提特殊要求，再苦再累只认真卖力地作。先后两年齐心协力捧回"荆门公司无跳闸奖""湖北省公司一流班组"荣誉。

在铁大个的印象里，老马接地气，愿意和工人同甘共苦。2013年，大年三十正准备团年当口儿，京山家隆线跳闸、永隆停电，老李因为回旧口探望父母赶不急去现场。铁大个正准备回张集老家团年，听说跳闸便立刻带了两名工人往现场赶，老马也陪着。故障处理完天已摸黑，团年饭早已错过，他们干脆去铁大个家补办了一个团年。那一次酒喝得真叫滋味和感情，让在旧口老家的老李欠得不行。

老李和铁大个是真服老马。老马不管是作安保科长，还是任输电工区主任，长期深入一线，一线谁辛苦他的眼睛永远看得最清，每次轮到评选省公司先进指标，老马会特别固执，他认为荣誉必须给那些真正吃苦付出的工人，不能委屈他们。那会儿谁都知道输电工区的工人调皮，但是就服老马。

老李一路絮絮叨叨地讲，明明脚下踩着沉重的泥泞，雨水如冰打在脸上手上，竟不觉有寒冷的感觉。

我问老李30多年来哥仨有没有最苦的记忆。

这会儿铁大个倒是嘴快，说，拉线。

老李却很认真地在那里想。什么叫苦呢，铁塔基础我们挖过，浇灌铁塔基础的混凝土我们亲自搅拌过，可不是搅拌机啊，是纯人工。老李认真补充。大风天里，搅完一堆混凝土常常嘴巴耳朵里都是水泥灰，除了眼睛还在眨巴，整个人像从水泥灰中扒出来的；亲自浇灌过铁塔基础，冬天里一双手伸出来，不是满手的老茧就是一道道皴裂的口子；他们还抬过成吨重的电杆，几天下来皮包骨的肩膀先是磨得红肿随后又结痂成茧；包括电杆拉线的窝，都是自己挖自己埋呢；接着人工放线拉线，就是铁大个说的，逢山过山，逢水过水，那个过程更没法说。

老李说，整个钟祥区域的110kV电杆，我们每根至少爬过10次，不管在哪儿闭上眼睛都能摸去，烂熟的。

2012年三集五大，钟祥输电划归检修公司管理。2013年京山110kV输电线路全部移交钟祥输电班。为熟悉新划转的30条线路，老李和老马一起去巡线，就像熟悉人一样，每一基杆塔在什么地方，身体健康如何，摸得清清楚楚。那次两人钻在树缝里，一根树枝迎面戳到老李眼睛下方，当即红肿渗血，吓了老马一跳，幸亏位置稍微偏离，如果戳到眼睛，现在的老李只怕是独眼龙了。

还有外破（外力破坏）也磨人呢，磨人的原因就在于太细微，太说不上个道道，五花八门的外破隐患，防不胜防。可能是在高压线下作业的流动车辆，或压线下钓鱼的人，一不小心触碰到高压线，不仅导致线路跳闸，还会发生人员伤亡；也可能是突来的一股气流、夹道里一股小型旋风，吹来异物落在线路上导致短路跳闸；甚至突然飞来一只风筝，也会让他们心惊肉跳，风筝离线路近，稍不留神可能就会接触线路导致短路跳闸。他们还记得追着一只风筝寻找放风筝主人的经历，满大街像寻找潜伏的特务，在街道上七拐八弯，在林立的楼房东寻西窜，找了整整两个小时，才终于找到放风筝的人——正气定神闲地站在某小区某栋楼的某楼顶上，他们冷不丁地出现，还把人给吓了一跳。

在他们眼底，线路铁塔就像他们的孩子，从建设到成长，从管理到

## 老马、老李、铁大个

维护，必须时刻用心用眼盯着，比孩子看得还娇。

说不完，还有很多很多。老李摆摆头。这些细节究竟哪里才算最苦呢？说不清楚。

唯一能说清楚的就是这几位老哥的感情之所以这么深，除了性格实在，关键是这30多年来，无论工作上还是生活上，都看见过也体味过彼此的苦，在经历的每个细节里相互见证、相互理解、相互帮扶，一步一步走到今天。

老李一路说的过程中，老马和铁大个多半沉默，涉及时间会偶尔提示一下，除此外基本默认老李为他们代言。

一路上话语的主动权都由老李掌握，任他信马由缰。老李的思维跳跃，常常我还停留在当下的话题里，他又迅速换了话题。就像这会儿，他又将话题跳跃，突然一句"老马有个好姐姐"，令我猝不及防。

不过，没关系，反正我的任务就是听他说。

老马爱人在荆门，姑娘在武汉，他独自一人在钟祥。2016年下半年，老马快90岁的父亲得了肺癌，幸亏老马有个好姐姐。老李再次强调。老马在生产上忙得像陀螺时，照顾父亲的责任由姐姐全部承担，他每天忙到晚才能抽点时间去看望父亲。一次老马姐姐去武汉，照顾父亲的任务只能落到老马身上。父亲每天要去医院输液，早晨老马着急把父亲送到医院，因生产任务太紧无暇分身，只有留下电话拜托医生帮忙看顾，万一父亲有什么事再给他打电话。他算好父亲输液需要两个小时，准备到了点再去医院接父亲，结果中途突然接到医院电话，父亲不见了，输了一半拔了针头不知道跑哪里去了。老马如同晴天霹雳，掉了魂一般立刻赶往医院，好在那一方都熟悉老马和老马的父亲，到处打听寻找，终于在一条巷子里找到父亲。被癌症折磨得瘦骨嶙峋的父亲，正独自蹲在巷子里，见老马来了，抬头看着他，眼巴巴的，像个无助的孩子。那一刻老马鼻子发酸得厉害。翻年6月,老马父亲就走了。父亲走后那段时间,老马时不时还会梦见那次走失的画面,每每想起就像一根刺嵌在肉里,令他隐隐作痛。

老马父亲那天失踪的消息,老李和铁大个事后才得知,顿时火冒三丈,指着老马骂这么重要的事竟然都不跟兄弟说。骂完又心疼。说句不恰当的比喻,他们都是一根藤上的苦瓜,谁能不理解谁呢。

老李的心底不是一样有着一根刺吗?

2020年一场疫情留给人们太多心痛的记忆。大年三十那天他回去看望跟随大弟生活的母亲,母亲80多岁,身体不好,年轻时候劳作过度,留下风湿病和腰椎间盘突出,之前老李为母亲四处寻药,母亲喝过老李寻回的药后风湿和腰椎间盘竟好转不少,走路烧火都没问题。三十那天他走时母亲还好好的,正月初一,大弟突然打来电话,说母亲在家闲不住,在地里除草引起腰椎间盘复发。之前老李给母亲找的药都是特制,疫情期间实在没法寻。加上疫情期间他们肩负保电任务,每天忙得打转。再说公家的黄壳车醒目,除了工作区域不能到处跑,担心给单位添乱。就这样心乱如麻地支撑到3月解封,眼瞅着星期天老李将生产工作拜托给老马和铁大个,急忙赶回家,母亲已经疼瘫了,股骨头已经坏死。看着母亲疼,老李想过出钱给母亲换股骨头,可是80多岁的人,换了还能不能从手术台上下来,连医生也不敢保证。最终,今年7月母亲走了,如果不是腰椎间盘复发可能还会多活几年。

为母亲订下墓地,放下母亲的骨灰盒时,老李说,妈,您以后就在这里住下了。说完,很少流泪的他满脸泪水。

老李说人人都有难念的经。自从双河保电打响就像进入战备状态,班里十几个人,老的少的,每个人都用在刀刃上,白天连着黑夜,今天连着明天。副班长曾杰,80后的年轻人,孩子才9个月,是早产儿,

## 老马、老李、铁大个

体质不怎么好，爱人在信用社上班，和他一样早出晚归。平时爸爸妈妈帮忙带孩子，因为妈妈生病胸部作手术，照顾孩子的任务只好交给丈母娘，谁料节骨眼上丈母娘又得了急性肠胃炎。老哥们铁大个发了牙疼，脸肿得像面包，没时间去医院，硬撑；还有一位老哥吴明胜，10号开始保电，上午发了肾结石，碎完肾结石，照常来到保电现场；吴国华，血液过敏，工作完再去输液；老廖心脏有问题，还是守在铁塔防腐现场。班里既要保电，日常工作还要照常进行。老马其实已经退职，关键时候缺人他义无反顾地顶上去。听到此处，感觉电影里编排故事怕也没这么不凑巧，但事实就是如此，这就是现实，让工作与生活困难狭路相逢，既是命运安排好的，也是留给每个人的考题。

三

我在听老李絮叨的同时也没忘记观察老马，老马虽然极少开口，但一直在用心地听，听到深处时总是一脸沉思，像是陷入回忆。第一次来，老李就说老马摄影技术高，经常为一线工人拍照，我有心听听其中的故事，于是从老李那里夺过话语权问老马，有没有给老哥俩拍什么好照片？

没等老马回答，铁大个迅速抢过话题：他给美女照得最好，他给美女照相超级耐心，蹲着细细地调啊调；而给我们照，相机刚举起来就说好啦。铁大个一边说还一边蹲下身子模仿对准美女调整镜头状。

哈哈。我续问，再过两年你们都退休了准备自驾西藏出去拍照吗？

老李又抢过话题：我才不跟他去，每次跟他出去都是我们给他背"长枪短炮"。那次去九寨沟，他带了两个照相机、两个镜头、照相机架子，在风景区自己身轻如燕咔咔咔地拍，我们两个像小工，跟在后面背着他的"长枪短炮"。一天下来喊吃亏，他不领情，还理直气壮：

还不是你们要我带的。

面对此状，老马只管抱着自己的摄影包，不急不躁，既不辩白，也不对嘴，一双眼只管看着他们眯眯地笑，全然一副知此知彼的表情。

果然，自个儿的话音刚落，老李已经开始打脸现过现，跟老马反复申明：要等我，退休一起出去。

说到摄影，我倒想起检修公司四楼的通道，专门陈列有一排职工的摄影作品，第一次路过曾被一张照片吸引驻足。那张照片上天空厚积的云层泛着隐隐的光，一根电杆仿佛插进了云层，一位电力工人微屈着身子，扒着电杆正向着他的目标攀爬，越爬越高，直到留下一点黝黑的剪影。我仿佛感觉到随着他一步一步地攀爬，脚扣敲击着电杆，一种带有节奏的声响，回荡在天空。当时便用手机翻拍下那张照片，之后为我的散文《铁塔的影子》作了配图，发在了微信号和国网头条里。直到今天见面老马现场翻读这篇文章指认，才知道竟是他的作品。

提到这些照片，老马说当初脑子里可没有什么摄影或艺术的概念，最初在一线和工人在一起，看见工人们作事极其艰辛的画面，休息时席地打牌笑声爽朗的画面，只觉得特别感动，他苦于说不出写不出，方才产生了用拍照记录的想法。没想到就此一步一步走上了摄影的道路，终于懂得了借助光线和构图来表达自己的思想和情感。

所谓近朱者赤，和老马在一起时间长了，大老粗一样的老李和铁大个也学会了欣赏身边的美。有时候他们收工回来的路上，会抬头欣赏天空的画面，注视落日的余晖，感受大自然的美带来的心情愉悦。这次双河保电期间正赶上大降温，风雨雪交相出现，就在11月20日那天下午中途出了点太阳，一缕光透过云层的空隙倾泻而下，特别好看。老李连呼：老马老马，这个画面很美，快拍下来。

最终我从老马的手机里看见了这张照片，只见天上原本一块厚积

老马、老李、铁大个

的云层,像突然开了一扇窗,阳光从那窗口大小的空隙倾泻下来,五颜六色。老马感叹,光线特别好,就是矮了一点,要是再高一点,照在铁塔上感觉会更好。那时间,三张沧桑的面容,三位加起来170多岁的老哥们,开始挤到一处认真欣赏,那幅画面落在我眼里的一刻,分明有一种说不清的滋味油然而生,仿如暮秋时节的霜枫,分外动人。

国网湖北省秭归县供电公司员工在海拔 1600 米的罗家山上,对 35kV 建崔线倒塔输电线路进行抢修。大雪纷飞,零下 10 摄氏度,从铁塔上下来的供电员工取下湿透的手套在火边取暖。

(摄影:雷勇)

# 浩哥的爱情

## 一

那是 2016 年的初春，荆门供电公司 220kV 枣山变电站综合改造开启，面对一场攻坚战，在"实战练兵，岗位成才"的育人理念下，公司让 2015 年新入职的员工一起进驻，参与改造学习。

3 月中旬，运检室召集保护班全员和 2015 年新员工开碰头会，安排具体工作、交代注意事项。会后，当时的保护班班长王洪涛对新员工再次嘱咐："这次工程时间紧、任务重，大家千万不要迟到，住东宝区的可以坐单位的车，具体时间、地点跟钟文联系。"随后又转头叮嘱比新员工提前一年上班的钟姑娘，"每天早晨你就负责组织他们坐车。"

"你们都跟我留个联系方式吧，明天早晨我在电力宾馆路口等你们……找不到地方可以给我打电话。"

"你好，我的电话是……"人群中一位小伙子首先响应钟姑娘，他在会议桌的另一端冲钟姑娘喊话。两人就这样隔着"遥远的距离"互换了联系方式。近视眼的钟姑娘还没看清那小伙是黑是白是胖是瘦，就在一片混乱中散了会。

出了会议室，钟姑娘看着手机界面傻了眼，那位第一个冲她喊话的人，忘了问他叫啥名。钟姑娘想了想，干脆在手机通信录里备注下"运维班某人"。

保护班是一项技术含量高，同时颇为辛苦的专业，如果涉及大的改造项目，通常一作就是几个月，这就意味着几个月无休，周末和法定节假日都得起早贪黑坚守阵地。当时枣山变电站改造工程的负责人是罗皓文（如今是检修公司副总），他是技术大咖，也是出了名的完美主义"重度患者",一丝一毫差错都不许出现,令所有参与工程的人倍感压力。

因为没有丝毫继电保护实践经验,现场的新员工们可谓一脸蒙,而经验丰富的老师父们要保证工程的质量和进度,自己都忙得不可开交,能给新员工答疑解惑的时间自然少之又少。更多时候新员工们是帮忙打打下手,完后一旁自个儿观摩学习。

改造开始时钟姑娘已经知道了"运维班某人"姓张,名志浩,挺特别的小伙子。一是特别勤快,干活从不吝惜出力,每天开工搬设备、收工收线,总冲在最前面。二是那些日子他总穿一双有橘黄色条纹的运动鞋,特别打眼,以致那段时间她的记忆里那双鞋比人印象还深。

每晚工作结束要收保护台时,钟姑娘都会去找穿橘黄鞋子的张小伙,他总是很热心。钟姑娘发现这小伙挺爱学习,常常在别人发呆时自己拿着图纸琢磨研究,每次吃饭间隙,都会抓住机会请教一些类似防跳原理等比较复杂的问题。

最终随着枣山变电站改造完美收官,穿橘黄鞋子的张小伙也在钟姑娘的视线里消失了,很长一段时间钟姑娘再也没有看见他。只是偶尔在公司主页上看到一些竞赛调考的成绩公示里,张小伙的名字总排在前头。

直到2016年8月,公司抽调一批青年员工到培训中心封闭培训,准备参加省公司安规调考,钟姑娘和张小伙双双被抽中。封闭备考的日子很是枯燥,天天要跟安规考试这种标点符号都不能错的"变态考题"打交道,让人很是难受。每天晚饭后短暂而宝贵的休息时间,其他人都会选择回房间或看电视或吃零食,唯有张小伙每天换上球衣去运动场打篮球。一天下了晚自习,钟姑娘和室友小熊一起在院子里散步解压,经过篮球场看到张小伙奔跑、跳跃充满活力的身影,顿时对他起了好奇心,开始与小熊悄悄议论起他。

　　可能冥冥中老天自有安排,9月湖北省公司开始抽调各个地市公司生产人员到武汉封闭考安规,钟姑娘和张小伙又被同时抽中。那时候钟姑娘心情简直差极了,她本不在抽考名单中,只因被抽考的同事临时有事请假,她才被临时拉了壮丁顶替,根本不曾复习。带着破罐子破摔的心情她去了武汉电校,每天上午考一套主观题,下午考一套客观题,晚上自习背书查漏补缺,开启一段紧张生活。

　　刚去第一天,钟姑娘主观题考试只考了40多分,原本题目确实难,大多数人只考出五六十分的成绩,唯独张小伙竟考了90多分,如同鹤立鸡群。钟姑娘发现自己每次上机考客观题,才作了1/3,还在抓耳挠腮冥思苦想时,张小伙已经作完所有题目潇洒离去,且次次都是满分。哎,这人也太厉害了吧!钟姑娘终于忍不住在心中暗自感叹,一时间对张小伙的敬佩之心如滔滔江水。

　　因为准备不充分考得差,钟姑娘心情开始越来越糟糕,郁闷之下不仅没有奋起直追,反而每天都在沮丧无助地混日子,只盼望这段时间赶紧过去。有天中午,她因睡过头,考试差点迟到,心急火燎地赶到机房,发现她座位上原本放在桌子里的显示屏已经被拿出来放好,为她考试赢得了宝贵时间。一问旁边的张小伙,才知道原来是他帮忙弄的,还对她说了一句——加油啊!什么是雪中送炭,那极其脆弱的钟姑娘算是真切体会到了。

## 二

　　武汉封闭回来,钟姑娘开始感觉自己对张小伙不仅敬佩,更多了些许喜欢,会寻些由头主动跟他手机聊天。那段时间,钟姑娘预备自学考在职研究生,一天晚上,她打开电脑确认研究生报名信息,电脑鬼使神差地弹出一个电影推荐框《初恋这件小事》，于是她奢侈地拿出了两个小时重温了这部爱情片。故事的女主人公小水原本是丑小鸭般的存在，因为喜欢上了优秀帅气的学长阿亮，她决定为爱改变，凡是能让自己变得美好的事情她都会努力去尝试。爱情的力量促使小水最终成为一个优秀、美丽的女孩，并收获了与阿亮学长的美满爱情。钟姑娘突然感觉自己就像小水，而张小伙就像阿亮学长，她暗下决心，一定要变美、变优秀，要让优秀的张小伙喜欢上她。

　　2016年11月底，湖北省公司供电所管理现场会定在荆门漳河举办，省公司和各个地市公司的领导都将参会，规模大，作为承办单位的荆门公司抽调了大批年轻人去漳河参与接待工作，钟姑娘与张小伙再一次被抽中。

　　那天真冷，风刮在脸上就像刀割一样，接待工作是间歇性忙碌，忙一阵闲一阵，闲下来时所有人都在酒店大厅等着下一波工作。大厅没有空调，钟姑娘冻得手脚冰凉，想出去走走暖和暖和，不知道哪来的勇气，走到张小伙跟前邀请他一起出去。两人一边走一边聊，漫无目的不知不觉走上了"情人桥"，那时钟姑娘才知道，其实不知从何时起张小伙也悄悄喜欢上了她。他早已记住她为了方便塞进安全帽而留下的短马尾；枣山改造时在户外设备区检查回路、装置调试，她脸蛋冻得红彤彤的模样；尤其第一次他胆战心惊地主持"员工讲坛"，她帮他解决翘舌与平舌、边音和鼻音不分、断句和抑扬顿挫的那份热心……

　　因工作安排，钟姑娘最终调离了保护班，转岗综合科，不再下乡，上下班时间变得规律。她的记忆里，她离开保护班的两年也是浩哥（从漳河回来，钟姑娘改称浩哥）成长最快的两年，入职三年的浩哥已经慢慢挑起大梁。她知道在这快速成长的背后，是浩哥无数个日夜的艰苦付出。

## 浩哥的爱情

2018年3月，浩哥参与了荆门公司史上最偏远、施工难度最大的胡集变电站GIS改造工程，整整103天她与他没能见上一面。他每天平均工作13个小时，甚至更久，几乎抽不出时间来跟她说话，翻看那段时间的聊天记录，每天都是"起来了没""记得吃早餐""吃中饭啦""吃晚饭啦"这样的寥寥数语。转眼两月过去，5月20日那天，情侣们纷纷用各种各样具有仪式感的方式来纪念这特殊的日子，浩哥还在胡集。她知道他在胡集每天起早贪黑地忙，原本没任何指望，不承想傍晚时分，浩哥突然发来一张照片，是与胡集变电站相依的雨中白云山，他说想把最美的景色跟她一起分享。那时间她也不知道为什么，看着那句既不浪漫也不感人的话语，却忍不住泪眼朦胧。

浩哥好像永远有需要奔赴的新阵地，胡集改造结束，接下来他要去的地方离她更远、时间更长，他将与玄哥、刘军去往基层钟祥运检班交流锻炼。

大多数早已记不清，那段只能周末见面的日子他们是怎么度过的，只记得，那段孤独而漫长的时光里，他们相互鼓励努力成长。

2019年5月，钟姑娘与浩哥终于修得正果，步入了婚姻的殿堂。婚后他们的生活也同大多数人的生活一样平凡、平静，直到2020年那场席卷全球的新冠肺炎疫情突然袭来，一度平静的生活顿时被打破。

大年初一，钟姑娘和浩哥一早赶往钟祥父母家过年。上午在医院工作的钟爸爸突然收到紧急集合命令，要赶往新冠肺炎疑似病例收治点。荆门"封城"的消息也随之传来，出于职业意识浩哥马上陷入纠结。突来疫情，荆门"封城"，这意味着荆门城区应急保电任务都将落到仅有几个家住荆门人的身上，一旦临时抢修，人手肯定不够，他必须赶回荆门。此刻钟姑娘已经怀孕两个月，如果带她回荆门，一旦忙起来肯定无法照顾，钟妈妈会担心。钟姑娘早已看出了浩哥的纠结，坚定地说:"我们赶紧回荆门,在荆门相互有照应。"又对钟妈妈说:"妈妈不用担心,我们会把每餐吃饭的照片发给您看。"

疫情期间每一位保电人都是名副其实的战士,随时准备冲向战场,浩哥也不例外。时近3月,长寿变电站10kV开关柜突遇故障,运检室通知浩哥马上赶去支援。钟姑娘立即善解人意地说:"不用担心我,我会按时吃饭,倒是你要注意防疫保暖。"说罢,趁浩哥准备器具的时间,已经帮他把工装和口罩准备好。

"注意安全",这是浩哥每次出门前钟姑娘都会提醒他的一句话,这句话像暖流一直滋润着浩哥的心田。

在长寿变电站持续抢修作业36小时,为让浩哥放心,钟姑娘会定点和他微信,只说一句"吃完早餐啦,味道很好""吃完中餐啦,吃得挺饱""吃完晚餐啦"。话不多,但每句都像一颗定心丸,让浩哥生出无穷的力量全力以赴地投入抢修工作。凌晨2点多,长寿变电站终于成功送电,回到荆门已近4点,浩哥只见空荡荡的街道只有一盏一盏明亮温暖的路灯,像极钟姑娘一直照亮着他、温暖着他。

9月初,为配合500kV双河变电站停电检修,浩哥他们需要提前将220kV云柳线、牌云线等间隔定检,一时各个班组全员出动。浩哥主要负责普云变电站定检,为减少路途耽搁时间,他们决定住在普云变电站附近。此时离钟姑娘的预产期只有10天左右。庆幸的是检修任务完成,浩哥第二天晚上11点多赶回家,当晚凌晨2点半,钟姑娘才开始发作。事后钟姑娘跟浩哥开玩笑,这孩子真听话,昨天我还和他说千万要等爸爸回来后再出来,他果真就等你回来了。

三

之前都说保护班的班员很辛苦,现在钟姑娘却想说,当保护班班

# 浩哥的爱情

员的家属更辛苦。因为保护专业太关键，浩哥一年到头忙得像陀螺，每年能真正休息的周末十个手指都能数清，晚上 10 点以后下班更是家常便饭。自 2019 年底，浩哥担任班长助理后，还要协助班长承担一部分班组管理工作，回到家便倒头就睡，每天说的梦话都是间隔、设备，令钟姑娘哭笑不得。钟姑娘常跟浩哥开玩笑，还好我曾是保护班出身，了解保护班的工作性质，要不然估计跟你天天有得架吵。

自从浩哥升级作了爸爸，工作也赶趟似的忙上加忙，11 月，原本忙碌中又迎来一场更为艰巨的双河保电。因为 500kV 双河变电站停运改造，荆门电网缺少了 500kV 电源点的强力支撑，停电风险大大增加，为此公司上下草木皆兵，个个严阵以待，浩哥更是顾不了家，顾不了钟姑娘和孩子。不过钟姑娘早已习惯了这样的他，毫无怨言，因为对工作认真负责、积极上进的浩哥正是她喜欢的样子啊。

钟姑娘说，她和浩哥的爱情很平凡，都是小事，好像也没什么可说，可又好像几天几夜都说不完。此时此刻，她最想说的还是婚礼誓言环节说下的那句话：浩哥，从今以后，无论你忙到多晚，我会一直等你回家！

西藏自治区日喀则市拉孜县与定日县交界处海拔 5357 米的嘉措拉山，立起迄今为止世界上海拔最高的 500kV 输电铁塔。图为阿里联网工程国网湖北送变电工程有限公司电力建设者在野外就餐。

（摄影：李佳）

# 铁塔的足迹

## ——记阿里联网工程建设者曾红刚

阿里联网（阿里与藏中工程的互联）是继青藏联网工程、川藏联网工程和藏中联网工程之后，建设的第四条电力天路，是"十三五"时期加快西藏电力发展和建设西藏统一电网"最后一公里"的关键性工程。工程建成投运后，将实现阿里电网与全国主电网互联，彻底结束阿里电网长期孤网运行历史，形成西藏统一电网，从根本上解决阿里地区和日喀则西部缺电问题，解决和改善沿线近38万名农牧民的安全可靠用电问题，对助力国家边境地区建设和打赢"三区三州"深度贫困地区脱贫攻坚战，实现边疆巩固、增进民族团结和维护社会稳定，全面建成小康社会具有重要意义。

以此文献给参与阿里联网工程建设的每一位电力建设者。

## 一

机缘是伏藏在人生路上的因果，总是要事后才觉恍然。2019年7月，当曾红刚再次奉命踏进西藏这片土地时，他想起2016年4月和师父李红波第一次奔赴西藏藏中联网工程的情景，就像冥冥之中他与西藏、与阿里联网工程的机缘在那时已经埋下伏笔。二度进藏，4年的西藏建设历程，有时他会回想，从林芝的朗县转战山南的浪卡子，又从浪卡子转战日喀则的拉孜，那一路翻山越岭过来的路程，究竟哪一段才算最艰辛？他自己也说不清，能说清楚的是，当时那些以为艰辛的画面，在此后的经历里总是一次一次被超越、被刷新。

当年来到藏中联网，师父李红波任项目部经理，他任项目总工。因中途国网公司突来的新任务，在藏中联网待了半年时间，他又临危受命转战浪卡子，担任农网改造项目经理兼技术总负责，接受建设西藏农网洛扎110kV线路工程的任务。如果说藏中联网是整个西藏高原的主网骨架，那么洛扎项目便是这主网骨架延伸而出的细微血脉，直

## 热血作证——光明守卫者的故事

接关系高原牧民的饮食起居，是为提高他们的生活质量铺设的民生线路，意义非同寻常。

洛扎工程沿线平均海拔 4600 米，最高海拔 5100 米，地处高原之山，自然环境十分恶劣。线路工程的核心内容就是立塔、架线，立塔前需要线路复测，就是让图纸上的铁塔在现实中安家，在现实中为它们找准最终站立的位置。从中心、角度到方向，再精确到铁塔撑开四条腿的位置，都给予科学的定位，并在定位的地方打上中心桩作为标记，指引随后到来的施工队伍。46 座铁塔，均位于高原高山之上，在平原地带只需 1 小时就可登上的山，在高原至少需要 3 小时。每天他带领施工队对每一基塔位进行前期勘测，近一个多月的时间里，他习惯了馒头就着矿泉水，见惯了风沙、暴雨夹冰雹。

进入施工期，白天他要随施工人员上山，徒步 2 个多小时参与安全质量巡查，了解现场的地形、地貌、环境、气象，核对工程量，检查安全措施，处理现场施工存在的技术问题，询问物资准备等情况；深夜他要编写技术方案，梳理修改各类资料文档，一晃就是半夜。

西藏高原不仅"6 月雪、7 月冰、8 月封山、9 月冬，一年四季刮大风"，还有异常干燥的空气、强烈的紫外线、稀缺的氧气、急促的呼吸。他的皮肤经历过发红、发紫、黝黑再到脱皮开裂，从来不曾冻的手脚，在西藏高原的冬天也经历过红肿到溃烂。

高原上的水难以烧开，高原上的菜也难以炒熟。记忆最深的是 8 月的一天晚上在浪卡子，因为吃了没炒熟的菜，加上晚上天寒受了凉，刚一躺下就开始上吐下泻，折腾了整整一晚。第二天他头昏脑涨，心跳加速，呼吸急促。同事叮嘱他赶紧去拉萨，他考虑，去一趟拉萨太不容易，翻山越岭路途崎岖，最快也得 4 个小时，想到眼下纷杂如山的工作，实在走不脱。他想再支撑一晚看看。事实稍微有点常识的人

## 铁塔的足迹

都知道高原生病极其危险,容不得半点马虎,因为那一刻与人斗的不是病魔,而是天是自然是高原。身边同事开玩笑说,如果你再拖下去,会永远留在西藏这片土地。斗不过天的他还是被送到了拉萨,拉萨海拔低,不久他的身体慢慢好转,开了点药又立刻返回了浪卡子。

第一次入藏,3年时间,即便经历过类似数不胜数的画面,他始终斗志昂扬,从没打过退堂鼓。可在拉孜,面对阿里联网工程,他却实实在在打过退堂鼓。

记得第一天到达拉孜,我循着他的足迹到达措拉山,曾让他将藏中联网与阿里联网作对比。他说:"藏中联网3年的感受也比不过阿里联网1年。不是一个等级,没有可比性。藏中联网3年工期,按部就班,逐步推进。阿里联网8个月的工期,不到1年,火速前进。"在藏中他们的任务是搭建107基铁塔,在阿里他们的任务是搭建205基铁塔,翻了一倍。藏中海拔起点3000米,阿里海拔起点4000米。

如果我必须如实还原当时的对话现场,一丝不漏的话,那么还应该记录上他的一声叹息。那是一声只可意会不可言传的叹息,让我一度沉默。究竟是怎样的经历,竟让眼前的这个人感喟如此?

二

打开阿里联网工程地图,一条从日喀则到阿里,匍匐在高山大地的铁塔线路,蜿蜒崎岖形似游龙,曾红刚负责的湖北送变电公司拉孜项目部(3)包段正好位于游龙的脊梁处。如果用心聆听这部阿里铁塔史诗,会发现有一个副词被反复使用——最!海拔最高、氧气最稀薄、崇山峻岭最多、最陡峭……这诸多的"最"中,起于拉孜热萨乡,止于查务变电站的湖北包段,全长111.982千米500kV电压等级的输电线路,205基的铁塔范围,便囊括了两"最":崇山峻岭最多、最陡峭。

● 热血作证——光明守卫者的故事

在缺氧的西藏高原，高海拔之上的崇山峻岭立塔，要将施工的机械，以及一座铁塔所需的60吨重的塔材一一运送上山，搭建索道是唯一科学便捷的办法。如此一来湖北包段又多一"最"：索道最多，总共60条。没有任何辅助的运输工具，每一条索道的地锚、装置、钢缆绳、钢管支架，都得由人如燕子衔泥般一一扛上山去。那些钢筋铁骨的索道器材，一根2米的钢管就重达50斤。在高原爬一趟山有多不容易。为了加快进度节省时间，他们总想尽量多搬点。力气大的扛上两根钢管，力气小的也用绳子一前一后抬上两根，负重100斤，从海拔4100米处出发。在高原平地行走稍微用力尚且呼吸急促头晕目眩，何况身负百斤的重量攀爬？爬两步，歇一步，再爬两步，再歇一步，一步一步艰难前进。那是形似蜗牛的行进，也是重于铁塔的行进。

索道，从8月搭建到10月，铺满青稞的田野，从碧绿变得金黄，又从金黄变得空旷，一条条索道终于形似天堑跨越山间。

如果说整个阿里联网工程，是一场人与天地自然博弈的战役，那么搭建索道只是这场战役的初步博弈，紧随其后的高原冬天才是迎面而来的劲敌。

这个劲敌，不说冰雪霜冻，不说高海拔，不说氧气稀薄，只说那助纣为虐的风像刮骨的刀子，一遍一遍地刮，刮得天上飞沙走石，大地不见寸草。刮得人嘴唇发紫，皮肤干裂，张开一道一道血口。记得12月最关键的节点，风不带歇气地刮了整整一月，像一个喜怒无常的暴君，高兴时刮四五级，捎带飘雪，不高兴时刮六七级，夹杂沙石像鞭子一样抽打着人身。工人搅拌混凝土拆开水泥袋，水泥惊慌失措四处飞扬，转眼将人裹在水泥灰中，变成水泥一样的人站在风中，如同一棵灰不溜秋的草，被吹得摇摇晃晃。

为了减少施工困难，他们用索道运上挡风板扎实捆绑挡在现场，以求尽量减少风的阻力。然而他们终究都是凡人,都是肉体凡胎,面对如此严酷的自然,一些工人纷纷选择弃逃。"重赏之下必有勇夫"的古话在那一刻失去了效应,即便重赏也无勇夫。究竟是怎样一种承受,让一群五大三粗的男人竟然作了逃兵?我实在无法想象。唯一知道的那是曾红刚备受煎熬的日子。他是湖北包段的总负责人,就像前方士兵作战,他在战场坐镇指挥,眼看节骨眼上,士兵一个一个丧失斗志弃战场而逃,一时急得火烧火燎。那段时间每天晚上他最多只能睡4个小时,且睡得极不安稳,反复醒,脑子里全是工程、安全、进度。

从曾红刚代表湖北送变电公司第一批进藏开展工程前期准备工作,为了让阿里尽快联通大网电,他们所属500kV电压等级的八个包段就被推上了竞赛考核的浪口。每天通报、排名、比进度,如同戴在头上的紧箍。每一天的工作都有硬性进度,头天的工作达不到进度,第二天的进度自然无法完成,如此形成恶性循环。开工之初因为特殊的地理位置,搭建索道已然延误月余(翻年又因疫情延误2个月),眼下工人弃逃,进度倒数,业主毫不留情的质问,领导严厉的批评,一时如浪袭来,令他如同再度坠入2012年那段最煎熬的岁月。

那年江夏为发展地方经济,引进上海通用公司汽车产业园,曾红刚所在的公司需要配合江夏变电站创建鲁班奖,建设500kV江夏配套线路工程,入职4年的他第一次被推上了项目总工的位置。一份为公司赢得荣誉、为地方经济赢得机遇的项目,顿时成为他人生中第一次面临的巨大挑战。

原定3月开工,因为线路规划处处受阻,延误了3个月,6月开工后又因外部协调复杂推动异常艰难。100基铁塔线路的架设,正常时间需要一年完成的项目,最终留给他的时间只剩下3个月。在那短暂又似漫长的时间里，他要圆满完成任务，要精益求精保证技术质量，要盯紧技术环节，要开会、写汇报材料、跑现场变更，要应对业主、监理检查……每天总是这件事没有处理完，其他的事情就接踵而至，忙到深夜也没法休息。毕竟年轻缺少经验，结果越忙越乱，越乱越忙，错误不时发生，批评接踵而来。前所未有的工作压力与精神压力，让他像一根绷到极致的橡皮筋。开始极其沮丧消沉，开始想要放弃……那情景那心情与此时此刻如此相似。

回忆那次负责的江夏项目，无论过程如何艰难，最终还是顺利告捷，江夏变电站也如愿成为了湖北省电力公司第一座获得鲁班奖的变电站。就像影视剧里那些主人公的故事，历经磨砺后最终都有收获。

是啊，再苦再累再难，那次他不是一样走过来了吗？难道十余年的历练竟还不如入职4年时的自己？一份极致的回忆终于让此前跌宕的心情恢复平静。他想起师父和金总，他们曾经对他讲自己走过的路、经历的故事，金总说："年轻人越是感受到压力，越是不能轻易放弃，要把工作中遇到的困难当作对自己成长的磨炼。只有经得起磨炼的人才能收获未来的自己。"

十余年来他经手过多少大大小小的工程项目：江夏线路项目、工程索道标准化作业、提供标准流程模板的首条4t级重型索道实验项目、英山毕升线路项目、荆州松滋松南线路项目……从平原到深山再到高原，他就像在战场上拼杀的战士，打完一场又一场的胜仗。眼看最关键的一仗，如果自己就这样半途而废，岂不是毕生的耻辱？再看看眼前的项目部，它就像一个孩子一样在他手里日益变样，从起初组建、选址到策划、装修，一点一点变成现在的模样，成为项目部同人的温暖港湾、行业人眼中最美的项目部。那点点滴滴中，浸透了他的多少心血和汗水，真要丢下，他舍得吗？

说到底这场艰苦卓绝的工程战役拼的不仅是人，更是人的意志。思想转过弯来的他如同重新启动的战机，加足马力天天跟施工队打电话，就像在战场上发起进攻一样，还能上多少人？还能不能上人？每一个细节都与人紧紧挂钩，每一个细节又跟工期紧紧挂钩。再加后方领导全力支持充实人手，从起初的 15 个班组直接增加到 27 个班组，一时间浩浩荡荡 500 多人的施工队伍分散在各个山头，建设得如火如荼。倒数的进度也如海拔一样迅速排名靠前。

事实说明世间没有超能力的神人，只有敢于拼搏的平凡人，也没有一蹴而就的成功，每个人的成功背后都基奠着多少不为人知的磨砺。就像每个走向黎明的人，都曾历经星夜兼程的迷茫与灰心，只要意志坚定不言放弃，所有经历的磨难、吃过的苦都会变成福，变成钙，就如同吃下的食物，当它一次次融进身体的血肉时，也开始化成了无形的养分，让生命的骨骼变得更加强壮，让生命的土壤变得更加厚实。

## 三

如果说设计、跟桩、复测、搭建索道，是一条输电线路诞生之前的引子，那么挖塔基、组装立塔、放线贯通则是进入铁塔诞生的实质部分。塔基就是铁塔的基础，如果理解了房子基础的重要就能理解铁塔基础的重要，论流程和作用它们可谓异曲同工。一基深度 12 米、直径 1.5 米的铁塔基础，就算放在内地平原完成都算不易，何况是海拔 4300 米的高原高山呢。大型器械无法到达，每一个环节只有依靠人力，需要付出的艰辛何止内地的 10 倍。

冬天的高山之上，最低温度达到零下 20℃，顺着索道哆哆嗦嗦爬上山的一袋袋沙、一桶桶水立刻上冻。面对此状，紧急调来的一口口锅、一袋袋煤，也随之吭哧吭哧爬上山。

## 热血作证——光明守卫者的故事

高山之巅的风雪，从未见过如此离奇的画面。一基一基的铁塔基础现场，一台台的搅拌机下，燃起了一堆堆的煤。一口口大锅终于冒出腾腾热气。热水倒进混凝土里吞噬了雪花、冰粒。搅拌机再也无惧风雪的干扰，在煤的烘烤下搅得热气腾腾。

浇筑完塔基的混凝土由于含水仍会结冰，结冰后的塔基散碎结团无法凝固，一样功亏一篑。高原群山再度大开眼界：浇筑完混凝土的塔基先是被盖上了塑料薄膜，后又盖上了棉被，最后还搭了保暖棚，棚里放置着燃烧的煤炉和温度计。他们要让棚内温度达到 10℃左右，让塔基享受春天般的温暖，尽快进入初凝状态。待两天后再撤掉棚子，留下棉被和薄膜慢慢养护，直到塔基达到强度标准，获得铁塔巨人屹立高山的资格。

一座铁塔 4 个塔基，10 座铁塔 40 个塔基，拉孜的冬天从头年的 11 月一直到翻年的 3 月，在那段极其漫长寒冷的日子，他们立了 80 座铁塔，320 个塔基，每一个塔基，每一个细节处理，都是如此循环，周而复始。细细算来，一座铁塔基础开挖浇筑 20 天，塔基凝固养护 28 天，立塔 15 天，总共 63 天。那是怎样的诞生啊，近似孕育襁褓里的孩子。

铁塔的根基形如人的根基，一个人一生中站得是否稳当，就得看他的根基是否扎实牢固。铁塔亦然，往后余生能否安然无恙承受高原的风霜雪雨，全看前期基础的质量。身为项目部总负责人的他需要对整个工程负责。除了工程进场前的准备，施工阶段的具备内容，施工过程中的具体管理，与监理、业主、施工队的沟通，解决施工中随时出现的难题……核心的核心就是安全与质量，那是保证拉孜项目部（3）包这艘航船，最终到达彼岸的绝对条件。那段时间，每临深夜，他都要和项目部的同事分头行动，上山查看塔基的温度和凝固状态。这里

# 铁塔的足迹

是高原,是零下15℃的寒冬,是漫山遍野长满狼牙刺的高山,在那伸手不见五指的黑夜,每一脚下去都扎在密密麻麻的狼牙刺里,他站在呼啸的寒风中艰难地喘气,那种无法言道的感受,让他一度想起年少时帮父母忙月双抢的画面。

双抢是考验农民的严峻日子,要在炎热的三伏天里抢割早稻再插晚稻,气温高、时间紧、任务重。那时候父母身体不好,两位姐姐早早出去打工,他成了家里唯一的顶梁柱。他记得每当自己站在稻田,手持镰刀弯下腰的一刻东方才微微泛白,为了抢时间,他从清晨割到烈日当空,吃完午饭又从烈日当空割到太阳落山,割到星星点灯,直到满田的稻秆合着他的汗水,一堆一堆叠排在田埂上。割完早稻,还要插晚稻。妈妈扯秧,他插秧,烈日的暴晒下,水田散发阵阵热浪,像蒸笼。衣服被汗水浸透,汗水顺着下巴流淌,再吧嗒吧嗒滴进混浊的水田。沾满泥巴的小腿,蚂蟥咬过的地方鲜红的血液顺着泥腿往下流,一直流到自行停止,留下一条条暗红的血痕……在这位80后的记忆里,漫长的暑假永远只能趴着睡,因为腰疼得钻心,令他无法落床。那时,14岁的他就想,将来的日子还有比现在更辛苦的吗?

2008年终于大学毕业,学输电线路工程专业的他,成了湖北华中输变电建设有限公司的线路复测员兼安全监护员。他开始和同事找着经纬仪、花杆、菱镜,拿着对讲机、大锤、斧头、木桩、卷尺、钉子翻山越岭。不管有路没路,不管是山巅、密林、荆棘,还是蛇虫出没的地方,只要是铁塔落脚的地方,他们都要到达。

记忆最深的是2009年参加的贺椰工程项目,位于宜昌长阳贺家坪山区,整个工程都在高山峻岭之中。塔位复测前,他独自先行和设计院一起入山,初步跟桩熟悉大致方位。7、8两月,他从早到晚钻行在没有路、没有人迹的密林高山处寻找铁塔桩位,如同深山寻宝。这与少年时的双抢相比,又是一种别样的滋味。那痛不再是腰痛,换成了腿痛,爬山爬得腿硬如铁,先是痛得不敢触碰,最后痛的地方都变成一块块硬实的肌肉。还有刺痛,深山老林里刺藤粗壮,当人闯入刺藤的地盘想要强行通过时,刺藤便如野兽的利爪,在他手上、腿上、胳膊上划拉出一道道血印子,汗水淌过血印的一刻如同盐水浇过,火辣辣地疼。那热是闷在密林里不透风的热,就像把人关在蒸笼里一样,从头到脚不停地流汗,直流得心慌气短。头上、身上、衣服上扎满密密麻麻的野猪毛。野猪毛是一种带刺的野生植物,小时候他和伙伴们常拿来欺负女孩子,看着野猪毛裹住女孩子的头发急得哭鼻子的样子,他和伙伴们一个一个坏笑。没想到,有一天他自己也会尝到被野猪毛欺负的滋味。

长达两个月的跟桩工作结束,正式进入复测。在 20 天的复测工作中,天蒙蒙亮他和同事就已出发。132 基铁塔,每个塔基都在孤山之上,就算每天早出晚归,拼尽全部力气,一天只能复测 4 座山头。每天睁开眼睛就是爬山,从山下到山顶,从山顶到山下。那又是和西藏高山截然不同的感觉,呈 60° 的山坡没有路,被茂密的树木荆棘包裹得密不透风。那可真是四肢着地地爬呀,一路爬一路拿着砍刀,顺着线路的通道边砍边爬。

在山里复测的日子,他们与野猪有过狭路相逢,遇见蛇虫则更是家常便饭。最惊心动魄的是一次同事脚下打滑,眼见失控的身影从陡峭的山上生生冲了下去,最终被一棵大树给挡住。每每极致辛苦时,他会回想在学校时老师说的话,施工单位是最锻炼人的,想要真正磨砺自己,提升自己的技术能力,就去施工单位。是老师的话指引他来到施工单位的,他想用实干的脚印,一步步走出属于自己的人生路途。直到真正踏入岗位,十余年来一步步走到今天、今时、今夜,才知道

铁塔的足迹

要在现实中认认真真兑现每一步真实的足迹,何其艰难。

四

漫长的冬天终究都会过去。只是于曾红刚他们而言过去的仅仅是冬天,春天的措拉山正意味深长地等着他们。

曲折蜿蜒的措拉山,是山的"河流"起起伏伏地"流"向天边,怎么也看不到尽头。这样的"河流"罕见人迹,光秃秃地屹立在阳光下,就像一位沧桑孤独的老人静静地沉睡在西藏高原海拔4530米处。

光秃倔强的山脊,瘦骨嶙峋的怪石,永远寒冷呼啸的风,让诞生在这里的铁塔注定都有一个属于自己的故事。就像3L059铁塔,它的诞生听起来似乎有些不可思议。一座高山,一片陡峭之地,刀削一样的斜面,怪石高低起伏,人在上面尚且难以正常站立,何况一座铁塔。前期那些流动的沙石水泥,笨重的器械及塔材,就算运上山了又该如何安身呢?无论他们如何描述,因为无法想象,我的脑子始终一片空白。一条路的滋味只有自己走过才能真正体味,一座铁塔的历程亦然,倘若自己不曾亲身经历,就算穷极想象也无法将一座铁塔陡峭站立的过程,将那些人如履薄冰的过程一一还原再现。我唯一能够想象的,是那800多块铁塔的骨骼,它们像人体的骨骼一样排列在山脚,随后一块一块朝圣一般顺着索道朝着山顶攀爬,爬向自己命运的归宿地,合着立塔人的血汗一点点凝聚、 点点成长,直到长成参天巨人。

入藏10天来,我一直沿着曾红刚的足迹亦步亦趋,从海拔4530米到5357米,上高山、访铁塔,访铁塔、上高山。此番我又沿着他的足迹朝着那座传说中的铁塔而去。我想去见见它,亲眼看看它诞生的位置,听它说说工人是如何落脚施工的,器具材料是如何运送放置的,基础是如何开挖的,那些浇灌铁塔基础的混凝土现场又是如何搅拌的。

热血作证——光明守卫者的故事

不承想一座200多米高的山，爬了近3个小时。中途一度踩到溜滑的碎石头，一座只长狼牙刺的高山，根本无处抓手，一个趔趄心差点从胸腔里跳出来。面对自然，人须充满敬畏，尤其西藏高原，人得低到尘埃里。现实是我即便如此敬畏，小心再小心，将速度放到最慢，心脏还是突突突地乱跳，伴随而来的胸闷眩晕头痛，让我只有大口大口喘气的份。因为高原反应，接近3L059号铁塔最后那段陡峭的山坡，我无力通过，没能到达。3L059号铁塔，最终我只能站在远处投入崇敬的目光，远远地仰望它，就像仰望着一群人。

一趟高原寻访铁塔足迹的历程，最终定格在曾红刚站在措拉山山顶的一刻，那时候他无声地看着山巅铁塔，我无声地看着他，那份目光和神情，让我想起他在海拔5357米处的画面。他穿着棉衣坐在石头上，脚下是寸草不生的山地，背后一座刚刚撑开四脚尚未成形的铁塔。他插着氧气管，左手端着碗，右手夹着冷透的包子，无声地看向前方，目光流露出的坚韧与悠远，分明与此刻相似。他似在自言自语，又似在对我说，"来的时候山上还是光秃秃的"。

短短一句，我分明体味到其间隐含着什么，却又说不出。

默默地看着眼前的崇山峻岭，想起那部古老的《山海经》，书上说凡山皆有神，那么眼前的山呢？是否也有一位居住的神？它们是否曾亲眼得见一条号称为阿里联网的电力天路，从日喀则出发，穿越拉孜的措拉山，一路向西，一直到达阿里？

是否亲眼看见3352座铁塔族群，历经1689千米的跋涉，跨过人迹罕至的沼泽地，无人区，少人区，跨过海拔平均4572米处，最高5357米处，完成3次跨越雅鲁藏布江，翻越5000米以上的孔塘拉姆山、马攸木拉山的艰辛足迹？

是否知道为了与第三条电力天路藏中电网牵手相连，连通大电网

铁塔的足迹

驱散最后一寸土地的黑暗与苦寒,曾红刚的多少战友们远离家乡,突破生命禁区、挑战生存极限,将一部中国电力建设历史里最为艰苦卓绝的电力史诗写在西藏高原?

那一刻,群山静默,唯有高原猎猎作响的风。

事实何须作答呢,看看那些屹立在高山的铁塔,看看铁塔走过的足迹,它们早已将答案无声地写满高原大地。

在海拔 4300 米的西藏自治区日喀则市拉孜县,国网湖北送变电公司阿里联网工程包 3 项目 500kV 线路 3R066 号施工现场,参建员工通过吊绳将工具器材拉上塔。

(摄影:郭晖)

# 热血作证（一）

## ——湖北省荆门供电公司抗疫保电侧记

　　叙利亚诗人阿多尼斯曾说，个人阅读历史，群体书写历史。回首2020年这段全国上下毕生难忘的战疫经历，无论医生护士，还是警察，社区工作者或电力工人，每一个群体都曾真实地书写下自己的历史，都曾用热血点亮过生命的心灯，联手托起过人类的希望。让我们记住这段历史，记住那些在战疫一线的医护人员，曾如黑夜中一颗一颗的星星，无声守护并点亮过人类生命的夜空。同时也记住我们的同事，我们每一位平凡的电力工人，也曾像田野里一棵一棵的小草，手拉手、肩并肩，将生命的绿无声铺满过大地。

## 引　子

　　公元2020年，潘多拉的魔盒被一双无形的手打开了，突如其来的新型冠状病毒疯狂扑向人类，天地之间燃起一把熊熊疫火，顿呈蔓延之势。

　　举国封城！危难之中白衣卫士、人民警察、国家电网人开始集体逆行而上，为一场生命的竞跑敲响抗疫的鼓点。

　　属于国网荆门供电公司的战疫鼓点就在1月20日紧锣密鼓响起：

　　全面启动防疫物资采购！

　　全面启动办公区域防控！

　　全面启动疫情防控宣传！

　　全面开展全员健康"每天两报告"跟踪！

　　全面完善应急预案！

　　……

　　密鼓声中，除夕夜，那个位于天鹅广场的供电大楼灯火通明，万康、邓晓风两位电力卫士的领头羊，带领抗疫领导小组迅速部署下防控保障、电网运行、供电服务、工作督导、综合保障五大专业抗疫工作组；13个"临时党组织"，14支红马甲共产党员服务队和58支党员先锋队亦紧急集结。

### 热血作证——光明守卫者的故事

电力卫士迅速行动！

及时储备抗疫物资！！

士兵将要冲上战场，口罩、消毒水、酒精、测温仪、防护服、护目镜，是安全的必备保障。

全面清点生产保电物资！！

战斗打响，"弹药"必须保证充足！万一病毒蔓延至荆门出现医疗挤兑，新增临时医疗点和隔离点势在必行！不仅盘点现有物资，还要与城内电力制造商取得联系，提前预定库存物资！向上级申请调配大功率动力发电机，紧急运送荆门！

迅速清点人力！！

一场战斗打赢关键要看士兵的力量。正值春节假期，一些员工已经出门或回家探亲，处于分散状态。摸清士兵的力量，才能最终赢得战斗。

待岗在位的电力卫士们纷纷响应！分散在外的电力卫士们纷纷返程，以最快速度朝着"战场"聚集！

封城当天，一夜之间，村与村、县与县，甚至城市的区与区、街道与街道，或切断设卡，或直接封死。路的价值一旦颠覆，返家的路程注定曲折艰难。究竟如何之难，是否形似千山万水，不得而知；只知，当危难来临，钟祥、京山、沙洋、高新区等属地供电单位主要负责人、各个重点岗位负责人，58名供电所长带领所有党员站在了最前沿。

事实证明："任何时候，我们不曾看到一座单独的山，山的族群合力镇住大地；任何时候，我们也不曾看到一条孤单的河，水的千手千足皆会汇合！"

## 疫战出击

### 一

灾难时刻，一张电网承载着城市的希望，如同守护于天地之间的"光明巨人"。如果说强健的主网是巨人的骨骼，支撑起了一座城市的

## 热血作证（一）疫战出击

光明脊梁，那么坚强的配网则是通畅的筋络，保持了城市的生命活力，而调控中心无疑是巨人的首脑，它肩负调度监控巨人整个身体的责任，感知痛点、预知伤害、救治调动，每一项责任都很艰巨。

对抗这场百年难遇的灾难，保护好巨人的头脑显得格外重要。

新冠肺炎疫情之所以拥有十足的杀伤力，是因为一旦传染，倒下的不止一个，而是一片。当疫情呈席卷之势，每个行动的人都可能成为传染的载体。那些与中枢头脑相关联的调度员不同于寻常专业，具有不可替代性，确保了他们，才等于确保了中枢阵地。

为此荆门供电公司调控中心主任王志平苦心想出办法，将曾经的调度台分为两个，除了原有的18楼调度台，再在15楼机房搭建一个临时调度台。曾经的两组值班人员分为四组，形成A、B、C、D组，A、B组和C、D组各自坚守各自的阵地，24小时一轮换，通过电话不见面交班，确保万无一失零风险感染。在A、B、D、C组之外，他们还设立有E组，由具有调度资质的人组成临时备班，这是万一出现最坏情况后储备的最后力量。

A、B组和C、D组人员根据实际情况分类，家中有困难的8人放在C、D组，每天采取点对点的接送，每天汇报身体健康状态，使他们坚守岗位的同时也能尽量兼顾家庭。可以克服家庭困难的9人放在A、B组，他们接受的将是与外隔绝全封闭状态。

郑凤朝既是参与全封闭隔绝的成员之一，也是四个组的组长。

1月30日，他回家收拾换洗衣服，第二天很早离家。这一走不知何日是归期，看看两个宝贝女儿还在熟睡，没舍得惊醒，没有告别。涛哥也和他一样，走时儿子也在熟睡中，他也没舍得惊醒儿子，悄悄走了。涛哥叫罗江涛，70后，是封闭人员中年龄最大的，是党员，也是主动申请加入封闭小组的。其他7名同志都是90后，其中翁正瀚、

● 热血作证——光明守卫者的故事

张洲、邹睿、任玉强家都不在荆门,按照正常安排,年前的班上完后,他们都有三到四天的团圆假期,接到需要全封闭的指令时,没等开口他们自己主动退了返家的车票。"准爸爸"曾子晗也不声不响将妻子送到了丈母娘家加入封闭队伍。

每个调度人从踏上调度岗位时就已明白,他们面对的监控电脑,那些无声闪烁的不是单纯的电网数据,而是铺陈在天地之间的光明之网、生命之网。那每一条在电脑上闪动的线路,如同人身躯之中的神经血管,气血相连,涓涓流淌,将生命的"血液"输送到它们所覆盖的每一个角落。

知道责任有多重才会有多专注。值班时每个人的思想意识与目光都必须集中在那些"血管脉络"上,接收每一小时从眼前闪过的近500条信息,24小时不能间断。一条条滚播在眼前的"血管脉络",很可能一个分神,注意力不集中,一条异常的信号闪过,就会错过。就算随后会有警铃声音传来,因为不是在第一秒发现,就会延误一秒的判断诊治,而那一秒的背后究竟会牵系什么,谁也无法知道。

要说他们,不怕辛劳,不怕日夜坚守,就怕恶劣天气的来临。这份担忧,并不是对自己的电网不自信,事实上无论多么坚强的电网也害怕恶劣天气的侵袭,这是整个世界电网的难题。荆门地理位置特殊,位于南北过渡地带,属风口又属微气象区域,如同一个喜怒无常的人捉摸不定,令调度人不敢松懈,更加要求每一名合格的调度人,不仅要懂得科学调度,还要懂得时时防患于未然。

2月14日,最担心的风雨雷电到底还是来了。

两天前收到气象预警,郑凤朝和组员们已经结合重要用户情况,全面核对了实时运行方式,逐一落实制作出应急处置预案。随着湖北省启动重大气象灾害三级响应,专项预案同步启动的一刻,他们也进

热血作证（一）疫战出击

入战备状态。

濒临深夜，调度台的警铃声开始不断响起。

10kV 罗集线过流三段动作跳闸，10kV 仙居变母线 C 相电压越下限……一时间告警数量数十倍于日常。这一晚，18 楼的调度台和 15 楼的调度台第一次没有进行电话交接，默契地坚守着各自的阵地，为对方增援。一时间，不同楼层，两个场所，心与心的相通，就像此时此刻系统与语音的相通。

坚守了那么多个夜晚，郑凤朝第一次觉得，此刻的夜像一个风浪翻涌的大海，而他和他的组员，以及调度之外的每一个检修兵，像在大海里同舟共济驶向黎明的光明航船。

窗外，风越刮越猛，雨越下越大，一串更为急促的警音再次响起。"110kV 长寿变电站 1 号主变 10kV 侧保护动作，开关跳闸，10kV 母线失压"，第一调度台调度员陈羽欣立刻向当班值长刘斌汇报。

"停电范围涉及保电用户长寿卫生院与隔离观察点和怡酒店。"调度员紧接着补充的话更让每个人的心揪成一团。灯火通明的调度大厅一时间如同看不见硝烟的战场。

"通知钟祥运维班，立刻到现场检查设备情况。"

"通知钟祥公司启动应急预案，切换备供电源，协助用户启动自备发电。" 之前紧急调配的大功率发电机在危急时刻派上了用场。

"遥控断开 10kV 所有出线开关，作好试送准备。"

18 楼调度台值长刘斌迅速调出钟祥片区潮流图作出判断，并下达连串指令。

15 楼调度台的郑凤朝立即联系钟祥市供电公司县调负责人袁睿，确认长寿卫生院与和怡酒店当前的供电情况。

"自备电机均启动了，两个场所没有造成影响，长寿所运维人员也已抵达现场检查。"

得到袁睿的回答，郑凤朝稍微松了一口气，"稍后会断开所有出线，然后试送，还请作好准备"。

长期从事调度，与各个兄弟单位一次一次深度配合，郑凤朝也一次一次感受到身为调度员肩上的责任之重。想想变电站的操作人员在设备丛中走来走去时，手里拿着的是调度员下达的操作命令；线路上的工作人员开工与否时，他们唯一听从的只有调度员；当电力设备故障发生后，能否尽快让电网安全稳定，能否让那些受影响的用户尽快恢复正常生活秩序，也全在于调度的指挥。他们有什么理由不殚精竭虑回报这份信赖，又有什么理由不花费心思熟悉电网，不精心以对作好每次预案！

雨声越来越小，雪粒开始登场，一声声敲打着玻璃，也敲打着每个人的心。检修兄弟们正在风雪里奔袭，钟祥驻地到长寿变电站正常都要40分钟，今晚只怕再快也要1个多小时。

郑凤朝开始指挥调度员，准备先遥控断开所有出线，再试送10kV母线。

"长寿605开关遥控断开失败！"听到调度员回话，郑凤朝和刘斌几乎"同声"判断，很有可能故障就出在这个开关上！为节约时间，他们一边等待运维人员现场检查结果，一边继续下令监控操作把其他开关都断开，为再次试送赢得最快时间。哪怕一秒。

从未感觉等待如此煎熬。郑凤朝一方面担心停电对长寿卫生院、和怡酒店的影响，一方面担心雨雪泥泞，运维人员路上的安全，那处于异常寂静中的等待如坐针毡。

凌晨2点，钟祥运维班终于传来消息，正如他们判断，故障为605开关异常引起。第一调度台值长刘斌果断下令隔离故障并立即试送母

热血作证（一）疫战出击

线，第一时间恢复了长寿卫生院与和怡酒店的正常供电。

不要以为调度员下达指令是那么轻松容易，只有下达过指令的人才有深刻感受，每一次下达调度指令，哪一次不是战战兢兢、如履薄冰，心里复盘无数遍，直到确保每一个环节不出现任何纰漏，才敢放心下达。多少次操作，万籁俱寂，人们早已进入睡梦，只有调度大厅灯火通明，几双眼睛盯着显示屏，神情高度紧张，仿佛生死就在一刹那！当下令合上一台开关，显示合位后，方才吐出一口长气，浑身瘫软，如同此时此刻。

## 二

那个如风浪翻涌的夜，与调度部门同舟共济的还有检修分公司。

检修分公司总经理助理罗皓文记得，收到调度台的第一条短信是晚上8点，半小时后，又一通紧急的电话，"泉口开闭所10kV泉口一回泉17开关跳闸"。本有些疲惫的他顿时倦意全无，一种不祥的预感萦绕心头。

15日零点57分，急促的铃声再次打破夜的沉寂，检修分公司副总经理李峻岭告诉他,长寿站1号主变低压侧寿604开关跳闸了！其中涉及防疫保电线路。

罗皓文心中宛如一声闷雷，霎时间心跳加速，一连串问号跃出脑海。按照应急工作预案，他立即了解情况。因不是简单寻常的故障，他马上向上级领导汇报，召集一线工人立即赶往现场查明原因，第一时间恢复送电。

罗皓文立刻翻开值班表，联系上变电运检室、钟祥运维班和钟祥运检班值班负责人。短短几秒的通话，明显感觉电话那头初时还显沙哑的声音变得高亢。

短短几分钟，7人的抢修队伍便组建完毕！

疾行钟祥的路上只有一辆车，如此寒冷死寂的夜里罗皓文还是平生第一次看见。老天似乎铁了心要考量他们，雨下得越发猛烈，同行的杨旭一路担忧，"天气预报今晚还有大雪，我们还得赶快点"。

话音未落，电话铃声再次响起，是钟祥运维班杨军打来的。他们已经到达现场，长寿站高压室有浓烟，人根本进不去，这是一个危险的信号！室内有浓烟一般说明高压开关柜内有电气设备损坏，故障点很可能还在开关柜内部难以隔离，有毒的燃烧粉尘也会对人体造成危害。

罗皓文立刻作出反应，要杨军关紧高压室大门，开启所有排风机排风，人员一定要保证自身安全，切不可轻易进入高压室！

故障点基本暴露，悬着的心似乎可以稍微安定一些，但又面临着另一个重要的难题。若是电气设备严重损坏，仅靠他们这点抢修力量，是难以在较短的时间内修复的。在目前的防疫要求下，不可能大范围调用班组人员，这次再苦再难也只能靠7个人了。

赶赴长寿的路途中，罗皓文的手机屏幕不停弹出其他线路的跳闸短信，预示今夜的艰辛必将不同寻常。长寿镇路口关卡的工作人员看到供电检修车到来的一刻，像看见了救星，"你们总算来了"。灾难期间，人心惶惶，有电才有温暖才有希望，寒风刺骨的雪夜，一台电取暖器是他们在帐篷里的唯一依靠，一旦停电，他们的处境注定更加艰难。罗皓文安慰两位冻得瑟缩的工作人员："放心，我们马上就去抢修，马上送电！"

到达变电站现场，尽管已排风通气一段时间，透过口罩仍能嗅到一股刺鼻的烧糊味。一台高压开关柜因遭遇雷击电压损坏十分严重，小车开关母线侧已完全烧毁，母线舱泄压通道被冲开，后柜门出线舱

热血作证（一）疫战出击

也烧损明显，强大的冲击力甚至将柜门挤压变形……

现场情形，立刻修复开关柜几乎不可能，只能作好隔离措施，临时转移线路负荷。他们迅速明确抢修思路，分成三个小组。运维人员负责联系调度台，申请设备转检修。抢修人员负责准备安全措施、清点器具及材料。运检室负责联系专业技术骨干及开关柜厂家制订抢修方案，组织开展事故调查。

长寿站10kV母线失压后，全站二次设备只能依靠仅有的一组蓄电池供电，时间一分一秒过去，蓄电池电压也一点一点降低。他们必须和时间赛跑。

抢修方案顺利敲定，大家迅速行动起来，要把开关柜母线舱与故障设备隔离，并将母线舱清扫干净，确保10kV母线快速恢复送电。说起来简单，可作起来难。为了避免疫情期间人员聚集，罗皓文严格控制了进入高压室的人数。母线舱位于开关柜顶部，本身工作区域十分狭小，一次仅能容纳一人。

"我瘦，我来！"钟祥运检班熊进主动要求，一头便钻进了黑漆漆的舱内。爆炸后的母线舱清理工作十分烦琐，不仅有破损的静触头套管碎片，炸裂的支撑绝缘子，还有大量附着在穿墙套管、母线排、舱柜内侧的燃烧粉尘。一旦处理不当，极有可能造成母线绝缘下降，并再次造成短路，后果不堪设想。

昏暗的高压室内，一束束微弱的手电筒聚集成一束光，投射在母线舱中。这束光照着熊进弯腰的背影，从母线舱中捡出破损的套管碎片，一次、两次、三次……一片、两片、三片……他反复地擦拭舱内绝缘子和内壁，一遍、两遍、三遍……艰难地拆卸母线至静触头分支铜排，一根、两根、三根……佝偻的身躯在灯光的投影下，显得格外瘦小又格外高大。

这一弯腰就是几个小时。检查处理完所有的母线舱后,他的手上、脸上、工作服上全是黑色的粉尘。分明是寒冷的冬夜,他的眼睛周围却是一颗一颗密集的汗珠,不敢用手擦,就使劲眨巴眨巴眼睛,让它们快点滑落。从开关柜下来后,熊进不停地用手捶腰椎。他有腰椎的老毛病,长时间弯腰身体一时间无法直立,脚步也开始一瘸一拐。眼前的画面令罗皓文一时忍不住鼻子发酸。

风雪作证,背景从暗夜切换到黎明,通宵达旦,不变的是7个人的身影。随着各抢修小组陆续汇报工作完成情况。罗皓文开始下达整体试验指令。

一条条数据分析,一项项试验结论,均显示设备隐患缺陷已排除,试验全部合格。伴随着断路器合闸,一声清脆的声响,宛如希望的钟声。

送电成功!

天不知不觉亮了,一场与人斗争的大雪似乎也耗尽了最后的气力,开始偃旗息鼓。7个人虽然整整一夜没有合眼,却毫无睡意,还在主控室内死死地盯着监控后台的数据变化,此刻的罗皓文翻了翻手机,这一晚999多条未读微信信息,76个接打电话,其中包括荆门供电公司总经理万康打来的,他一样通宵未眠,一直关注着整个抢修过程。电话里他代表公司党委对现场抢修人员表示慰问,给他们以莫大鼓舞。

罗皓文知道,这个风雪夜牵动着太多人的心,一夜未眠的岂止他们。检修分公司各个生产运维班组,各个县供电公司、高新区供电中心的供电所,曾有电力红马甲抢修人员597人次出动、145台车辆出动,大家顶着寒风、冒着大雪,通宵达旦巡视线路、查找故障、紧急抢修……积雪太深,用铁锹铲出车辆通道;车轮打滑,人便推车前进;冒雪登杆、换瓷瓶、架线……多少看不见的艰辛都在这个风雪天里无声上演。

<h2 style="text-align:center">三</h2>

风雪终究会撤离，留下的依旧是无数个琐碎的日子。相比风雪，这天复一天的琐碎如同钝刀割肉，更加磨人。如果有心顺着这些磨人的琐碎继续探究下去，便可以看见杜家红每天戴着口罩，提着84消毒液进出的身影。

面对杜家红的一刻忍不住好奇，一个人究竟要有怎样的经历，才能炼就一身坚硬的骨骼，作到灾难面前如此淡定？

是1998年抗洪抢险？

彼时杜家红是一名现役军人，服役河南。1998年8月1日，就在他退伍前夕，中国发生了20世纪以来特大洪灾，杜家红所在部队接到紧急通知，当天拉到武汉，接受调配前往荆州抗洪。

那该是他人生中最深、最苦、最痛、最暖的一段记忆。

三天三夜，不眠不休，扛起沙包冲。左肩膀磨破了换右肩膀，右肩膀磨破再换左肩膀，直到双肩失去知觉还在继续扛。滔天的洪水啊，从没有见过那么大的洪水，一片汪洋，吞噬一座一座的村庄、一个又一个的生命。每个人都急红了眼睛，扛着沙包玩命似的冲，24小时泡在水中。

最危难的时候，洪水决堤，汹涌地漫过来，每个人丢下沙包发足狂奔，拼着命地跑。跑得快的战友到了山脚下自觉当人梯，让后面的战友踩着自己的身体上去。也是那时，他亲眼见证了大自然的无情，将自己的战友活生生地卷而去。才20岁啊，多么年轻的生命。那段热血沸腾又无比悲壮的记忆，带给他的痛，带给他的感动，岂是苍白的语言可以形容的。

## 热血作证——光明守卫者的故事

永远忘不了抗洪结束时的场景，当地老百姓抱着他们哭啊，像抱着亲人一样。从来不肯轻易掉泪的他，也跟着眼泪哗哗地流。

脱下军装，穿上工装，他从一名军人变成了一名电力工人。

服装的改变，随之带来的是人生的改变。在35kV变电站值过班，作过二次核心保护专业，参加过变电站改造学习，学过高压试验，从事过检修高压低压，天上地下差不多都干过。哪里缺人就往哪里去。哪里需要他，他就在哪里，和曾经当兵时一样，以服从命令为天职。带电作业人手急缺时，求助的目光再度落在他的身上。带电作业，就是当电力设备出现故障时，为了不影响客户正常用电，在不停电的情况下进行的工作。风险大且难度高，是一项既需要勇气又需要技术的专业，属电力行业里的特种兵。出于对带电作业的敬畏，他有过一瞬间的犹豫，等到领导再找说明难处时，他打消了犹豫。他深信一句话：勤能补拙，功夫不负有心人。

他终于正式成为了电力行业的特种兵。他像一位钢铁战士开始正式奔向他的战场，第一年带电作业任务达到200多次，冬披霜雪夏顶烈日，全副武装向着空中攀爬，作业现场覆盖整个荆门县市区。第二年的工作任务继续增长，600多次，只记得最多的一天，正是8月三伏，工作任务达十几次，城区、钟祥、沙洋四处跑。三伏天常人穿着一层薄纱吹着空调，他身着一身密不透风的屏蔽服，顶着毒辣的烈日，触摸着滚烫的带电设备。接触的刹那，呲呲呲的放电声如同毒蛇吐芯子，他淡定自若恍若未闻。等到作业结束下地脱掉屏蔽服的一刻，汗水顺着身体迅速流淌到地面，整个人仿佛刚从水里捞出来。

这身工装一穿就是20多年，这日复一日年复一年的时间里，他尽着一名电力工人的职守，只为对得起这身同样是绿色的工装，就像在部队时对得起那身军装一样，此外并无特别感受。直到新冠肺炎突然

## 热血作证（一）疫战出击

暴发，人人自危不敢出门，为守卫城市光明，为了保护医院的生命用电，保护市民的生活用电，他开始每天如一日出门。每当出现在最危险的地方时，他感觉自己再次成为了一名战士。只不过，这一身国防绿变成了一身国网绿，抗洪救灾的战场换成了抗疫保电的战场。

电网是守护人间的"光明巨人"，守护"光明巨人"的是类似杜家红这样无数的平凡人。他是高新区供电中心技术室的主任，他和他的团队掌管着"光明巨人"的筋络，需要保卫全市 123 条线路、1699 台变压器、265 台环网柜、46 个开闭所、365 个配电室。为了保持城市的生命活力，为了全市人民度过一个光明祥和的春节，他曾提前带领团队逐一"问诊"，像医生体检一样，确保每一个开关、每一台变压器责任到人，不分白日黑夜，将所有线路和设备隐患全部消除，正好在疫情来临前，留下一副健康通畅的身体，为保城市的生命活力打下坚实的基础。如果说如此地毯似的筛查是尽责本职工作，那么疫情暴发时他和 10 名同事东奔西走，为自有专变用户排忧解难则完全出于人格和良心。所谓自有专变用户，就是拥有自己的产权、自有的变压器用户，他们属于独立的"小王国"，拥有自己专门的电工。因疫情期间，电工隔离，用户无依，他们又变成了自有专变用户的"义务电工"，只要与光明有关，一律有求必应。

这是一个看不见硝烟的战场，也是一个验证人性的战场。记忆最深的，1 月底他们接到一户武汉返荆人员的求助。不得不说就当时的气氛，"武汉"二字是具有十分震慑力的。他和同事顿时如临大敌，但是恐惧并未影响脚步的前进，他还是带着同事第一时间迅速赶到了现场。他让同事留下保持距离，再次认真检查口罩整理衣服，提着 84 消毒液消失在同事眼中。趁用户未出门前，他用 84 消毒液将整个走廊消杀一遍，等用户出门指认户表返回后，再用 84 消毒液消杀一遍，然后开始处理故障。现在描述，整个过程如此平淡无奇，可是放在当时，正是人心最惶恐不安时，整座城市每个人为恐惧笼罩，没有人敢迈出家门，没有人敢接近陌生人，更没有人敢接近武汉返回的人。只有他们，为了点亮老百姓家中的灯火，从一个小区转战另一个小区，从一户居民到又一户居民，不管是武汉来的还是其他地方来的。

如他所言，灾难来临，将心比心。武汉老百姓本身处于一种反常的生活状态，有诸多困难不便，这时候再遇上家里没电，会是怎样的心情怎样的感受。有电才会有光明和希望，人心才会安宁。"将心比心"是一个朴素的词，温暖人心的词，现实中人们懂得很多词语，其实没有一个词语是凭空诞生的，如同没有一个孩子是凭空降临一般，它们始终依附着现实行动，并对相关联的行动进一步作出注解。正如杜家红，只要涉及用电，只要能够保证居民有电，他像一位甘于打理琐碎家务的家庭主妇一样，随身带着"84"喷壶，每天不是处理开关接触不良、线路老化，就是拉临时电源，进户修开关……这大约就是对"将心比心"的最好注解。

不要以为他天生神勇，不要以为他不怕。怕！说不怕是虚伪！

然而危难时候，一个真正有担当的人更是有驱逐惧怕的勇气，想想重症病区那些重症病人的呼吸机，想想一份职责已然与生命相关联时，就算惧怕也要选择通通靠后。

他是平凡人，他不惧怕也从不叫苦，并不意味他没有压力。11名人手，负责整个荆门城区的用电，除了日常巡视，隔离点灯泡坏了，他们去换；卡口需要用电，他们找电源供上，千丝万缕、事无巨细……每个人每一天都处于全负荷状态。要承受工作压力、人员压力，还要承受健康压力。每次他把最危险的地方留给自己，外出再三叮嘱班员：作好防护，下车巡视前先观察周围人员情况，测温仪使用前记得用酒

热血作证（一）疫战出击

精给把柄消毒，车辆使用完后记得用"84"内外消毒……他想最大限度地保护他们，因为危重时期，一个人就是一盏灯、一份希望、一份力量。

至于自己，他一度作好最坏打算。当时疫情形势如此复杂，又数他进入高危地方频繁，出于职业的忧患意识，他不敢确保自己最终安然无恙。为此他提前跟领导商量，将部门另一位核心人员万杰留在家里整理统计资料，尽量不让他出门，一旦自己出现什么事情，万杰可以作为后备力量立刻顶上，大有一种置死地而后生的悲壮。事实是没有特别情况他从不轻易调动万杰，仅仅因2月15日那场漫天飞扬的大雪，城区自有用户专变出现太多问题，他每天早出晚归，忙到深夜11点才吃晚饭，如此极致负荷下，才将万杰叫出来应了一次急。

如果你要问他，为什么抗疫期间，人人自危时，他每天如一日进出高危险的重症医疗点，以及各个医疗点、隔离点如此淡然自若？为什么只要老百姓家里有事，不管多么鸡零狗碎，不管与他有关无关，他都有求必应从无怨言？那是因为他曾经历过危难的时刻，看见过真正的勇敢和无畏。人民军队为人民，人民电业为人民，两者之间本质上没有丝毫不同，骨子里流淌的都是热血，都是大难来临时的临危不惧。

四

一场与生命赛跑的战疫保电之战，让我也看见了无数个杜家红，他们是最普通的平凡人，也是最伟大的平凡人。之所以说伟大，并不是因为他们作了多么可歌可泣的事，恰恰因为他们和他们所作的事都渺小如沙，却曾散发出萤火之光照亮过别人。

王小昆和杜家红一样，是党员也是一名退伍军人，唯一不同的是

### 热血作证——光明守卫者的故事

他所在的供电客服中心智能用电班，是负责荆门市电动汽车专用充电桩建设运维和检修的，同样属于民生服务行业。

王小昆记得除夕夜零点钟声刚过，接到供电服务指挥平台的派遣工单，沪蓉高速钟祥服务区充电桩设备故障，客户拨打95598紧急救助。

当时，新冠肺炎疫情各类信息在网络上、朋友圈里层出不穷，始发之初，人心最为恐惧。出发前王小昆给家人说明了情况，父母和妻子强烈反对，其他兄弟单位运维同事也尝试阻止，让他想办法远程处理。朋友们七嘴八舌劝阻时，他的头脑里出现一幅画面，空荡荡的高速服务区内，只有一辆半路抛锚的汽车独自置身在寒冷的冬夜，如果今晚的故障没有及时解决，车主被困在服务区，后续会发生怎样的事情？

想到这里他开始迅速准备防护用品、检修工具，带着一名运维人员朝钟祥服务区方向赶去。

路途中客户不停来电催促，情绪异常烦躁。

很多时候客户不会关注过程，他们更关注结果。纯属正常。对方没长千里眼，不可能看见他们在作什么，尤其非常时期，车主半夜三更独自置身在高速上，心情忧恐焦躁完全可以理解。换一种思维方式，这些车主选择购买电动汽车也是对国家新能源行业的支持，每样新型技术从诞生到成熟都需要经历一个过程，在这个过程中多少会出现些问题，客户焦虑也属人之常情，这种情形下更需要他们用好的服务态度来弥合缓解。

到达钟祥服务区时，已是大年初一凌晨1点45分。作好防护，王小昆下车发现眼前的车竟是鄂A牌照，心突然悬了起来。王小昆曾是2003年北京"非典"的亲身经历者，当时他在北京当兵，参加武警特

## 热血作证（一）疫战出击

种兵大集训，正值"非典"暴发，他亲眼所见疫情的威力，身边的确诊病人从被传染到病逝仅仅一个星期，面对类似这样的烈性传染疫情，只有亲身经历的人才更懂得畏惧。

这辆车究竟从何处来？王小昆已经来不及细想。他让同行的运维人员在车内等待。车主看见王小昆走来的一刻，推门下来，一边欲向他靠近，一边继续"没头没脑"地对他发泄着满心的焦虑和恐慌，似乎眼前的人不是来帮助他的，而是一个"出气筒"。这样一幕，王小昆没少见，他唯一能告诉自己的就是理解，服务之所以不同，是因为付出的不仅仅是服务，还有忍受、理解和包容。

他一边劝阻车主上车，一边安抚他的情绪，一边开始抑制内心的恐惧，独自检查设备。

故障在半个小时后排除。接下来给车充电需要一个半小时，给车充电前他没忘记先用 84 消毒液消毒。

深夜寒冬，死寂一般的高速路，几盏惨淡昏暗的灯，只有他独自站在车外。一个半小时，守着这辆鄂 A 牌车仿佛过了一天那么漫长。其实他原可以选择修好设备，给车冲上电后就离开，在善良与职业操守的双重作用下他还是选择留下来。他担心自己走了，充电的过程车主独自一人，万一有什么需要帮助的地方，或者又出现什么问题怎么办。

车主不知道是发泄够了，还是被眼前的画面打动了，变得异常平静。

时间一分一秒地过去，凌晨 3 点，车辆终于充好电，可以安心上路了。送别车主，隔着口罩与车窗玻璃，王小昆道了一声"一路平安"！他相信，危难时候，无论是一个简单的行动，还是一句简单的祝福，都能为这场寒冷死寂的疫情冬夜增添几分温度。

# 热血作证（二）

## 心心点灯

一

一张荆门供电的战疫图，200多个重点保电医疗点，近200条线路，近百座变电站，如果将它们比喻成一座座需要守护照亮的城，那么所有的保电卫士便是一盏盏点亮的灯。每一盏灯的背后都有一颗心，一颗心紧挨着一颗心，接力一样传递到每个角落，汇集成庞大的光，照亮着每一座城。

京山城不会忘记，荆门"封城"不到一周，京山确诊新冠肺炎54例，疑似103例，死亡3例，这些操控着命运的数字像深冬的冻雨浸透着京山人的心。

眼看一把疫情之火呈蔓延之势，2月2日，京山市防疫指挥部决定在屈场建设"京山小汤山"，需要京山市供电公司5天内在不停电的情况下，完成（屈场）传染病院扩建区域的电力增容工程。最终，这项光荣而艰巨的任务交给了京山新市（园区）供电所。

接到任务的一刻，所长韩敬云第一感觉是心情沉重。人员紧缺、施工条件差、时间紧迫，一系列问题涌入脑中。但他知道，他们的前面早有建设武汉火神山的勇士示范引领，不管多么沉重困难，建设"京山小汤山"的任务必须完成，且要毫不逊色。

韩敬云在新市供电所工作群发征集建设人信息的时候，没有想到会如一把火，瞬时点燃起21名党员的积极响应，那一把火连同他的心也烧得热热乎乎。他坦言（屈场）传染病院区已安置有几十名确诊患者，施工现场离病区近，问师父们怕不怕？

怕！

还上吗？

上！

前所未有的异口同声无疑给韩敬云注入了强大的底气。为保证供电可靠性，拿出科学方案，韩敬云先去传染病院区现场摸排，随后定下方案，决定为传染病院架一台315kV的专变。为确保万无一失，除了专变，还迁一台专变作双保险。

想尽办法筹集好物资，第二天，近30号人拉进"京山小汤山"。趁着通宵制作电缆头、电缆支架的工夫，联系土建施工方浇筑专变基础，力争节约下每一分钟。

随着他们的到来，敲击声、号子声、机械声，现场热气腾腾，寂静沉闷的病区仿佛注入一股活力。

他们与确诊病人近在咫尺，无人关注，心中只有一个念头：争分夺秒，快！

热烈的现场，久违不见的阳光映照着每一个人，看得久了，一个一个忙碌的人仿佛变成了一束束行走的光。那个正倾斜下身子背着电缆，像纤夫一样憋足劲一步步前进的是吴学春，他站在施放电缆的最前面。见他拉得满脸通红，身边年轻人忍不住说："吴伯，您年纪大了，这些力气活让我们年轻人干吧。"实际如果没人说，谁也不会知道这位穿着工作服戴着口罩的吴伯，年将60岁，3月8日马上退休。这位即将退休的人，从接到任务以来，一直跑在扩建工程的最前沿。对此，家里所有人不理解也不支持，说你都要退休了，还在外面遭这份罪作什么？这世间不是每一个为什么都能说出答案的。就像吴学春，他觉得这是一种没法说清的感觉，只有他自己知道，一个人对于自己从事一辈子的工作怎么可能没有感情，哪能作到说退就退。他没有旁人想得那么高尚，就是想这时候出来作点力所能及的事，对得起自己端了一辈子的饭碗，也能给自己即将终结的工作生涯留下一点值得纪念的回忆。

韩敬云是新市供电所的老所长，手下这帮朝夕相处的弟兄，他像了解自己一样了解他们，此时此刻，这个与生命赛跑的工地出现的何止一个吴学春。当更多的吴学春涌现时，何愁"京山小汤山"不如期达成！

第一天上午，他们近乎神速地完成了箱变安装、调试以及带电接火。从早上7点到下午2点，环环相扣，没有耽误一分钟。

带电接火完工后开始吃午饭。队伍里的台区管理员钱文平从韩敬云手中接过盒饭，黝黑的大块头席地而坐，并不着急吃饭，而是从口袋中掏出手机，拍了一张现场照片给女儿钱梦发过去。这是他和女儿的默契约定，只要有时间就得随时汇报彼此动向。女儿是曹武镇卫生院的一名医护人员，疫情期间一直在负责摸排乡镇发热病人，一旦发现疑似病例，都由她第一时间送往京山。置身在同一个战场的父女俩，从年前分开到现在一直没见面，连通电话的时间也少，每次打电话不是父亲不得闲，就是女儿没工夫。女儿很懂事，很少跟爸爸说工作上的苦，还是2月初疫情暴发最严重时，女儿送一个疑似病人到京山，给他发来一个视频，视频里的女儿全副武装，虽然钱文平看不清女儿的表情，但是通过女儿的眼神他知道她在笑，就像此刻视频中的自己一样。至亲的骨血会懂得，笑，意味着我还好，不要挂记，你放心。

原定5天完成的工期，他们提前2天全部完成，比要求的提前了3天。扩建的病房亦以最快的速度投入使用，急待救治的患者看见了生的希望。

新市供电所是一个特别的所，它的特别在于管辖区域如此之大，

## 热血作证（二）心心点灯

完全超出了我对"所"的概念；在于 20 世纪 60 年代的老所长和 90 年代的年轻副所长老少搭班，年轻党员学习着老党员吃苦耐劳的精神亦步亦趋；更在于他们不仅尽职尽责保重点医疗用电、民生用电，还负责替社会服务，包片"三无"小区，24 小时不间断值守，掌管疫情防控吃喝拉撒。

欠缺防疫物质，他们自己准备。天气寒冷，没有帐篷，他们在车里睡。

韩敬云白天保电四处奔波，晚上参加小区的值守，最难熬最寒冷的通宵值夜，他尽可能全部揽下。

那段时间他们既是保电卫士，又是社区服务者。要每天摸排统计小区每家住户健康信息，要上报从武汉回来的住户信息，要统计每家每户生活物资采购信息，还有家中没有子女患有慢性病的老人，也要统计老人的药品采购清单……

韩敬云每天忙碌的样子，女儿都看在眼里，也忧在心底。她知道爸爸身体不是很好，好心提醒他，韩敬云哪有心思去听，女儿一恼火跟韩敬云犯倔使起性子，再不理他。直到一天晚上韩敬云又去小区值班，窝在车里，女儿突然给他发来一条微信链接，打开一看《我的父亲》，是女儿亲自书写并亲自朗诵的：

父亲像个陀螺一样转个不停，除了白天保电，晚上父亲还主动承担起一个社区夜间值守的工作。他离开家时，我提醒他做好防护措施，他叮嘱我和母亲照顾好自己，最危难的时候，他选择主动"抱紧"更多人。这场疫情，让我在 20 天中，真真切切体会到了忧虑与牵挂、感动与力量……我想，我的父亲只是千千万万个父亲的缩影，或许他们是环卫工人，或许是医生，又或许是警员……他们都有着平凡的工作，却在自己的岗位上散发着光亮，在寒冷中给我们带来温暖。

## 热血作证——光明守卫者的故事

那一刻，寒冬深夜，女儿的声音穿透风雨，拂过韩敬云的心，他从没有想到女儿会写出这样的文字，也没想女儿的一字一句会如此打动他的内心，让他的眼睛忍不住变得模糊。

二

不会忘记的还有钟祥城，疫情暴发后他们成了荆门所有县市区中的重点区域。一时如同战火燃烧，为分担城区压力，1月25日钟祥开始将确诊患者转往"柴湖小汤山"同仁医院。保护钟祥"柴湖小汤山"的重任顺理成章落在了柴湖供电所。

柴湖供电所所长赵波平时只带4个人住在所里，其他人在家备班。他守办公室，一个守指挥平台，接受疫情期间用户报修信息。剩下的一个守外勤负责抢修，另一个守内勤监测监控营销方面的工作。4个人分在4个不同的地点，随时等待考验。

考验来临，1月28日，柴湖供电所接到钟祥防疫指挥部（设在柴湖）请求支援的申请。随着确诊病人不断增加，同仁医院急需扩充病房，将原闲置的4、5楼全部改造为病房。因为4、5楼长期空置，里边很多开关线路都坏了，需要他们帮忙赶紧接通所有电源，点亮每一盏灯。换平时，真是小事，随便叫四五个人不到半天时间就可以轻松解决。但这种非常时期，谁敢无知无畏地拍胸脯。当时所有柴湖人都知道，钟祥多半确诊病人都已转入同仁医院，连同仁医院自己的电工也选择了退缩。能不能马上召集上四五个人他真没把握。但是他知道，怕归怕，作归作，就是上刀山下火海这个工作还是得迅速完成。

和京山的韩敬云一样，他在工作群里出信息、说明情况，问哪些师父愿意跟着他一块过去。

某些时候往往有些画面如同复制。群里纷纷报名，远不止5个，

热血作证（二）心心点灯

所有的党员全部都报名了，28个，包括食堂作饭的师父。他对赵波说："需不需要我过来给师父们送饭，我去能作一个后勤保障啊。"那一刻，大个头大嗓门、平时一副标准硬汉形象的赵波，眼里开始忍不住有几分潮湿。

对医院保电的日子里，柴湖供电所需要每天深入医院进入仔细巡视。除了发电房、配电室、线路，还有安徽池州增援湖北荆门的400kw应急发电车。2月19日在钟祥网改办主任谭波的带领下，池州增援的勇士和柴湖供电所连夜完成电源接入工作，临走时谭波对赵波千叮咛万交代，要记得每天巡视检查发电车。

现在回想似乎风轻云淡，当时那种草木皆兵的恐惧氛围，谁不怕呀。赵波清楚记得，每天需要巡视的供电区跟病人房间距离不足几十米，巡视时病房里活动的场景他都看得清清楚楚。他接近的病区每天上午都会开窗通风，那段时间"气溶胶悬浮空中传染"的新闻沸沸扬扬。每天靠近病房看见窗户敞开，他心里也会忍不住忐忑，但是不管怎么忐忑，每次派单他还是自己去。

再次接到抗疫指挥部的求援是2月中旬，这次去同仁医院，里面已经拉了警戒线，把核心病区围了起来，改变了之前行走的通道路径。医护人员下班需要转很大一圈才能到宿舍楼。新的通道没有路灯，晚上下夜班，护士们害怕都不敢往回走，想请供电所紧急安装几盏照明路灯。有了第一次经历，人手他是一点不愁，敢拍胸脯了，于是四盏简易路灯在第一时间很快完成。晚上医生护士下班路上有了电灯照亮，他们也觉安心。

整个疫情期间，所里事不少，巡线、抢修、替村里修喇叭、保民生用电……不管多忙，只要指挥部需要，他们会第一时间出现，没一个人掉链子，用赵波的话，"家"里人空前团结（他常用"家"代替"所"）。

赵波一直说他们作的全是鸡毛蒜皮的小事，没有其他供电所的轰轰烈烈，但是谁也不能否定小事的价值和存在，用了心的小事，一样贴入人心照亮人心，就像黑夜里几盏其貌不扬的路灯。

日常保电抢修都是轻车熟路，知道怎么安排怎么作，最困难的是一日三餐。4个爷们在家什么都不作，平时上班也有食堂师父准备好，从没操过吃饭的心。刚开始乡镇物资配送没规范，一片青菜叶子都没有，4个人吃饭成了大问题。逼得没办法，赵波亲自担起家庭厨师角色，把过年前已经长了毛的萝卜，全部洗了后削皮晒成萝卜干，亲自跟抖音学作馒头。于是和同事一起吃了大半月的馒头就萝卜干。

钟祥市供电公司党委知道了他们的状况，安排人来慰问。赵波直咧咧地说："我啥也不要，千万别给我送慰问金，只要白菜、方便面。" 2月15日那天大雪，当青菜、水果、鲜肉一堆丰足的生活物资出现在所里时，赵波白里透红的脸笑成了一朵花。

## 三

疫情保电，其实每个守城的群体都作着相同的事，唯一的区别无非是艰辛与更加艰辛的区别。

沙洋县供电公司高阳供电所所长曹晓亮一再强调自己的微不足道，但是他没法否认，疫情期间，特别是从2月15日到2月29日他度过了平生以来最为煎熬、最受考验的日子。那也是其他所长没有过的经历。

如今回想2月15日，巧合得真像电影里编排的情节。那天，他和所里4名留守的同事忙得像陀螺，用户故障赶趟一样，或家里漏电，或家里刀闸接触不良，或开关烧了。其中还接到一单说家里灯泡坏了，能不能帮忙看一下？这些事说出来细碎微小，可是每一桩都关系老百

## 热血作证（二）心心点灯

姓的正常生活。

正是焦头烂额时，曹晓亮接到老婆电话，儿子发高烧。犹如晴天一声霹雳，他顿时乱了方寸。因为1月13日老婆带儿子去武汉协和检查过身体，虽说早已度过隔离观察期，但当时那种人人笼罩在疫情阴影中的胡思乱想，让他觉得没有什么是不可能发生的。

他跟单位汇报，单位跟社区汇报，赶紧到医院就诊。拍片、验血，一番折腾下来，确诊是支原体感染引起的普通肺炎。当时人人畏惧的就是医院，医生也建议开药回家吃，避免感染风险。儿子回家吃了两天药，越烧越厉害，烧到40.5℃，如果再不住院可能危及生命。当时，沙洋新冠肺炎疫情也在暴发阶段，不说危险与否，住院难肯定是毫无疑问的。正当困难时，沙洋县供电公司领导帮忙及时联系医院、联系病床，儿子算是有惊无险地入了院。

家里没有老人，只有老婆和10岁的儿子，一想到这里，曹晓亮就会忍不住揪心。可是他知道，自己是家里的顶梁柱，更是所里的顶梁柱，这是一个更大的家，作为党员、所里第一责任人，非常时期的战疫保电，无异于一场看不见硝烟的战场，每一位将士都必须坚守在阵地，任何人都不能临阵脱逃。当社会责任与家庭责任不能两全时，当更多的人需要他时，他只能选择更多的人。

儿子住院的日子，他和他的同事一如往常作着繁杂琐碎的事。大到避雷器接地的故障通宵抢修，从头天下午持续到第二天天亮，小到给卡口牵电源、换灯泡，为每个村修喇叭，为所里住户采购生活物资，从早到晚地忙碌。每天回到宿舍多是10点以后，如果有时间他要跟儿子视频。如果太晚，第二天早上再打个电话询问孩子，身体好些没有？曹晓亮是个不善于表达情感的人，包括对儿子妻子，他更习惯将类似情感的东西藏在心底。长期以来，儿子似乎也习惯了爸爸的性格，从来不对爸爸说想念之类的词。儿子快出院那天，曹晓亮再次和儿子视频,不想儿子突然说出一句:"爸爸我想你了,你什么时候回来?"那一刻曹晓亮竟然有些泪眼模糊,却表面上故作平静,对儿子说,等沙洋通车了就回来。

　　这无疑是一段非常时期的非常经历,带给曹晓亮的感触过于深刻,他说一场灾难让他既看见了人心,同时也见证了集体。儿子生病期间,从荆门市公司到沙洋县公司领导,每个人不间断地给予关心和帮助,为他解决一应后顾之忧,令他的心前所未有地温暖,第一次切身感受没有人是孤岛,奋战在前方的保电战士更不是。任何时候,他们背后都有强大的公司党委,温暖的集体力量,而这股力量就是支撑他们奋战前线的最大倚仗,就是他们点亮一座城池的强大动力。

# 热血作证（三）

## 同舟共济

### 一

曙光不曾来临时，置身一场巨大的灾难如同望不到边的苦海，每个单位、每个部门像极一艘泅渡之舟，隐忍、克难、奋进，既要承担他人无法想象的艰辛，也要发挥八仙过海各显神通的本事。

2月6日，京山公司后勤人员张晨辉接到命令，前往湖南省金鸡收费站领取一批抗疫物资。那是国网湖南电力公司捐赠的爱心防护用品，因为武汉交通管制严格，需要地市公司马上自行到指定地方拉回。京山公司接受荆门公司防疫指挥部任务，负责物资运回，同时还要帮兄弟单位京山康复疗养中心一并领取运送。

正在着急采购抗疫物资的张晨辉听到有补给，喜出望外。他立刻联系京山市防疫指挥部办理出城通行证，但因指挥部没有受理出省通行证的权限不给办理，一时心急如焚。特殊时期，每个行业每个人都有自己需要坚守的责任，张晨辉理解，无心为难。便从手机上调出地图软件冥思苦想研究出行路线，发现湖北咸宁离湖南金鸡收费站最近。想着那天湖南正在下雪，对方拉着一批爱心物资正在风雪里等待，情急之下张晨辉干脆办理了前往咸宁的通行证。

时间临近中午，已经顾不上吃饭，从办公室带了一袋面包，他和司机赶紧上路。

揣着这张不能出省的通行证，一路上张晨辉的脑子设想着各种结果。终于到了湖南羊楼司服务区，车辆被拦下来，例行测温检查，一切正常，正要放行，湖南警官突然发现是鄂H车。马上如临大敌。

重新下车，重新测试体温，再重新填资料，尽管再次证明一切正常，但执法人员考虑湖北疫情严重，要求他们不得继续行驶，原路返回。想着雨雪交加，一路周折六七个小时好不容易跑过来，眼看再往前走7公里就要到达目的地，张晨辉实在不甘心。一边拨通咸宁公司物资负责人电话求助，一边趁着跟警察说明具体情况的时间等待回信。警察却不容分说，不许拖延一分钟，直接用警车带到下高速的路口，下令从哪里来回到哪里去。置身在服务区出口的张晨辉，分明已经看见那辆拖着物资等候的大车，不到200米，竟如远在天涯，那一刻他急得想哭。

晚上10点37分，这个时间张晨辉永远不会忘记，10点37分还没有跳过，他的电话突然响了，经咸宁公司、湖南公司及湖南高速公路管理局三方周折协商，终于允许他们进入湖南了。而此刻他们的车已经被迫进入返程的高速路，只差一分钟，假如当时他们能够拖延一分钟的话，就可以过去的。接到电话那一刻，张晨辉五味杂陈，艰辛、激动、欣喜，眼睛忍不住湿润。不管怎样，谢天谢地，终于可以过去了，终于可以拿到救命的物资了，虽然多跑了54公里路程。

凌晨时车辆终于折返抵达金鸡收费站，3000瓶酒精，张晨辉如获至宝，小心翼翼转运到车上，用借来的防护网和彩条油布细致加固、遮盖。返回路上，一会儿担心车子跑快温度高，酒精挥发影响安全，一会儿担心箱子被淋湿，一路不敢大意，时不时透过后视镜看看车厢，每到一个服务区都下车检查货物捆绑情况……

如果天地间有一双无形的眼睛，可以看见凌晨2点漆黑的夜里，两个人、一辆车穿过风雪，一路艰辛终于抵达京山。

张晨辉大约不曾想到，就在他去往湖南那天，荆门公司的易容科为了物资同样踏上了去往武汉的路途。只不过易容科没有他那般经历

热血作证（三）同舟共济

曲折。

易容科原本是物业公司副总经理，特殊时期临危受命参与后勤，担负整个荆门供电公司防疫物资采购及管理。为了寻找物资，他可是使尽了气力，去武汉前还曾去过仙桃。如果说之前去仙桃因为看见了物资的希望，一时高兴忘记害怕，那么去武汉这天的感觉却令他终生难忘，他第一次感受到人生中的惧怕，真实得无法掩藏！当时的武汉正是水深火热，如同炼狱，但凡是正常的人谁能不怕。可是怕归怕，去归去，这两者之间并不矛盾，置身险境时"怕"是人的本能反应，明知危险却逾越了"怕"的屏障也是人性的升华，都很真实。

对易容科而言，那些经历实在无可说道，远有出生入死的医护人员，近有身处一线保电的同事们，他的经历即便是艰辛也实在太过平凡。可是无论怎样平凡，总有一种感觉在他心底发酵，仿如一颗埋在泥土里的种子，那种不易察觉的触动唯有自己的心知道。如果一定逼着他说出点什么，他只能说"感动"，关键时候，好像只有这个最庸常的词才能表达他的心情。是啊，疫情如此可怕，可无论如何可怕，公司上下的所有后勤人始终齐心协力，包括每一位司机，只要给他们说要出去，无论仙桃还是武汉，他们毫不含糊，一个个争着抢着要出去。

自从参加后勤战疫采购物资工作以来，他最大的收获就是真正懂得了何为真诚、何为勇敢，那是书本和老师都教不了，只有自己亲身经历过才能切身感悟和懂得的。

对易容科来说，前期采购抗疫物资再艰辛也只算了完成工作一部分，身为一名合格的物资采购人兼管理者不仅要懂得买，还要懂得管，要买得科学、买得合理又不浪费，这与采购物资的一腔孤勇相比更需要投入精力、心力、智力。

物资、审计、发策等后勤部门的兄弟姐妹正是在最需要他们的时候到来，他们和战疫保电的卫士们一样，抱成了团，拉紧了手。

一份用过心的真诚往往是遮掩不住的，比如一个用心写作的人，必能在其字里行间找出痕迹；再比如一个用心作事的人，也必会在工作的每一个环节里留下痕迹。在各位兄弟姐妹的帮助下，虽然《防疫物资规范管理办法和流程》《物资管理台账》出台了，但易容科觉得线条还不够精细。还有没有更科学的方式作到防疫物资精准采购、精准使用、精准管理。和心较上劲的易容科拉着物资中心的胡燚锴开始反复思考、研究，俨然科学人员一样一次次去现场作实验，测算出酒精和消毒液的用量标准，即在岗人员每天酒精的标准用量是 50 毫升，消毒液的标准消耗量是每平方米 1 毫升。有了这些精确的数据，就可以精准确定上岗人员每天使用的数量，进而精准确定公司需要采购多少、储备多少，而且实现了一周、两周甚至一个月、两个月需求量的精准统计。同时，还可精确计算出不管是分批复工复产还是全员复工复产，公司所需要的物资需求总量。这为公司党委科学决策提供了可靠的依据！

一份用心测算制定的《防疫物资使用量标准》诞生了，在基层单位得到广泛应用时，也被省公司后勤部进一步验证核实后，全省推广，自此一份用心的真诚不仅得到了认可，同时彰显出最大价值！

二

一场史无前例的战疫保电中，若说一线保电卫士们是红花，那么站在他们身后的后勤无疑如同绿叶，用心托起红花时，也曾用真情悄无声息散发出生命的绿。

战疫期间他们还将后勤称为大后勤，之所以称为"大"，是因特殊时期的后勤突破了日常的边界，汇集了物业、后勤、工会的力量，它

## 热血作证（三）同舟共济

们完美融合，成为一个服务于大家庭的大管家。

为了抗击疫情保卫光明，总有一些人需要默默坚守岗位。公司本部最多时一天50多人，最少时也有35人。为避免聚集交叉感染，每个人的一日三餐都由物业公司一个一个递到手中。想想一周两周尚可，60天如一日，早中晚准点准时，热菜热饭，一周菜品不重样，这得要多少耐心和细致才能去维系。

一日三餐，衣食住行，爱心帮扶，事无巨细，如同一双双拉紧的手，形成一个富含温度的完美链条。

1月30日，随着荆门市的新冠肺炎确诊病例纷纷出现，公司本部一位同事和她的姑娘也开始出现不适症状。公司党委高度重视，工会副主席张红艳第一时间联系救护车到小区接母女上医院就诊。31日结果出来，母亲列为疑似病例，女儿确诊为新冠肺炎。

入院后的母女身边没有多余亲人，没人送生活用品，后勤捡起了工会的接力棒，承担起家人的角色。他们按母女列出的清单购买各种生活用品，中商超市没有，去沃尔玛买，能买到的必须买到，不能买到的想办法买到。人同此心，无论谁得了这种病心中无疑是恐惧而脆弱的，这个时候如果每一个细节他们都能作得更细致入微些，无疑可以给病中的人带去温暖和安慰。

在一场爱心接力的故事里，大家拧成一股绳。住院期间，工会帮扶小组每天如一日地关心母女身体情况，询问她们的需求，安抚她们的心情。后勤紧随其后，把牛奶、水果、副食糕点隔三岔五送去医院，让她们感受到最困难的时候集体就是家，她们并非无助，她们的背后还有一双双温暖的手，一双双关注的眼睛。

两个月的时间里，每个人都经历太多。当母女俩经历入院、出院、集中隔离、居家隔离时，当所有小区经历着历史以来最硬核的管控、最严厉的禁足时，120多名身影悄无声息地出现了。他们中有领导也有职工，有父子也有夫妻，走出家门，却不是去自己熟悉的单位和岗位，而是去陌生的地方陌生的岗位，充当小区的看守者。机械的工作内容从清晨到深夜，对每个进出小区的人员和车辆登记、检测体温、查验身份和通行证，对无证出入的人员耐心劝返，发现体温异常的人员及时与单位和社区联系，虽然每一个环节都极其琐碎，但是谁都知道，非常时期每一个琐碎的细节都能体现出前所未有的价值。

正常生活被打乱后的住户们不会忘记，当他们面临着各种前所未有的生活困难时，是他们逐一统计生活及医疗需求，登记、购买、发放。成吨重的生活物资无论风雨交加还是阳光明媚，他们一户一户地分，一户一户地送。每天如一日忠实担当着小区的"通信员""守门员""快递员"，灾难时期他们选择用一种朴素的方式散发出微弱却温暖的光亮。

每一颗真诚的心之所以可贵，是因为经得起危难的考验。疫情暴发时谁不害怕？为了给病中员工、出行不便的家庭传递温暖，每个人冒着被感染的风险来回地跑那些高风险的场所，他们除了遮挡的口罩，还有一颗热气腾腾的心。之所以能够克服恐惧支撑他们，除了集体责任感，更有一份当灾难来临时流露出的美好人性。

三

整个战疫期间负责后勤的综合服务中心主任肖虎在办公室睡了53天。从1月25日开始，沙发作床，办公室为家。

没有精力兼顾家庭的日子，他老婆担起家里的责任，并交代他，家不用他管，只要他把自己的工作作好，照顾好自己、不往外面跑。

可事实上疫情以来，他隔三岔五在外面跑，去商场为住院的同事

热血作证（三）同舟共济

买生活用品，去医院送生活物资……不跑怎么可能？只不过他从没告诉老婆，只善意欺骗她，自己从未出去。

他记得还是 1 月 25 日时见过老婆，他决定回家拿洗漱用品和换洗衣服。老婆拿着东西跑下来，想走近对他说句话，他不让，非让她隔得很远，放下东西就回家。两人就隔着远远的距离互相看了一眼。

随后他去天鹅山庄为职工送物资。站在天鹅山庄的大门口，他远远地看到了家。那时他忍不住给老婆打了个电话，说来天鹅山庄送东西了，老婆也想站到窗前看看他，可没等站到窗前他已经匆匆走了。

回忆整个战疫后勤过程时，肖虎频繁吐露的只有一个词——感谢！感谢每一位后勤人的默默付出，特别是基层后勤人员常常身兼数职，不仅需要保障抗疫物资，还兼有小区包点、信息统计、物资发放、物资管理、物资统计等繁重的工作，他们的付出更无声更辛苦。他觉得没有比这个朴素的词更能代表他的心情的。

他的感谢很朴实，很真诚，一如其人。

"灾难不幸，但在这种危险和困难面前，我深刻体会到了什么是人性的真善美。"想来他的这句话也是每个人的心声。承受疫情袭击之痛时，让我们看到了人性之光华。那些平常不起眼的人，像小草一样沉默无声的人，在关键时候冷不丁散发出一种光，迸发出无声的能量。

热血作证——光明守卫者的故事

# 尾 声

  一篇文章终究短暂，可以轻易接近尾声。然而一场抗疫之战却不敢轻言结束，形势依旧严峻，所有战疫保电的卫士需要再次全力以赴投入"双线作战"，要在战疫保电前线与助企复工一线来回穿梭。这场席卷全球的疫情灾难，让国家受到重创。电力是国民经济的支柱和基础，是社会生产的先行者，他们需要第一时间精准落实国家电网公司的惠企举措，大到企业，小到田间地头的老百姓，需要为他们及时输送血液和希望。

  叙利亚诗人阿多尼斯曾说，个人阅读历史，群体书写历史。回首2020年这段全国上下毕生难忘的战疫经历，无论医生护士，还是警察、社区工作者或电力工人，每一个群体都曾真实地书写下自己的历史，都曾用热血点亮过生命的心灯，联手托起过人类的希望。

  面对这段历史，一支笔的述说和见证十分有限，如同本篇文字的承载极其有限一样，它们展露的仅仅是整个战疫保电的冰山一角。但是不管展露多少，我们至少从中验证了一种存在，那就是我们中国的文化传统、革命传统里，从来就有团结协作、众志成城、一呼百应的战斗精神。

  有时细想，苦难未尝不是一种获得，就像无常的背后并不总是"失去"，也会有新的"遇见"。它们让我们有了一种态度——身处幽暗时，仍愿笃信光亮的存在；更有了一种能力——在"绝境"中寻找线索，将困境转为机遇，在危难中绽放光华。这一切都来自苦难的成全。无论国家，还是国家电网，每一次苦难的历经就像一棵大树置于风雪之中，每一次磨砺都将化为一种力量储存在根系，使其坚韧不拔！如同经由热血浇灌的土地，必然更加丰沃、更加深厚！

在海拔4500米的青藏高原腹地甘孜藏族自治州石渠县,国网四川成都供电公司援藏员工在组塔拉线,建设"新甘石"联网工程。

(摄影:邹熠霏)

# 再唱一曲《康定情歌》

## 一

呼啸凛冽的寒风，挟裹着雪粒肆虐着大地。雄伟延绵的雪山上，铁塔巍然屹立，天地间只有三名电力巡线工的身影在缓缓移动。他们走过一尊又一尊铁塔，巡查着一条又一条线路，艰难重复着手中的工作：线路收资、涂刷杆号、GPS 定位、核对……毕竟是号称生命禁区的雪域高原，氧气实在过于稀薄，女孩终于支撑不住，面色苍白无力地跌坐在雪地上，开始捧着氧气瓶大口大口地呼吸……镜头切换，面对没有人烟的高原，女孩再也没能忍住心底的压抑，一声呐喊，随之默默无声低头流下一脸的泪……

这是来自屏幕里的一幕，是我们踏入甘孜供电公司时观看微电影《路》中的画面。画面中的女孩无声流下泪水的一刻，在座的亦是一脸无声的泪。《路》就是讲述发生在甘孜供电公司的真实故事，片中的三位主人公也是甘孜公司的员工，没有半点虚构与粉饰。

基于这份真实，当我从大会议室出来，复转小会议室与各位女工见面，看到《路》的女主角唐诗晴挂着一脸的安静与恬淡坐在众人中时，心里突然生出难言的动容来。

坐下来，与她们面对面，今天我需要充当一名虔诚的聆听者，聆听她们讲述自己的工作和生活，讲述自己的家庭与孩子。诉说，聆听，多少不为人知的苦乐，多少不为人知的艰辛，随着泪水不知不觉流淌出来。那一刻，我想起了来前甘孜供电公司刘主席对我说的一句话，他说最不忍的，就是面对这群工作在高原的女工。对这句话，此刻，我终于得以深刻理解。

再唱一曲《康定情歌》

在众多女工中，我之所以将目光专注在诗晴身上，除了她神情上流露出的几分与世无争的恬淡与笃定令我欣赏外，还有她在《路》中的真我深深打动了我。

二

诗晴是地道的四川姑娘，家在远离康定的眉山市青神县。没来康定前曾在成都作平面策划，工作稳定体面且收入不错。那段时间，生活于她虽谈不上多么出色和精彩，生性单纯的她倒也过得安逸充实。

诗晴终于有了爱人，是甘孜供电公司一名电力工人，两人分居两地，难得相聚。爱人的工作过于忙碌，就算好不容易逢上休息时间回成都看她，总是凌晨2点才到。平常他很少对她讲自己的工作，要讲也是报喜不报忧。越是这样，诗晴心里越是充满好奇，越想知道他的工作是怎样的？藏区工作的高原究竟是怎样的？为什么每次回家总是凌晨2点？

终于动身了，从小就晕车的她决定去爱人工作的地方看看。那是她第一次坐那么久的大巴进康定。神奇的是那次她居然没有晕车，一路上她被沿路的悬崖峭壁、道路的艰难给震撼住了，只觉路旁崖壁上的石头似乎随时都有落下的可能，吓得根本忘记了晕车。那一刻，她才意识到，原来每周他去成都见她，都要历经如此艰险的路途。

坐了整整一天车，终于到了他工作的地方。这里有雄伟的高山，湛蓝的天空,洁白的云朵,奔放的折多河水……多么清新美丽的场景，可惜诗晴还没来得及雀跃，身体已经开始感觉几分不适，头晕腿无力，胸口发闷……

初进康定，老天便给了她一个下马威，让她见证了高原气候的反常恶劣，也将高原反应带来的种种难受尝了个遍。

这就是爱人工作的地方啊，她终于有了切身的了解。原来他从事的工作是农电综合管理，还负责甘孜州所属县公司的综合管理、供电所管理，为了对接县公司需要跑现场。因为工作需要，所属甘孜州的17个县他基本都跑遍了。也是那时她才知道，他到达的很多地方都属偏远地区，手机根本没有信号，每次他为了给她打一个报平安的电话，常常要走很远很远的路，直到找到信号跟她打完报平安的电话然后再折回。知道真相的那一刻，她只觉得心里生生地疼痛。

记得曾经听过这样一首歌，每个女孩都是长着翅膀的天使，只有当她遇上自己心爱的人，才会心甘情愿地折断双翼，从天堂来到人间。

从康定返回成都后诗晴作了一个重大决定，她要放弃现有的稳定工作，离开成都追随爱人，和他一起定居高原。无论家人如何反对，诗晴只是倔强不改，她说，她只是想能够和他一起相守，只是想让他在高原安心踏实地工作。

三

如果说当初选择来到高原，诗晴是义无反顾的。那么随着作了母亲，有了自己的女儿后，当她要将五个月大的女儿交给父母的一刻，面对母女分别无法相守的一刻，曾经决然的心开始变得动摇起来。之前她没有想过，自己的孩子有朝一日会成为一名留守儿童。虽说一个月也能回去一次两次，可是路途遥远，没有经历过这个过程的人永远无法领略其中的艰辛。天气好时还好，如果赶上春夏梅雨季节，冬天冰天雪地，回家的道路异常艰难，甚至还要冒着生命危险。好不容易到家，没有等她和孩子真正亲熟，又要离开了。

身为母亲，与孩子分开的每一天都是煎熬，每一天她都陷入对孩子的思念与自责中。对女儿，她生下了她，却不能给予她应有的关爱

再唱一曲《康定情歌》

和陪伴，不能尽到作母亲的义务。对父母，不仅不能尽到女儿的孝道，还给他们带去了额外的负担与辛劳，她的心里开始出现前所未有的落差。

诗晴也想过把孩子接到身边，可是有点儿医学常识的人都知道，长期生活在缺氧的高原地区会给身体带来什么样的副作用。孩子那么幼小，显然不适合来高原生活。实在无法可想时，她只有通过视频看看孩子，通过手中的笔画画孩子，排遣心中对孩子强烈的思念。面对诗晴的心理变化，爱人只能在一旁束手无策，一度彼此理解的好夫妻，开始发生一次次的争吵，一次次地升级。面对冷硬的现实，诗晴不禁开始自问，曾经的选择究竟是对还是错？

生活于诗晴开始呈现出前所未有的茫然，她一度陷入无边的忧伤与低落里。就在她纠结于心中的矛盾中时，甘孜供电公司选中了她参加微电影《路》的拍摄。

来不及多想，诗晴马不停蹄地跟随摄制组出发，他们来到了石渠县海拔最高的呷依变电站。

石渠县在四川西部，是四川省面积最大的县，也是海拔最高的城。石渠县城海拔 4200 米，呷依变电站海拔比之还要高出 380 米。踏入呷依变电站，如果不是亲眼所见，实在无法想象有这样一群电力工人生活在号称"生命禁区"的地方。这里含氧量只有内地的 40%，极端温差最大接近 70℃，全年 5 个月出现 6 级以上的风，有时最大风力达 9 级，其自然环境恶劣得令人难以想象。在这样高寒缺氧的地方，人即便躺在床上一动不动，也相当于内地人负重 20 斤，生存条件仅次于南、北极，连日常行走仿佛也变得艰难，何况还要有条不紊地从事日常工作。她所拍摄的内容，是将驻守在这里的电力工人的每一天真实地演绎下来。在室外不到 10 分钟，她已然上气不接下气，难以支撑。到了晚上更为受罪，因为海拔过高，严重缺氧，头痛欲裂，基本难以入睡。在呷依不过只是一天的拍摄时间，她的承受已经到达极限，无法想象长年累月工作在这里的电力工人,他们是如何度过每一天的。

整个《路》的拍摄过程,是诗晴第一次亲身感受,亲眼见证,工作在高原藏区电力人最艰辛的过程。拍摄中她亲眼所见,那些工作在高原藏区基层的电力工人就像屹立在雪山的铁塔,像腾空在峭壁上的银线,默默无闻地点亮着藏区光明,默默燃烧着自己。有一位师父在高原工作 23 年,夫妻分居 23 年,因为所在的工作区域海拔超过 3000 米,有一次因为小小感冒引发了肺部感染,肺部因此切掉了 1/3,医生说他不再适合在高原工作,但他仍然选择留在了藏区。

她告诉我,如果不是深入其中,你无法想象基层工作的那份艰难。如果不是面对面地交流,你不能直接感受一个个平凡电力人的朴实和可爱,也永远掂量不出那一座座铁塔的分量。

就在诗晴一路感慨一路紧张进行《路》的拍摄时,家里突发了一件事。诗晴 1 岁的女儿突然得了肠套叠,医生通知必须马上手术,否则会有生命危险。家在县城,那里的医生根本无法实施手术,家人赶紧将孩子转向眉山市医院,面对孩子复杂的病情,眉山市医院也表示爱莫能助,家人只得手忙脚乱地再转往成都华西医院。所谓福无双至,祸不单行,好不容易来到华西医院,辅助手术的机器又坏了,依旧无法实施手术。面对此境,家人急得肝肠寸断,只得再次转往成都省医院。所幸女儿的性命最终得到了及时挽救。为了不影响她的拍摄任务,整个揪心的过程,爱人一直独自承受着一切,从头至尾联合着家里人对诗晴瞒得密不透风。

直到《路》的拍摄结束,唐诗晴才得知了女儿惊心动魄的救治全过程。那一刻,她百感交集,泪如雨下。

整个《路》的拍摄过程,是诗晴精神得以升华洗礼的过程,也是她对爱人、对自己曾经的选择重新认知的过程,之前所有的迷茫,从那一刻全部消失殆尽。

她说,在甘孜供电公司类似自己这样的情况一家三口分居两地,

再唱一曲《康定情歌》

甚至一家四口分居四地的数不胜数。分管物质的张艺凡、运维检修部的叶建蓉、人资的缪苗……她们都有不为人知的故事,都有一肚子的心酸。在甘孜供电公司,3岁以下的留守儿童就有30多个。身为父母,谁不想给孩子一份完整的爱?谁不期待有个圆满的家?谁不想花前月下享受安逸的生活?可,谁让她们的爱人是电力工人,谁让他们选择了守护藏区光明,谁让她们选择了他们,选择了爱,选择了相随相伴,又心甘情愿来到藏区。

# 一个人的遇见

## 一

时光倒回 2009 年，他还在三峡大学读研究生。一次学生会组织活动，他遇见了一位心动的女孩。女孩是学生会书记，而他是学生会主席，就像张爱玲说的，"于千万人之中遇见你所遇见的人，于千万年之中，时间的无涯的荒野里，没有早一步，也没有晚一步，刚巧赶上了"。

女孩成了他的女朋友。但因现实因素，这份感情并没有得到女朋友父母支持。只是热恋中的他们如同老房子着火，哪里还顾得上其他。直到 2011 年女朋友将面临就业问题，而低一届的他还不知前路何方时，父辈预言的现实开始摆在眼前。柔肠百结的女朋友一时举棋不定，倒是他坚定不移。他让女朋友优先选择离三峡大学近的城市就业，便于他能时常去看望她，等一年后毕业，他一定会第一时间向她靠近。看着他满脸真情的样子，女朋友被打动了。

首选宜昌未果，女朋友又听从他的建议选择了荆门，分到供电公司调度控制中心。一年后他终于毕业，也迫不及待选了荆门供电公司。直到省公司人资签约面试环节，想留在城区靠近女朋友的他才得知，城区岗位只剩下一个，还是城郊公司的漳河镇供电所。

有时候他回想人生很多画面看似毫无关联，其实场场相连，就像一个人一步一步走出来的路，少一步都不行。现在回想，正因为选择了漳河镇供电所，才会有 2013 年 7 月某天的出现。

上班已近一年的他，不知怎么机缘巧合，那天遇上了当时荆门公司分管生产的副总袁志军。袁志军得知了眼前这位年轻人研究生毕业，却在漳河镇供电所收电费。出于惜才，袁志军便将他调入城区检修公司继电保护班。女朋友的专业是调控自动化，与继电保护正好一脉相承密切相连，如此一来，无论现实距离还是精神距离，他与女朋友算是彻底靠近了。他忍不住欣喜，这大约就是冥冥中的遇见吧，似一根无形的线，牵引他一步步走进期待的生活，一步步走向人生的主场。

## 二

进入保护班不到半年，他便赶上荆门公司掇刀变电站开建。那是当时荆门公司的第三座220kV智能变电站，位居枢纽，也是三座智能变电站里接线方式最复杂的一座。时任检修公司总经理的张洪为了锻炼他，让他参与全程建设，负责二次设备验收，全面学习智能变电站知识，并将编写掇刀变电站的运行规程一并交给了他。

运行规程就是一个站的规范说明书，说明书以图文互解的方式呈现，通俗易懂且具操作性，要让任何一位新来的运行人员或检修人员可以第一时间拿来了解、操作、巡视、消除缺陷。对一位刚入职不久，且保护技能尚属空白的年轻人，该是多大的信任和考验！

他对女朋友许下"等这次圆满完成任务，为事业初步打下地基后再结婚"的承诺，便开始了每天"朝六晚十"奋力奔跑的历程。

第一次参与变电站建设，他知道首先得和老师父熟悉起来。他很机灵，他观察到负责继电保护的几位老师父都喜欢抽烟，于是每天都会买包烟揣兜里，见机就给师父们上烟。一来二去师父们很快熟悉了这位好学又机灵的年轻人。他白天收集资料、收集不懂的问题，晚上先自己查，实在查不出第二天便追着问，师父们都乐意教他。

他知道要想真正掌握智能变电站的原理，必须弄懂建设中的每一个环节，如同医生弄通人体的每个器官结构和作用一样。全站的"五

## 热血作证——光明守卫者的故事

脏六腑",每一根"神经""血管"的流向,他都得仔细了解通透。小到十几万个三四毫米的端子排,一一对照图纸,查看安装位置,线与线连接的逻辑。大到每台设备的容量、变比及每一条电缆沟,每一根电缆的走向和作用。细到每一根线、每一个零部件、每一个虚端子。

全心奔跑的路上,说苦也不苦,因为当人沉浸在梦想中时,精神驱力,年轻的身体里仿佛装了无数的小马达,每天有使不完的劲。

但,说不苦却又苦。

时至今日他还记得电缆沟下面那个防火层,有一人高,像水沟一样,只有一个洞钻进去。建设中分管生产的副总徐东升(现任检修公司总经理)到掇刀站要了解电缆沟防火包的安装数量和位置。那天正是7月正午,近40℃,他钻入沟里,又闷又湿又热蚊子多,像钻进了蒸笼,透不过气。后续电缆沟施工一直改变,他要一直跟进检查材料、防水处理及排水通道,要反复进入防火层。每次一身汗水一身泥,外加一脸蚊子包,从那洞里钻出来的样子十分狼狈。为写规程还要收集每一台设备的铭牌,几百台钢筋铁骨的设备被烈日晒得滚烫滚烫,他每天便贴着这些火烧火燎的设备爬上爬下,记录、拍照,光铭牌照片就照了近1000张。一身工装反复湿透,结下一层一层的盐花可以炒几盘菜。

通过了解所有的设备,他弄通了智能变电站的过程与原理,通过验收二次设备过程掌握了继电保护的内核知识。他开始感觉到来自心里的底气,前后对比,人仿佛从飘浮的云端稳稳地扎在了地面。历经3个月,一部《220kV掇刀变电站运行规程》出炉,20万字300页,浸透心血。等掇刀变电站正式投运,运维班进入时,但凡遇见任何不明白的地方都会给他打电话。那里每一台设备都曾留下过他的手印,每一个地方都曾留下过他的脚印,所有的设备就像他的孩子一样,哪

一个人的遇见

个继电器在哪里,哪个开关在什么位置,他闭上眼睛都知道,和熟悉自己的身体一样。他的大脑可以像计算机一样,对站内每一台设备、近千张图纸、几万根电缆接线快速搜索,第一时间为他们解答。而经他书写的运维规程从此也成为220kV智能变电站运维的范本。

建设掇刀变电站是他职业生涯里打的第一场硬仗,至今他还记得工程进入最后送电环节时的情景,那是他从未有的经历。三天三夜,1000多项操作步骤,如同通关,完成一步再继续下一步,每获得一步成功,他心里都有说不出的兴奋,直到一步一步走向终点,到达最后关键环节——主变送电。

主变是一座变电站的心脏,它的投送成功才意味着整座变电站的复活。那时现场鸦雀无声,每个人屏住呼吸,目光都聚焦在一个按钮上。随着手指按下,只听到"啪"响亮清脆的一声,主变开始嗡嗡嗡地响,所有的显示屏都亮了,指示灯开始像眼睛一样闪烁,所有的设备都开始传递出充满激情的声音,如同一个人瞬间复活。站外鞭炮第一时间响起,三天三夜通宵不眠,年轻的他站在人群里,看着眼前一双双熬得通红的眼睛、兴奋与喜悦的笑脸,竟然激动得热泪盈眶。

掇刀变电站的成长和积累,让他有了独当一面的勇气,当公司要求每个研究生每年承担一个改造项目时,他大胆选择了220kV柳河变电站——荆门首个220kV智能变电站过程改造项目。这个项目以往没有任何经验可以借鉴,且当时因为"三集五大",单位分合,保护班有经验的老师父流出很多。尚在成长中的他,要带领一群工作年限短、技术水平不足的年轻人,在为期18天的时间里改造完,压力不言而喻。

改造变电站和医生作手术一样,他们触碰的"血管""神经"不能有一点闪失和错误,否则后果不可想象。那段时间,他每天5点起床,先去站里进行现场勘查,把当天工作的危险点和注意事项先整理出来，晚上 9 点收工后，再分析当日的实际工作情况，总结出更优化的施工方案。当大家休息时，他便跟随厂家作各种实验。自己推算出来的各种实验，再将其验证一遍。遇见任何拿不准的细节通过电话咨询以前的老师父，就这样摸着石头过河，慢慢前进。最终他带领着这群年轻人如期完成了改造任务，并以"零缺陷"完成送电。

## 三

如果说掇刀站建设、柳河站改造，是让他遇见一个技能逐渐成熟的自己，那么 2018 年 3 月，去基层钟祥变电运检班任职锻炼，则是让他遇见一个心智更加成熟的自己。

那一年他的爱情早已开花结果，女儿已满 3 岁，他和妻子已各自成长为单位的技术骨干。平日里工作都很忙，荆门没有亲戚，家里只有一位老人帮忙。从孩子出生到现在，小两口一路走来受尽辛苦。好不容易孩子大了，似乎可以稍微喘口气时，他突然要去钟祥，妻子顿时感觉生活又被打回从前。妻子想说服他，他也想说服妻子，事实谁也没能说服谁，最终还是妻子冷静下来自己说服了自己。她了解他的性格，想作的事就一定会坚持到底，不管遇上什么困难。恰恰是他的这种性格，他俩的爱情才最终修得正果。她确实希望他能够尽量顾及家，但又不想拖他的后腿，成为他前进的绊脚石，想来想去为了让他的青春不留遗憾，还是支持他去吧。

到了钟祥的他开始了办公室、寝室、工作现场每天"三点一线"的忙碌。而妻子在家庭工作、孩子方面忙得不可开交，一段时间里两人疏于联系交流渐少。直到有天晚上 11 点，妻子值班突然发现调度竟然对钟祥变电站全站失去监控，顿时吓了一跳，紧急联系班员去机房排查，班员锁定为实时交换机到远动机之间的故障。时间已近凌晨，

# 一个人的遇见

安排人员从荆门出发去处置耗时太长，这太长过程中会出现什么谁也不敢预料，一时困难重重。妻子想起正在钟祥锻炼的他，他俩的专业本就是一条线的两个点，没有比他更适合的人。妻子拨通电话，他立刻拿上工具奔赴现场。那一天他俩打破历史纪录，一口气通了十几个电话，直到故障消除数据顺利上传。

那晚，妻子才大致了解到他去到钟祥变电运检班后的点滴经历。

一个需要负责区域内 22 个变电站，1000 多套设备的班组只有 22 人，其中除了 4 位年轻人，其余平均年龄 50 岁。2012 年因"三集五大"划为检修公司管理，整个班组还处在一种尚未完全融入的状态。他这次去就是为了充当一座沟通的桥梁。他去了想落实绩效考核，严格执行绩效工资和出勤、工作强度挂钩，改变工作作风；还想将安全落实到每一个环节，严格执行安规，严格填写工作票，规范作事方式。其间，他有过阻力，有过挫折，有过心累。不过都已过去，和妻子通话那会儿，钟祥变电运检班在他的努力下已经变成了他想成为的样子。

他告诉妻子，最开心的还是带动 4 位 90 后小兄弟一起成长。他像哥哥带着弟弟们一样，与他们同吃、同住，一起工作，一起学习。每天工作结束后，他给他们上课，教他们看图纸，学习保护原理、讲解规程规范，一起交流当天处理问题的心得。一周结束他还会亲自出卷子组织考试，检验学习成果。有次 4 位小兄弟去柳河送电，他去武汉出差。走前他给他们发消息，这周的卷子他已经出好，放在办公室窗台上，如果回来太晚就明天作。可那大晚上，等他们送电回来已经凌晨 2 点，不仅一起作完卷子，还相互批改讨论。凌晨 3 点给他发消息："玄哥，我们都作完了，还有几个问题不懂，等你回来教。"那会儿让他真的特别感动。

那夜凌晨的路，他和妻子用声音陪伴着彼此返回。他电话这边滔滔不绝地讲，妻子那边默默无声地听。听他的收获，听他的喜悦，听他的温暖。他说 2018 年 12 月 21 日那天，110kV 京山变电站进线备自投二次回路出现故障，他带着张志浩和熊进赶到现场。因为是农网站，图纸资料不全，为了防止接线错误，100 多根二次线，30 多个端子电位，他们 3 个傻乎乎地逐一摸排，直到凌晨 2 点才终于找出故障点。那时他们还没吃晚饭，突然听到京山运维班唐师父的声音："现在已经过了凌晨，今天是冬至了。来，快来吃饺子！"他说那是他吃过的最美味的冬至煎饺。

那段时间他竟经历了这么多，当他电话这边还在呵呵地说笑时，电话的另一端，一直倾听的妻子却已经泪眼模糊。

## 四

一年半后，他终于从钟祥回来了，时间已是 2019 年底。谁能料到，2020 年伊始，还来不及喘气，劈头便是一场连一场的保电战役，尤其抗疫保电、抗洪保电和双河保电，形如看不见硝烟的战场。

我和他熟识，正是借了双河保电的机缘。记得当我沿着双河保电人的足迹敲开掇刀变电站时，第一眼看见的便是他。那天时临小雪，天气湿冷，已是保护班班长的他正带着班里的几位兄弟在变电站全天守护。那会儿六七人站在钢铁丛林中聊天，你一句我一句，临了还说出了一段 11 月 14 日的插曲。

那日下午 17 时 24 分，手机短信突然显示"220kV 南荆牵线 B 相距离一段动作跳闸，重合成功"，他心顿时提起，同时又疑惑，为什么两套主保护没有动作？自从进入特级保电，保护班每天都对特级保电设备几轮巡视，可谓细致入微。这样跳闸的问题不该出现呀。眼下正是特级保电的第一天，容不得丝毫差池，一旦发生线路拒动，后果

一个人的遇见

不堪设想。正在东宝变电站的他等不及来接的车,立刻朝外飞跑,一边给南桥联系,一边打出租车飞奔。

他一路拿着手机和南桥运维值守人朱能能远程视频,让他将视频窗口对着硬压板,"硬压板投入正确";再对着软压板,"软压板投入正确";最后再对着控制字,控制字也投入正确。保护程序没有问题,他在视频里再次肯定。挂断视频,马上又联系调度帮忙查询南桥南荆牵线定值,线路有多远。调度回答4.1公里时,他突然明白,短线路线变组方式距离保护一段可以延伸区外,可能是内铁路牵引站故障引起。他马上和牵引站联系,果不其然,铁路变电站主变发生了故障导致压力释放连动南桥线路,纯属区外故障,光差保护范围外。

这场有惊无险的小插曲,从运维人发现到他查出故障,只用了10分钟。10分钟是突来的心惊,也是突来的检验,既检验了每位保电人第一时间的应变配合能力,也检验了保护班的他们是否真正担得起电网保护神的称谓。

答案是肯定的。假如还有兴趣顺着这份肯定细究下去,自会发现这里留下的是一个人,乃至一群人的足迹,这些足迹里写满了遇见。遇见机遇、遇见挑战、遇见磨砺、遇见无数个不曾停歇的白天深夜;遇见苦、遇见痛、遇见蜕变,遇见一路走来最好的自己。

# 倾情阳光

## ——湖北省三县一区阳光扶贫行记

### 篇一　源于梦想

一

入秭归。

向南。

贴着耸立的山壁前行，西陵峡就这样迫不及待地与我们相遇。尽管，时光像一把无坚不摧的钢刀，古老的西陵峡却始终保持着刀削斧刻的姿态屹立江岸。多少年来，它始终默默凝视着湍急的江水，无法忘记，那追波逐浪中回荡在峡江一声一声高亢粗犷的号子声：

船过西陵峡呀，人心寒！
最怕是崆岭呀，鬼门关！
一声的号子，我一身的汗！
一声的号子，我一身的胆！
一声号子我浪里钻，号子一声我过险滩！

那是一群风里来，雨里去，悬崖上奔命，大浪里穿行的峡江人，被称为"桡夫子的峡江汉子"。为了生存，日复一日，年复一年，他们用自己坚韧不屈的肩，拉着沉重的柏木船，拉着生活的艰辛及一家妻儿老小的期待。那一个个倔强的头颅，仰天高呼的场景，令沧桑的西陵峡一度动容。

## 倾情阳光

岁月更迭，江水总是自顾自地顺着历史长河日夜不息地奔流。它们带走了一代一代的人，连同那些曾经惊天动地的"闯滩号子"，也带走了那些曾经艰辛的故事。但是作为从不悲观、从不怨天尤人，以自身的勤劳勇敢与命运作抗争，顽强不屈地在鬼门关里讨生活的他们，却永远留在了古老西陵峡的记忆里。

李宜林是峡江山区的新一代，也是听着桡夫子故事长大的一代，面对那些血泪交加的故事，尽管动容，却因不曾亲历，终归缺少了一份刻骨铭心。倒是80年代，一度饱尝过的贫困生活，令他永远难以忘记。

20世纪80年代初，李宜林7岁，那时的记忆，"大米"真是美好的事物，山区实在少见。高山大地种的永远都是老三样：土豆、红薯、玉米，吃来吃去也是老三样。尽管勤劳的母亲起早贪黑想方设法多种小菜，以期换钱购买生活物资，但他们还是从未吃饱过肚子。最艰苦的时候家里没有油，吃的都是盐水煮白菜。穷苦的孩子早当家，不到10岁小宜林已经知道背着小菜去街上叫卖，放学后还和几位堂兄弟去山林里挖药材，力所能及换取学费分担家中的负担。想起当初，冬天里仅一件棉袄过一冬，冬天过完，衣服又脏又黑，如同煤矿工人的脸，看不见鼻子眼睛。

生活贫苦，却丝毫不妨碍李宜林度过快乐的童年。那段在山区无拘无束成长的时光，那段物质贫乏却情感富足的记忆，令他对峡江山区始终充满着无限眷念，对生活在那里千千万万个类似父母的山民充满无限怜悯。从上学那会儿他便告诉自己，发愤读书，走出大山，有朝一日要用自己的能力让家人吃饱饭，为改变家乡的贫穷出一份微薄之力。

## 二

2016年李宜林迎来了人生中的第44个年头,也迎来了兑现誓愿的一天。

12月秭归县供电公司接到了建设光伏扶贫电站的任务,他们准备将县域内186个行政村中的47个建档立卡贫困村,列为国家电网公司第二批村级光伏扶贫项目的帮扶对象,他的家乡归州镇也在列。一场艰巨的战役拉开前,主帅们需要点兵点将,主帅们不约而同想到了他——素有秭归"电网活地图"之称的李宜林,就47座光伏站的前期选址、后期技术负责,一并郑重地交给了他。

是夜,李宜林熬了整整一通宵,认真恶补建设光伏选址的知识,作了一个专业详尽的文档,并在手机上装了指南针软件,有条不紊作好前期选址的所有准备工作。第二天,背上包踏上了征途。

初入泄滩乡九条岭村。选址的土地位于海拔1000多米处,山高路远地也偏。天不亮出发,看完地时间已近下午1点,肚子早已饿得咕咕叫,李宜林拿出车上备的快餐面就近来到村民家借开水。

迈脚踏入,映入眼帘的是一个贫寒而凌乱的家。询问得知这家主人叫周立菊,44岁,家有两个孩子、两个老人,她和丈夫除了种植土豆、玉米、红薯,没有任何收入来源。原本生活艰苦,又因10岁的孩子患癫痫病变得更为贫困。之前李宜林看地,周立菊已大致了解要建光伏站的消息和目的。看见李宜林手里拿着方便面进门,周立菊拧起墙角的开水扭身便往厨房跑。李宜林一头雾水,与老人寒暄了一会儿,正欲离去,却见周立菊端着一碗热气腾腾的面条颠颠地走出来。面上还压着一个平时自家也舍不得吃的鸡蛋,巴巴地送到李宜林手中,不容推迟,执意让他吃下。捧着这碗加了鸡蛋的面条,看着周立菊眼巴巴的眼神,李宜林的鼻子开始发酸。那是第一次他深刻感受到,挣扎

倾情阳光

在贫困生活中的老百姓，对幸福生活是多么渴望。

在旁人看来，李宜林踏上的这条选址之路，需要雨雪无阻，风餐露宿的勇气，无论山路多么艰难，天气多么恶劣都不能停下脚步，不是一个"苦"字可以描述的。然而，也许是他从小生长于秭归山区，人生中温暖而美好的记忆无不镌刻着山的烙印的缘故，这种奔波在山间，旁人认为的"千辛万苦"，总能被他体味出不一样的滋味。

在他的眼底，秭归12个乡镇各有特色。因为气候环境不同，地质地貌、森林植被各异，带给他的感觉也不一样。磨坪乡海拔最高，山多奇峻，令人顿生无限豪迈；其中大金坪白云山村更为高耸，蓝天纯净，令心如洗。就连那些寂灭于严冬萧瑟的草木，也曾给予他无声的信念。在他看来，无论小草、灌木，还是参天大树，它们都有美好的品质，朴实沉默，从不张扬。这些朴素的植物，坚定生存信念，根系深山大地，情系美好人间，从不悲观，从不抱怨，在可以生长的每一个角落、每一块土地，将美好与希望默默馈赠给人间大地。

他说，如果不是因为踏上选址这条路，他不会邂逅自己的兰花基地，更不会邂逅那一片片姹紫嫣红的花园。他所说的兰花基地，不过是他在界垭筛地，穿过一片林子，发现的几株兰花；他所说的花园，不过是他一路踏遍群山，相遇的一树树的映山红、一株株的野百合、野山茶，及无数不知名的野花。

听他诉说种种的时刻，车子正奔驰在山间，峡江绝壁陡峭青山魅影一般自眼前忽闪而过，一场原本充满千辛万苦的光伏建设故事竟变得轻松起来。

回想最初进山，分管光伏工程的梁总多少有些不放心，头两个星期还亲自带着他在山里奔波筛地。一次两人累不可支，李宜林说，"梁总我给你唱个歌吧"，没等梁总反应，他已经扯着嗓子，摇头晃脑唱

## 热血作证——光明守卫者的故事

起来,"大王叫我来巡山,我把人间转一转,打起我的鼓,敲起我的锣,生活充满节奏感",一副无厘头的样子着实把梁总逗乐了。笑声回荡山间的一刻,劳累竟也真的卸去一二。正是那一次,梁总发现了隐藏在李宜林身上的可贵精神,不怕苦不怕累,阳光乐观,坚韧不拔,从此选址重任彻底放心地交给了他。

然而现实终归是现实,它不仅不会因为李宜林阳光的心态而让步,反而会变本加厉地考验。

2月,选址的路途开始向屈原镇水田坝村延伸。他们的车一路顶风冒雪小心行驶在山路上,只听见一声声哗啦哗啦的声音,前方一堆石头猝不及防地从天而降,砸向地面拦住去路。当时车上还有水田坝供电所所长和司机,顿时三人吓了一跳,赶紧将车停靠在安全处。直到没有石头再落的迹象,方才分工。李宜林和所长负责以最快的速度清理石头,司机则负责紧盯山上,如有落石就大喊报信。

他讲述时用了一个词"扑过去",谁也不知道什么时间石头还会继续落下,唯有扑过去才能表达情形之急。饶是如此,捡着捡着,几块拳头大的落石又相继砸向地面。

快闪!快闪!石头!那一刻,司机紧张得话都说不全,伴着手挥脚跳的姿势。上车后,当他们说起司机刚才的模样,忍不住笑得前俯后仰。笑声未落,又听得车后一阵哗啦哗啦,吓得司机脖子一缩,一脚油门逃似的离去。

三个月筛地下来,类似场景竟也经历了五六次,不知道是不是老天体察到了李宜林的满心赤诚,有意照拂他,一次一次险中脱身,山体落石没有一次砸到他。一次走在山里,不小心踩到竹尖,竹尖竟从小指头旁边穿过,没伤他半根毫毛,却将一只厚实的劳保鞋戳出一个大窟窿。

## 三

　　100多处崇山峻岭，6000多亩高山大地，要想选择出47处严格符合建设光伏站要求的土地，需要拥有夸父逐日昼夜兼程的精神，在有限的时间里踏踏实实一步一步用脚步去丈量。

　　2月23日，深夜的山镇格外清冷，家家关门闭户，昏暗的光影下只有一个人影匆匆闪过。那是李宜林终于跑完西南区最后一站磨坪镇，将要转道下一站江北。西南区与江北相距遥远，到江北还要到郭家坝乘坐汽渡过江。如果按照正常作息时间，就算天不亮从磨坪镇出发，赶到郭家坝也得近10点，如果不乘坐最早的那班汽渡，会白白浪费半天时间。思之再三，他半夜从磨坪镇出发，凌晨1点多就赶到郭家坝。

　　如愿坐上了早晨7点最早一班汽渡的李宜林，踏上了江北的土地，心底顿生无限温暖。归州，那是生他养他的家乡呀，下汽渡不远处就是他的家了。风尘仆仆的李宜林迎着家的方向，脚步急促，丝毫不见因睡眠不足带来的疲惫。画面里家与他渐行渐近，终于近在咫尺，只见他的眼神凝视着家的方向，脚步却没有停下。眨眼间，人影已朝着香溪村的方向而去。擦肩路过的家落在他身后，默默注视着他，愈行愈远。自那天开始，从筛地到建设光伏站的时间，过家门20次不入的故事开始在他身上上演，刷新了大禹治水三过家门而不入的纪录。

　　这样的故事在旁人看来有些不可思议。难道是父母不在家？还是无牵挂与思念？都不是，光伏站的工期紧迫，一分钟都耽误不起，他把睡觉的时间都挤出来了。如果回家，父母嘘寒问暖，难免会耽误几十分钟。

　　事实是，从光伏站选址到开始建设，近半年时间父母没有见过李宜林。儿子平时挺孝顺，最多一个月就要买点东西回家看望他们。这段时间不仅不见人影，电话也没一个，甚至李宜林妈妈在秭归住院，离他家5分钟的路程，也不见他去看望。这样完全不合常理的现象，不能不让老人胡思乱想，他们决定要一探究竟。

终于从儿媳妇那里得知，儿子就在邻村归州镇香溪村参加建设光伏站。当即得了小儿麻痹症的父亲，背上儿子平素爱吃的伦晚脐橙，和老伴一瘸一拐朝工地找去。

工地大门外，儿子的身影终于出现在他们眼里。

黑了，瘦了，还有了白头发，才多大年纪？这鞋也不换一双！啧啧啧，这衣服……

那一刻，母亲的目光像篦子从头到脚密密地打量儿子。心疼却不忍心责备。李宜林爸爸退休前是老师，是一位有思想、有觉悟的老人，他认真听儿子说话：这是为帮助归州脱贫建设的光伏站，建成并网后的归州香溪村一年可多十几万的收入，从此后香溪村可以脱贫了！山里困难的老百姓也有了依靠和希望！

从小到大，儿子没有让他们操心失望过，儿子口中的话哪有不信的。当下老人家连说了两声：好！好！苦了一辈子的老人，还没听过这样的好事。

为了不耽误李宜林工作，见面不过5分钟，父母放下橙子，转身离开。李宜林的目光中，山风吹乱了父母的白发：一个一瘸一拐，一个佝偻蹒跚，背影渐行渐远……那时任是坚强的他，也忍不住鼻子发酸起来。

## 四

从进山的那天开始，每天的工作内容就是从一个乡镇赶往另一个乡镇，穿行在一座又一座的大山深处，迎着刺骨的风上山下山、下山上山。

倾情阳光

三个月的筛地时间,一天至少要跑两个乡镇。两个乡镇一般有七八个村,其他每个村来回要跑5趟。最艰苦、偏远、贫困,海拔最高的中心观村他跑了不止10趟。

为什么跑中心观村的次数是其他的两倍?今天我们之所以选择一定要去往这个最偏远的贫困村,正是为着一段故事而去。

2月28日,山中依旧地冻天寒。天不亮,只见一辆摩托车,不顾路面崎岖溜滑,顶着大雾朝着两河口镇一路赶。骑摩托车的人叫鲁奎——中心观村的书记,他怀里正揣着中心观村的地图,是专门去镇里找李宜林的。

一个多小时终于到了李宜林住宿的旅店前,看看时间,才6点。昨天李宜林刚去中心观村看过地,晚上9点多才下山,实在太辛苦,还是让他多睡会儿吧。鲁奎吸了吸被冷风吹出的鼻涕,瑟缩着脖子,将冻麻的双手筒进袖子,站在门外,数着时间过。7点10分,估计起床了,他这才掏出手机给李宜林打电话。接通电话方知李宜林早已离开旅店,已经过了郭家坝镇到达西坡村了。

不用鲁奎多说,李宜林自然明白他还是为了地而来。第一次他为李宜林提供的一块地坐北朝南,光照条件好,坡度适宜,紧临公路、居民,还靠近10kV配电线路,各方面条件都很好,只是那是一块退耕还林地,不能动。垂头丧气的鲁奎情急之下给镇领导打电话,"砍树罚款我来出,违规征地要坐牢的话,我去坐。只要留一个光伏扶贫项目给中心观村"。

即便鲁奎将话说到这般地步,违法的事谁能去作?无奈,鲁奎只有再研究村里的地图。这才发生一大早鲁奎抱着地图去找李宜林的场景。

鲁奎一心想在村里建光伏站,不惜砍树坐牢的"豪言壮语"传到李宜林的耳朵时，他不能不为这样一腔豪迈所打动。同样都是为了贫苦的山民，那份来自骨子里的热血与赤诚，与他如此契合。

当天下午，李宜林又专门和两河口镇供电所所长熊作泉来到中心观村，同时来的还有两河口镇分管扶贫的领导，以及国土、林业部门负责人。然而，鲁奎憋了一晚选的第二块地，还是被否掉了。主要原因是朝向较差，即便建成后收益也达不到预期目标。

鲁奎一脸绝望，似有泪水滴下。在场人无不恻隐，六方代表史无前例一起合作，终于替他找到了一个名叫射场包的地段。虽然有些偏远，但是综合条件相对较好，收益会相对稳定。

中心观村的项目终于落地，鲁奎长长地松了口气，终于露出了笑容。可他哪里知道为了成全他的心愿，在建光伏站道路的要求上，李宜林作了退让，导致最后8公里全是泥路，所有机械到不了现场，给施工队带来无法想象的困难。

"虽然我们有'三靠一好'（靠近公路、靠近居民、靠近电网、地块朝向好）的选址原则，但看到鲁奎一心为民的赤诚，这个项目就算只有朝向好一个条件满足，我们也愿意变通其他原则。这本来也是帮扶性质的体现。"李宜林说。

李宜林他们一心为中心观村作的善事，鲁奎心里哪能没数呢。又黑又瘦的他懂得说豪言壮语，却不懂说甜言蜜语，他是一个只知道用行动表达的实在人。整个项目建设期间，不管工地是否需要，鲁奎每天都会组织村里的40多个壮劳力在现场帮忙，不遗余力地抢着干活。

5月7日，一座崭新的光伏电站终于矗立在中心观村的西南角，到22日零点发电10220度，最高的一天发电量是1099度。照此下去，按照一度电0.98元的上网电价，中心观村光伏电站投运后将给这个村每年带来至少16万元的收益。

　　湖北省巴东县羊乳山村，山势陡峭，崎岖难行。为给贫困村免费建设光伏电站，国网巴东县供电公司的建设者将几十吨的光伏板用人工一块一块地背到建设地点。

（拍摄：覃涛）

热血作证——光明守卫者的故事

拿到光伏站门钥匙的那一天，鲁奎感觉眼前的太阳前所未有地温暖明亮。当他紧紧握住钥匙，正式成为这座200kw光伏电站的"主人"时，全如一家之主对这笔收益早已作好细致合理的安排：1.5万元用于村集体修路、饮水等基础设施改善；2.5万元作为专业运维，聘请特别贫困户对光伏站进行日常看护和专业维护；1.5万元作为教育基金，帮扶贫困户学生上学；2万元作为应对突发事件的保险金，解决贫困户临时的困难问题；最后光伏站生产基本预备费留1.5万元，剩余7万元全部用于产业发展扶持，增加贫困户的"造血功能"。

聚集阳光的一刻，所有的心酸寒苦也将渐渐远离。一场追光逐梦的背后，谁也无法想象，那是李宜林凭着一双脚，硬是从100多处崇山峻岭，6000多亩高山大地，优中择优筛查出符合建站要求的47处光伏站站址，如同浪里淘沙，沙里淘金。个中甘苦并非我一支拙笔可以写出，个中感受除了他自己只怕谁也无法知道。我们知道的仅仅是一些数据：从2016年12底到2017年6月，6个月时间，李宜林风、雪、雨无阻，从选址到建设，250次往返各个光伏站点的乡镇，平均每天步行2万步，累计车行5万公里，穿破了5五双鞋。

## 篇二 意念生辉

### 一

行至巴东。我们一行四人继续沿着阳光扶贫人的足迹，开始朝着溪丘湾小龙村的方向而去。那是沿渡溪光伏站的坐落地——又是一处最偏远贫困的山区。当我们有意带着一颗找寻的心一步一步走近时，深藏于大山深处的故事注定会与我们一一相遇。

万仙洞，那是通往沿渡溪光伏站的必经之路，面对掩藏于云雾缭

倾情阳光

绕处的悬崖峭壁,尽管我们将脚步放得极为小心,不经意间还是惊醒沉睡了79年的故事。

那年4月,映山红开得无比灿烂,漫山遍野透着春的气息。贺龙来了,他率红军来到巴东,只是稍作停整,留下了需要就地治疗的100多名伤病员,接着便东下洪湖。随伤病员留下的还有军械修理所、留守处、被服厂、卫生院的干部和战士,共计260多人。为了更好地保护这些伤病员,避开敌人"围剿"的锋芒,当地县委将伤病员一行立刻转移到红三军教导第二师后方留守处万仙洞隐秘医疗。

位于巴东小龙山腰悬崖之上的万仙洞,陡峭绝壁,地势险要。若想到达洞口,不仅要爬过洞岩槽上架着的数丈高的木梯,还要攀缘数丈长的绳索,可谓一夫当关万夫莫开。何况洞内高达4丈,宽约五六丈,可容纳上万人,实属深不可测,作为伤员隐藏疗伤的地方确实再合适不过。

安置好伤员,除一部分留守万仙洞,另一部分则由红三军教导第二师师长黄大鹏率领在洞外游击作战。就在黄大鹏率部反击敌人时,不幸被敌截为两部。敌人乘机以重兵围攻万仙洞,并在对面松树岭设下指挥所,以重机枪、迫击炮、山炮猛烈轰击和扫射洞口,一时间硝烟弥漫,震山动地。

尽管敌人同时采用正面强攻,左右夹击,上岩攻洞,都被洞内战士屡屡击退。接着敌人又采取火攻,仍未得逞。为坚守阵地,更好保护伤员,洞内战士毅然用煤油烧毁了木梯,断掉敌人进路。30多名能攻善战的战士,继续日夜坚持,顽强御敌,历经了18个昼夜。

无计可施的敌人最终以重赏的方式招募来30名短枪手,借炮火掩护,以铁钩顺利攀岩而上到达洞口,向洞内投巨石、手榴弹,将稻草浇上煤油,用辣椒烧烟熏洞……终究是寡不敌众,敌不过敌人轮番使

## 热血作证——光明守卫者的故事

尽的卑鄙手段，5月13日，万仙洞彻底陷落，除十数人侥幸生还，其余200余人均葬生洞中无一生还。

那时花木俱焚，独剩下崖顶之上的一簇映山红似血猩红，迎风矗立，仿佛还在等待着什么。

那场战后弥漫的硝烟，亦如此刻我们身处的漫天大雾，弥漫山间，久久不散。

我们一行人站立山崖边，与深不可测的山涧深渊无声对视，各自以沉默的方式凭吊着早已远逝的英灵。我俯身折一枝崖边的山花，放在了纪念碑前，转身壮着胆子向着悬崖下探头。万壑生风处只有迷离的云雾，只有杜宇一声一声的清啼回响山涧，仿佛还在诉说当年的故事。也许，只有当人面对如此特殊的场景与氛围时，封存的情感才会不由自主地流露，诉说的欲望才会随之打开，才会促使一路陪伴同行的，溪丘湾供电所检修班班长黄庆忠，指着这条仅有一车之宽的峭壁悬崖路，给我们讲述出一段惊心动魄的故事。

3月16日是一个再普通不过的日子，整个溪丘湾供电所却因沿渡溪光伏站的开工，注定与众不同。3月的深山还在冬天里沉睡，黄庆忠记得，那晚雨夹雪，雪下得尤其大，夜间最低温度只有零下5℃，所长田鹏炜、副所长易小平带着他及所里最精干的3人，上了两辆车匆匆出发了。

当初接到建设沿渡溪光伏站任务时工期只有28天，包括翻山越岭选址、转运材料及后续一应施工。4天时间，他们踏遍山地将光伏站地址落在了溪丘湾小龙山村的一刻就开始犯愁，藏在大山深处的小龙山村海拔1000多米，通往村里只有一条一车宽的山路，崎岖险峻。那是仅供山民进出的通道，如果白天转运，必将给山民正常出行带来麻烦。28吨材料主件，大型施工器械该怎样运进施工现场？为了不影响

倾情阳光

山民出行，他们将运输的时间定在了夜晚 10 点至凌晨 5 点。

夜间的现场，犹如后来在崇山峻岭间拉开的一场战役，严峻中透着扑朔迷离。他们慎重地落实着每一个举措。第一辆车在前面把守弯道口，以防万一突然出现人、车，发生安全事故。第二辆车殿后，保障路面照明，负责驮着履带式挖土机的农用车、材料运输车安全前进。那时我不解，履带车明明也是车，为什么不直接开进去，非要这般劳神费劲地转运？随后才知，履带车适合在路况不平的地面作业，对平坦的山路却容易造成破坏，路于山里人意味着生活的希望，他们懂得一条路的来之不易，爱惜路如同爱惜自己的眼睛，故而宁可转运麻烦也不能造成路的半点破坏。

伸手不见五指的深山黑夜，簌簌风雪中唯见深涧悬崖之上放射着一束微弱的光亮，仿佛舞台上那一束追光，紧随着主角的方位。只是此刻的主角，并非舞蹈家，也非歌唱家，而是一辆装着履带车的农用车正顶着风雪，碾着溜滑的山路，小心翼翼地向前移动着。终于行驶到万仙洞了，突然无法通过。万仙洞处于半山腰，那路不过是从悬崖边挖出来的仅有一车宽的通道，高度只有 2 米，而农用车载着挖土机的高度接近 3 米。无计可施，唯一的办法只有将履带车卸下来，采用履带下垫轮胎的办法一点一点挪过去。

万仙洞注定是与惊心动魄的故事相关联的。

卸下的履带车横在路面，如同茫然的巨人凝视着暗夜中的悬崖峭壁。庞然人物般的它近乎占去路的 2/3，只留下悬崖边仅有的半人宽的面积。扶着轮胎，必须侧着身子，踏着由于温度过低早已冻成一团的悬崖边路，缓缓推过去。换在白天视线清晰，难度或许会相对降低，可那是伸手不见五指的黑夜，边上是看上一眼足以令人胆战心惊的悬崖深涧。就算有后面的车灯为之照亮，覆盖面也极为有限，更兼庞然大物的履带车挡去部分光亮，使悬崖边道处于昏暗不清中。推动轮胎的人只能借助微弱的光，凭着脚下的感觉，缓缓过去。那一刻，现场除去车辆发出的轰鸣，鸦雀无声，每个人不由自主紧紧地攥着拳头，心提在嗓子眼处，但凡人脚步稍有打滑，心仿佛从嗓子里跳出来。他们就这样将轮胎扶起、垫下、再扶起、再垫下，缓缓地推动履带车前进，1.5公里的路程走了整整2个小时。当时现场，黄庆忠就是那个从悬崖边推着轮胎踩着上冻的路面，一次一次经过的人。这个不善言辞的人，这个土生土长的山里人，对大山从未生过恐惧之心，唯独那一晚，每从崖边走过一次，手和腿都会不由自主地发抖，就算他有着义无反顾的勇气，那种来自内心深处本能的恐惧，依旧无法抑制。就像此时此刻，站立悬崖边再次回忆那晚的场景，仍不寒而栗。

履带车终于成功转运出悬崖山道，接下来又将面对泥泞陡峭九曲十八弯的泥石路。满满负重的车辆开始一路上下起伏，走在呈45°带"U"形拐角的山路上。相比履带车过万仙洞时的惊险，此刻不过换成了另外一种方式而已。每至下坡，载满材料主件的车开始变得失控，千辛万苦转运进来的履带车终于可以发挥作用。利用履带稳固的优势，将钢丝绳的一端拴在挖斗上，另一端拴在材料运输车上，就像伸出的一双铁臂之手，牢牢地拉住前面的材料运输车，一点一点蜗牛似的顺坡下移。直到材料运输车顺利下坡，上坡时再解下钢丝绳，相随其后。深夜里，几辆车前后行走在险峻溜滑的山道上，活像90岁的老人在人的扶持下，三步一拐两步一弯，一路走得颤颤巍巍、胆战心惊。

那既是对一段路的记忆，也是对人处于自然极度恶劣下几经考验的记忆。每一次上坡下坡，每一次拐弯前行，每一次手握冷硬的钢丝绳，解下系上，系上解下，都足以刻骨铭心。那样的动作究竟重复过多少次？那样的路途究竟是怎样一步一步挪过来的？谁也不记得。只

倾情阳光

记得那一双双手说不清是冷是痛是麻,浑然失去知觉;只记得到达工地时,东方早已发白,他们睁着布满血丝的眼睛,看着安全运达现场的材料设备,松懈下来的一刻,竟然瘫软得再也迈不动脚步。

## 二

转运完设备材料不过才刚刚拉开建设光伏的序幕,接下来正式开工建设,将有多少磨难虎视眈眈地等待着,谁也无法想象。

见到宋发田,是在东瀼口镇金甲村光伏电站的现场,面临雄浑的江水,见他正背着手从一块一块排列有序的光伏板前慢慢走过,他不时用手触摸光伏板,叹出一口气,又不时蹲下身体探头到光伏板的背面细看着什么。隔着距离我似乎隐隐触摸到了一个词:感慨万千。

能不感慨吗?回想当初,他接下巴东江南片区56个光伏站建设总负责人的委任状时,"沉重"是当时唯一可以形容心情的词。当然,这样的心情不只他,包括整个巴东县供电公司上上下下,无不倍感巨压。试想,三县一区建设阳光扶贫光伏站总共236座,巴东便占去118座,占了总量的50%,涉及12个乡镇118个建档立卡的贫困村。如何不感沉重。然而这是一场史无前例的惠民工程,关乎到无数贫困山区百姓的命运,谁好意思敷衍和推脱!

2月28日,他在笔记本上默默记下56个光伏站竣工并网的时间:3月28日—4月15日第一批10个,4月28日—5月15日第二批30个,5月25日—6月15日第三批16个,并重重地画上记号。随后回家收拾行李。

收拾的时候,老婆开始善意地唠叨:降压药千万记得带,快60岁的人,悠着点。他却心不在焉,想着自个儿的心思。算来算去,平均每个站建设工期不到20天。118座光伏站建设点,许继安排了4名技术人员，技术人员要在118个工地来回跑，即便马不停蹄也无法兼顾到每个工地技术指导啊。自己从未接触过光伏建设，眼见宋梁子村光伏站明天就得开工，要作为示范站第一个投运……唉，想到这里真是又急又乱。他懵懵懂懂地推门出去，却见老婆后脚赶来把降压药塞进他手里，狠狠地瞪了他一眼。

技术员不够，老宋来凑。从宋梁子村光伏示范站开始，熟悉的工人看见一幅有趣的画面：一个年近半百的老头走哪儿都不忘带着笔记本，跟屁虫一样紧跟在技术人员身后。打地锚桩时他在一旁瞪大眼睛，看孔径打多大，深度多少。浇筑环节时他猫着身子，仔仔细细看他们配放沙石比例，用的几号混凝土，怎样才能使混凝土凝固得更好，埋接地网为什么要作一个接地检测井，他得挖根刨底地弄清楚。每一个工艺环节，他比学生记录得还要认真仔细。不到一周时间，宋发田不仅掌握了每一步工艺流程，还学会现场读图，领会到每个工程的设计理念。拿到手里的设计图，他可不会生搬硬套，得根据现场实际情况，确认设计安全合理，符合运行要求。比如，有的地方两边是岩石，中间是土地，有的部分地段不规则，或中间是岩石或旁边是岩石，这样的情况，现场接地网的铺设就必须不断调整，达到运行阻值的要求。宋技术员全然出师了。在他的传帮带下，工程技术员的短缺已然不成问题。

不过，他可是56个光伏站工程的总督导员、施工员还兼协调员。解决了技术的难题，还有物质配送、转运材料、建设施工、质量安全呢。这样一环紧扣一环，哪一环不是虎视眈眈地盯着他。

若要描绘巴东山的特点，是山势雄伟地势险要，是刚硬的线条中透出的壮美，如此强硬倔强的山地那注定会给建设带来想象不到的艰难。唐僧为了取得真经经历了九九八十一难，方才功德圆满。一心想

倾情阳光

为山区百姓作点善事的宋发田他们,会不会注定也要经历九九八十一难,大约老天早有安排。

从3月开始投入光伏建设,面临的先是天寒地冻,纷纷飞雪又夹着雨。到了四五月份,大地终于开始透出春的气息,天又像被谁捅破个窟窿,不停地下雨,大雨小雨交替着丝毫不带歇气。记得那是第二批光伏站并网迫在眉睫的时间,宋发田睁开眼睛第一件事情就是看天:还是雨,下得心也湿漉漉了一片。他叉着腰,对着老天,忍不住想开口大骂了。他当然知道骂与急都是不管用的,与其如此,不如省下力气好好和它对抗,来个五加二、白加黑、抢晴天、战雨天。

战雨天,就是以人的毅力与老天博弈。

4月初,连日来的倾盆大雨直把山地浇了个透。轮到野三关玉米塘镇转运材料,剩下1公里的山路,早已面目全非。车辆开不进去,几十吨的光伏板眼巴巴地堆在离工地千米之外的地方。那样急促的雨,挟裹着泥沙顺着山道流泻而下,大有不把道路冲毁誓不罢休的势态。眨眼之间,只见如注的雨幕里开始多了身影晃动。那是宋发田,他推着三轮车,率先冲进了大雨。接着剩下7个人纷纷冲了出去,开始采用最原始的办法,展开了与老天的博弈。不知道是不是眼前的一幕激怒了老天?如注的雨加大了力道,冲向大地。雨鞋、雨衣早已成了附着于人身的象征披挂,无孔不入的风雨将所有人从头到脚浇透。4月的山区天依旧透骨地凉,开始雨点狠狠打在身上,还会忍不住一阵激灵刺痛,再往后说不清是不是麻木了,任它如何发威已经浑然不觉。那样的画面里,一辆三轮车,每边各4个湿漉漉的泥人,一次搬运22块光伏板,踏着牛脚窝子大的泥坑,一步一滑一趔趄地艰难前进。一场与天博弈的较量,从早晨9点一直延续到晚上10点,几十吨材料组件一件不落地安全按时到达工地。

回来后，宋发田犯了高血压。糟糕的是，少了每天在耳边念叨的老婆，竟然忘记带药了。看着平日那么威猛的一个人晕乎乎地倒下去，同事急得五脏俱焚，不管不顾加大油门直奔县区，总算赶在药店打烊之前给他买来了救命药。

我们深信生命如同回声，你送出什么，必将收回什么，老天一定会善待每一位善良而勇敢的人。也深信老天其实长着一双无形而睿智的眼，为了验证一个人的善良和勇敢，不会放过任何一次考验的机会。

对宋发田的考验还没有结束。正在第三批光伏建设紧张投入时，家里传来消息，老婆感冒发烧了，儿媳妇也生病了，孙子发烧住院了，简直比编故事还要齐整。如此一着急，加上长期过于劳累，宋发田又发了荨麻疹，天下所有的事仿佛一团乱麻顿时结在一块。6月6日，偏偏在去大支坪镇河罗子村的路上，又是一场瓢泼大雨，一溜土路，又是下坡，一不留神脚踩黄泥巴，"啪！"的一声，1.7米的铁头大个硬生生摔了下去，虽说用手及时撑住了地面，才没有滑下山坡，但脚踝当即红肿，鞋子也穿不进去。旧病未愈，又添新伤，那段时间里，脚绑纱布，穿着拖鞋，他成了工地上的另一道"风景"。

别问最后他怎么挺过来的，因为他自己也难以说清。也没有值得说道的法宝，在那最难熬的日子，他不过是死撑着一口气，硬挺着不肯松懈而已。

## 三

没有成为电网人前，宋发田是军人，15年的军龄，军队的锻造炼就他作事负责、拼命三郎的风格，也形成他急暴不带转弯的性子。

5月29日，宋发田带队开始进场大支坪水洞坪村，还没来得及启动，来了8个村民，说对自家租用给光伏站的地价格不满意，不许开工。宋发田顿时傻眼，赶紧给村里书记打电话，好不容易说服村民离开。6月7日，场平完成，开始打地锚桩时，村民又来了。这次他们直接拉掉电源，不许施工。眼看离并网时间只剩下最后5天。宋发田仅剩的几根头发急得差点都掉干净。如他自己所形容，好不容易将一群羊千辛万苦地赶上山，结果又眼巴巴被人给赶回来。

那时间他心里有无数的不理解，国网公司免费帮助老百姓建设一棵吸金的"光能摇钱树"，帮助他们通路通电。为了早一日让他们受益，这群电力人不分白天黑夜晴天雨天没命地干活，为什么大家就不理解，反而这样一而再地阻挠？难道是宣传没有到位，造成了他们的不理解？想到这里着急之下他干脆一个电话打给了分管工作的老总。电话里他嗓门像打雷，急躁的口气，丝毫没有顾及领导感受。等事情解决过后，回想自己的言行，宋发田无比自责，专门编发道歉短信给领导发去。虽然领导并未介意，但是每当想起这件事他心里还是忍不住懊悔。

好在不管苦也好、累也好、得罪人也罢，反正第一批工程并网了，第二批工程也并网了，眼下只剩第三批中最后一个野三关黄连坪光伏站了。接完最后100米并网线路就可以并网投运，他负责的56个光伏站在6月15日终于可以画上完美句号。

还记得电视剧里唐僧终于历经磨难到达西天取回真经，师徒四人驾着祥云正无限感慨。观音菩萨掐指一算，九九八十一难还差一难，翻手覆云，师徒四人立刻坠落云头。至于宋发田的难是否掐指算过谁也不知道，确实还有最后一难等着他。他再次遭遇阻工。这一次，老百姓和施工队从早晨8点一直僵持到下午2点，村里无法解决。眼看时间一点一点流逝，有过上次的教训，宋发田即使着急也保持了修养，掏出电话自己私下找关系，只要能够把眼前的这些白姓遣散，让他接完最后100米线路，就算让他自己掏钱也在所不惜。半个小时的电话下来，遍地撒网，真找到了，以最快的速度双方达成意愿。欢欢喜喜送走老百姓，宋发田带施工人员，扑上去手脚并用，一个半小时里最后 100 米 10kV 并网线路架设完成。

千斤重担从肩头松下的一刻，宋发田一声长叹，一屁股跌坐到泥地里。

自此 118 座光伏站全部如期竣工。事后他们测算 118 座光伏站建设时间总共 108 天，平均 1.1 天建设一座光伏电站，近乎神话般的速度带给他们惊异的一刻，从此也创造下国网巴东县供电公司建设史上的奇迹。

## 篇三　拨开云雾

提到神农架，世人了解最多的大约是神农氏尝百草的传说，或神农架野人之谜。世人只知道那是一座令世界瞩目的神奇大山，却少有人知，在那被世界瞩目的神奇背后还生活着一群人，他们是神农架的山民，祖祖辈辈依深山而居。因为神农架的光环，他们靠山不能吃山，有树不能砍，有药不能采，有兽不能猎，有矿不能开，甚至有电不能发……一个个饿着肚子替世界守着一座富饶神奇的大山，如履薄冰地挣扎在贫困的边沿。

如果不是因为采访阳光扶贫，大概我也不会知道整个神农架林区，4 万农村人口竟有 1.75 万人生活在贫困之中。17 个建档立卡的贫困村，涉及全区所有 8 个乡镇。而 17 个贫困村中竟还有一个叫作落羊河的村子，地处最偏远，自然条件最恶劣，贫困发生率最高。村里总共 92 户 308 人，就有精准扶贫户 81 户 266 人。

我们之所以把到达神农架的第一站定在落羊河村，除了"落羊河村一面坡，山羊经常滚下河"，颇有几分险峻想去一探究竟外，更因

倾情阳光

那里是神农架建设17座光伏站里最艰难的一处。

只是没承想,我们刚提出来去落羊河的想法会引来各种反应。司机听了不说话。陪同的张雅婷犹豫半天说,路太远太险,要翻过几座山,无数九曲十八弯,许多司机都不太熟悉路。王述平和高振江则是打量我一番后才说:"去落羊河的路确实太远、太艰险,一个来回得一天半,你这身体会吃不消,还是换一个地方。"

这里提到的王述平,是神农架阳光扶贫工程的项目总监。第一眼看见他,只觉得文质彬彬里透出几分病弱之态,但想他既然是参加光伏建设的主力,能够担当如此艰巨辛苦的建设任务,身体即便弱点但也不至于有大的问题。直到听高振江讲他如何请王述平出山助他建设光伏站的经过时,才惊异他竟是身患胃癌的。自2011年底查出,已经化疗了8次,现在的胃是作完手术切除2/3的基础上保留的。

请王述平出山的高振江则是神农架公司的所属鸿瑞公司的副总。长期披风戴雪,跋山涉水,炼就一副壮硕的体格,那身板模样极符合资深电力建设人的形象。因为他有着水电站建设、输电电力架设近30年的资深建设经历,所以,这次神农架区接到建设17座光伏扶贫电站的工程任务时,首先选了他担当主力。

之前,高振江和王述平一直是工程建设上的黄金搭档,他自接到任务,就开始着急主力人手不够。想来想去,论技术、论责任心、论资历,没有比王述平更合适的人。再三犹豫,高振江还是找了王述平,请他在身体允许的情况下出来帮他一把。自从2012年动完手术,王述平已经休息了两年,虽说病况没有继续恶化,但身体还是虚弱,上三层楼也喘气。医生再三交代,不能劳累,按时休息,注意营养,每隔3个月时间必须去医院复查一次。令高振江感动的是,王述平完全有充分的理由拒绝他,推掉如此高压力的艰巨任务,可他却一口答应下来。

那时高振江还负责由宋洛乡到柏杉园35kV输电线路架设任务。76基塔,从2016年11月16日开工,因为18到27基要穿越15公里的无人区,车开不进去,在里面架线立塔都靠步行,每次要走6个小时,日行2万多步,10基塔他们立了7个月,至今还未立完。不巧又赶上今年3月要建设光伏站的艰巨任务,王述平如果不答应出来帮他,号称"电网铁人"的他估计难以周全。

按说这样两员光伏主力大将的话是具有权威的,是否去落羊河应再考虑考虑。殊不知,他们越是如此反应,越是诱发了我们的好奇心,更是坚定了要去的念头。

许是被我们的执着所感动,高振江和王述平不再反对,决定明天陪我们一起去。这显然是出乎意料的好消息,能得两员大将百忙之中陪同前往,不仅多了安全保障,还可以听到更多现场的故事,那时禁不住喜出望外。

第二天,从松柏镇出发进入深山区的一刻,如织雨雾顷刻纷纷扬扬起来。三步一拐四步一弯,沿途尽是"S"形崎岖而陡峭的山道,几个小时转下来人早已头晕目眩。间或穿插180°兼上下起伏呈"U"形的山道,当车贴着山壁一个弯拐过来时,人就像被风吹斜的小草带着惯性不由自主,时而甩到右边忽而甩到左边,相当惊悚。几番来回甩来甩去,开始抑制不住恶心反胃。好不容易行驶到神农顶,恐惧心更是加剧。海拔3000多米处,一场浓不可化的大雾如同一层白纱蒙住了人的双眼,只见四周白茫茫的一片拨不开拂不去。那一刻,车的行驶完全是摸索前进,靠的是六分经验、四分运气。放慢脚步,小心,再小心,饶是如此,迎面一辆中型客车像幽灵一样,冷不丁突然刹在了眼前,坐在副驾驶位置的我结结实实吓出一身冷汗。

## 倾情阳光

尽管我们明知道一条通往阳光梦想的扶贫之路,必然千辛万苦。在决定踏着他们的足迹去往落羊河时,已然作好了迎接路途艰险的准备,可是没想到临到现场亲身经历感受还是如此超出预料。

我这边早已吓得只有图像没有了声音,高振江与王述平都一脸平静,在他们眼里,这样的路况相比他们光伏站建设走过的路实在算小儿科。

回想阳日镇光伏站刚开工不久,碰上神农架50年难遇的罕见大雪。高振江记得那是3月12日,漫天飞雪絮絮扬扬,凝聚着暗力急促地落向大地。它掩盖了道路,掩盖了沟壑,掩盖了山川,粉饰出一个看似冰清玉洁的琉璃世界。一场罕见大雪给神农架电网带来的是难以想象的灾难,一夜之间,70%的区域停电,四面告急。因为高振江的队伍是建设与抢修的中坚力量,每遇这样抢修的重头戏都不能少了他。救急如救火,他只能停下手中正在建设光伏站的任务,当即载着分管的老总和抢修人员,从阳日镇光伏站开始赶往万福村的抢修现场。虽说他曾参加过无数次的山区建设,对崎岖险峻的山路也有足够丰富的经验,不足为惧。但这一次不同,盘山路上九曲十八弯,路面窄且结着厚厚的冰,沿路及四周雪像被子给盖得密密实实,看似平坦的地域实际也隐藏着致命的陷阱。面对这样的情景要说不发怵,肯定是假话。置身这样的路,人与车显得无可奈何,因为地面过于溜滑,防滑链发挥作用的能力完全打折,车轮总是不听使唤开始跑偏。那一路,每面临弯道便如逢大敌,人与车咬紧牙关,每通过一个弯道他们采用两步分解法,即小心翼翼先拐一半,然后一车人下去,齐心协力将车推向路中安全处,接下来再拐完剩下一半。每逢拐弯如法炮制,那样大大小小的弯道,每成功经历一个,一车人都会不由得松下一口气。一段平时30分钟的路程,他们走了3个小时。

## 热血作证——光明守卫者的故事

说起路，王述平的感触更深。他是工程总监，分管安全质量及工艺，17座光伏现场需要反复跑，两个月时间里平均一个站最少需要往返12趟，对去往建设现场的路他感受足够深刻。因为神农架的特殊地理原因，17座光伏站，几乎每一条通向建设地点的路都有不同的险峻，其中需要穿越神农顶才能到达的落羊河和太和山村的那一条，算是险峻之最。

记得3月18日，落羊河和太和山村光伏站前后开工，王述平从落羊河工地出来进入太和山村，从主线通向光伏站的是一条近22公里、勉强一车宽的黄泥路，由于连日来雪雨交加，路面大窟窿叠小窟窿，路边无遮无拦。起初大雾弥漫，看不清两旁，他们只管盯着前方，稀里糊涂地走到了建设工地。等到返回时，一场大雾初散，现实真相呈现，身边落差600米的深渊开始露出狰狞的面容，坐在车上等于坐在悬崖边一样，让人忍不住一阵一阵头皮发麻。更惊悚的是有次走着走着，因为连日雪雨浸泡，路的边沿突然毫无预兆地塌下一角，直落山涧。当时他们的车正行到山体的拐角处，贴着山壁而过的面积略宽，如果换作刚才一车宽的地方，突然塌下一角，后果不堪设想。对王述平所说的太和山村的这条路，离开落羊河村后我们也亲身体会过一次。去的那会儿正赶上前夜下过雨，一条千疮百孔的烂泥路赫然摆在眼前，当车摇摇晃晃行驶在一车宽的路面时，那一遭往返，感觉就是在过横于深涧之上的独木桥，心情恐惧堪为此生极致。这样的路，我们不过走过一次，承受的能力已然到达极致，王述平他们不仅需要数次往返，还要将几十吨重的设备器材运进现场，那该是怎样的一种情形。也许，如果没有这一路的经历，没有这份刻骨铭心的体会，我们永远无法知道一条通往阳光扶贫梦想的路究竟何其艰难。

倾情阳光

## 四

　　6个小时后落羊河村总算到了。顺着王述平手指的方向看，建立在山顶的村委会也开始进入眼底。说话间我们已经从山腰下到山底，只见一条挟裹着泥沙的蜿蜒溪流，兀自不管不顾流向前方。顺着溪流，但凡稍见开阔处，均种植有玉米。王述平说这是落羊河村唯一的平缓之地，老百姓惜寸如金。顺山底再往上看，便是呈"V"字形扶摇而上的山峦，近千米的垂直落差——落羊河的村名终于找到出处。

　　望山跑死马，一路爬坡，左拐右弯，明明近在眼前的村委会爬了近半个小时才到。

　　空山不见人，村委会前唯有红旗迎风猎猎，以及山谷间传来的几声鸟鸣。村书记陈祖菊，落羊河光伏站的见证人已在来的路上。

　　我们一边等待一边打量四周，但见满目苍翠之色，山顶或山腰偶尔可见散落的零星人家和田地。山鸟啾啾，几声犬吠，袅袅的白雾，时而半遮，时而半掩，一幅远离尘世的山村图。我不由得想起陶渊明笔下的《归园田居》中的诗句：

　　　　开荒南野际，守拙归园田。
　　　　方宅十余亩，草屋八九间。

　　其实在那样一份看似幽静怡然的田园画面后，陶渊明过着一种劳作而艰苦的生活。好的时候还能勉强糊口，不好的时候，只能饿着肚子。只不过因为陶渊明追求的是人生洗净浮华的高洁境界，所以田园再苦，也被他消融在自己广阔丰盈的精神世界中了。可是，老百姓不是陶渊明，对于农民而言，在吃不饱穿不暖、基本生活都无法维持的情况下，谈什么精神都是瞎扯。

正在神思游荡之际，陈祖菊书记到了。乍一见她左脚上竟裹着层层纱布，乌紫瘀青肿得像馒头，塞在拖鞋里，一跛一跛过来。说是山里一块大石头落下砸到脚上所致，听得人直吸凉气。她却一脸灿烂的笑容，像没事一样。

坚强、干练，是这位55岁的女子给我留下的第一印象。或许正是她留给我的印象过于硬气，关于她一生中三次流泪的经历才令我记忆极深。

那时陈祖菊一度声音哽咽，眼眶潮湿发红。一个女人再坚强，守着一座不通电、不通路，村无实力、民不安生的大山，如何不难。千辛万苦，终于迎来2004年村里通电、2008年村里通路、2017年为村里免费建设光伏电站的消息，如何能不流泪？

在陈祖菊接到国网公司要为村里免费建造光伏站的消息时，那是天上突然掉下大馅饼的感觉。她太清楚，无偿拥有一座光伏站对一个穷得叮当响的贫困村来说意味着什么。一年下来不花分毫，坐收十几万，村里需要扶持产业的资金有了来源，因学因病因残的贫困户有了倚靠，而自己这个村书记当了27年，穷了27年，终于可以自力更生，再也不用靠化缘来维持村委会的基本开支了。

整个落羊河村都将拨开云雾见太阳啊。

早盼，晚盼。2月春节刚过，大雪纷飞中终于盼来了来落羊河村选址的卞正峰和熊剑波。

她看着他们冰天雪地里拿着仪器、指南针满山转，心里暗自着急。她太了解落羊河，山高坡陡，想找一块完全符合建站的地方，根本不可能。每当看着他们两脚雪水一走一滑失望而归时，她心里也没着没落。现在回忆，如果不是国网公司铁了心要为落羊河村脱贫建光伏站，只怕仅因地的原因就会错过。

## 倾情阳光

　　选遍了山地，算是"矮子中拔高个"，终于确定下落羊河东北面濒临山涧处，海拔 930 米的丁家坡。这块坡地超过了 35°，超过了建站坡度不能超过 30°的要求。这一块超过规定坡度的光伏地，在王述平的陪同下我们也终于亲眼看见。往下看，俯视角度接近 40°，难怪挖掘机、打桩机无法立稳，所有机械都无法进场呢。终于了然。

　　关于前期打桩，许继项目部经理卞正峰曾解释，因为神农架特殊的地理位置，别的光伏位置作到 1.2 米深就可以，神农架得 1.8 米。别的光伏站基础直径 15 厘米就可以了，神农架得 20 厘米。288 个桩，陈祖菊是现场见证者，凡是涉及机械施工的，都是施工队一个一个地人工挖。

　　如若是土质还会相对轻松些，偏偏这地岩石居多，那几天如果有人留心，会听见山涧中不间断铿锵有力回响的"叮当！叮当！"声，那是工人正在用锤子钢钎在岩石上慢慢打眼开挖。一天 20 人，挖了整整 5 天，挖得人仰马翻。那时，陈祖菊想起 2004 年村里通电那会儿，电力建设者和她每天带着老百姓自力更生架线，一天 36 人抬一根重达近 1000 斤的电线杆，喊着号子上 7 公里山坡，当时场景何等壮观。想着想着，眼泪忍不住流了下来。

　　本该阳光明媚的季节，神农架林区突遇三场暴雪。好不容易打出的桩，面对的又是一场接着一场的雨，下得一贯好脾气的王述平着急上火。深达 1.8 米的桩需要浇筑混凝土，为了达到强度要求不能进水。面对雪雨交加，只能将现场盖上了雨布。等到天晴掀开雨布检查，打好的桩还是进了水，只能再一点一点清理，将积蓄在桩里的雨水一瓢一瓢舀出来。那折磨人的场景，让急性子的陈祖菊对老天恨得牙直痒痒。

　　与其说整个落羊河光伏站，是建起来的，不如说是与天斗与地斗一点一点刨出来的,就像当初他们从地里刨食一样。种种的艰难,不仅陈祖菊,连周围的老百姓都看在眼里。他们知道,那顶风冒雪现场啃着馒头吃着咸菜,在这穷山沟一住就是月余的一群人,是为落羊河全村人作善事来了。平时,总有老百姓用背篓背点菜,送到住在山顶的施工队驻扎的地方,也不多说,放下,冲他们憨厚地笑笑就走。他们是一辈子穷怕了的山民,纯朴而善良,不知道说啥,都是自家地里不值钱的小菜,自家腌制的腊肉,给施工队增加一点伙食,算是他们唯一表达感激的方式吧。

落羊河光伏站落成那天,太阳比任何一天出得都明艳。那一天全村像过年一样,散落角角落落的村民都赶来了,他们想亲眼看看那个能产金鸡蛋的金鸡窝究啥模样。呵呵地看着笑着,"落羊河村一面坡,坡上装个金鸡窝,只要太阳一出来,金鸡下蛋一大窝"的顺口溜替代了曾经的"落羊河村一面坡,山羊经常滚下河,百姓致富无门路,集体经济是空壳"。

短短3个半月,落羊河光伏电站发电7.5万度,村集体收入一下子达到7万多元。陈祖菊再次落下眼泪,只是这次的泪不再是悲苦心酸的,而是激动和喜悦的。吃水不忘挖井人,当下她的心底冒出一个念头,一定要带领村民给国网公司的董事长写一封感谢信,要将自己及全村百姓发自肺腑的感激之情传递出去。她的念头立刻得到村民积极响应。4月25日,92户人家,原本定在11点半,不承想9点钟所有的村民全部到齐,要求一户来一人作代表的竟然来了全家,当他们一个一个认真按下鲜红的指印,将满心的感激寄向北京的一刻,落羊河已然拨开云雾升起不落的太阳。

倾情阳光

## 篇四　洒满阳光

一

告别奔流浩荡的长江，告别险峻巍峨的高山，再入眼帘的已是长阳一带秀美碧玉的清江水，只见苍翠的山峦之下，袅袅的白雾，轻浮江面，飘逸而来，流淌而去，宛如一幅写意的水墨画卷，使我一路而来的心终于生出几分诗情画意。

站在窗前，正觉动人，不知哪里隐约传来山歌：

> 郎在高山薅高粱
> 姐在河下洗衣裳
> 薅下高粱望下姐
> 洗下衣裳望下郎
> 下下捶在岩板上

听着熟悉的旋律，让我想起初到长阳的点点滴滴。那时，哈林还未过世，他和长阳的几位朋友带着我渡过清江，去到了一个名叫仙人寨的地方。那时我们坐在山间，面对碧波如画的清江，听的就是这首歌。随之一首一首的山歌，奔放中带着自然，率性中透着淳朴，唱着山歌的长阳、醇厚的长阳，便存在了初识的记忆里。

只是一别就是 8 年，此番再次重逢，多少人事滋长，再加这一行阳光扶贫的艰辛足迹，长阳带给我的体味怕是注定要与初次不同。

一夜之间，一卷如画的清江水再次换成宛若屏障的大山，我们已置身深山的村落。昨夜离开峰岩村时已近 8 点，为了不耽误明天进入

## 热血作证——光明守卫者的故事

麻池电工组采访城五河光伏站的建设,还是坚持摸黑夜行,走了两个多小时山路,到达麻池村老乡家住宿。当时已近凌晨,极度疲惫加泼天大雨,无心细究麻池的出处。直到此刻方才仔细打量起眼前这座村子。

一旦细究,这座看似其貌不扬,过于沉静的村子却有着不同寻常。你看,从村前蜿蜒而过的,是那碧波如画的清江河,全如一道天然的壕沟。而在它的身后,白岩森森的璞岭威严耸立,俨然成了令人望而却步的庞大屏风。

仅仅有了这两道屏障的保护,麻池可谓安若泰山。更兼它东通宜都,连接外界文明;西接资丘,保留巴风土韵,曾几何时,南来北往的行商坐贾在此云集,"两步三阴沟"的繁华街市,成为老一辈麻池人回忆中津津乐道的亮丽风景。

顺着去往电工组的路上还可以随处听到历史豪迈的回响。那座靠近璞岭山麓的一座四合院,1931年春天,它是长阳县第二届苏维埃政府的机构所在地,那屋里一点一滴的陈设无不告诉我们,这里曾是一片被热血染红的土地。

与我们一路同行的,除了长阳县公司副总方旭,还有都镇湾镇供电所所长王奎,昨晚在峰岩村吃晚饭已经见过他。那是饭后等车的工夫,他拧来一袋花生送到我们跟前,什么话也没说,只是一脸憨憨地笑。随后我们离开峰岩赶往麻池时见他也同行,才知长阳镇湾镇的 7 个光伏站的建设人就是他和所里的一帮兄弟。

都说一方水土养育一方人,初次见面只觉王奎的性格像极了眼前的大山,横竖不肯说话。面对面坐下的一刻,他三缄其口,与巴东溪丘湾的那位检修班长黄庆忠相似至极。好在当时黄庆忠身边还有善言的田鹏炜,不管怎样,最终我还是听到了溪丘湾那段惊心动魄的转运故事。而此刻，王奎的身边，有的却是比他更沉默的人。电工组的黄师父，从我们走进去，除了端茶倒水嘿嘿地笑，一个字没说。最后连人影都不见了。

对我的无可奈何，方旭也一脸爱莫能助。知王奎者莫若他。他只对我们说了一段王奎的往事。

2014 年，长阳发生了罕见的雪灾，王奎时任资丘供电所副所长。当时通往资丘的只有四条路。第一条，是从海拔 1800 多米的火烧坪到达资丘，由于这条路海拔过高，十分险峻，逢冰雪天必然封路禁行；第二条，是从海拔 1600 多米的天柱山进入资丘，这条路依旧险峻，逢冰雪天一样封路禁行；第三条，则是绕巴东水布垭进入资丘，需要 6 个小时；最后一条更周折，要先沿清江南岸到都镇湾镇，再从都镇湾镇渡清江到资丘，需要 6 个多小时。面对如此地势，再加时间原因，在那场罕见的雪灾里，媒体和相关部门都无法到达，王奎所在的供电所一时如同隔绝在尘世之外。直到当时分管生产的方旭历尽艰辛到达时，才亲眼见到王奎带领资丘供电所全体人员冰天雪地孤军奋战的情景，心底又是心疼又是感动，于是对他说了一句"可以适当地宣传下"。谁知王奎回复，我们就作点实事算了嘛。

方旭为什么讲这段往事，无非是想告诉我这是一位肯作事不肯说话的老黄牛式的人物。但我仍不死心，试图从生活、爱好、工作等方面切入打破他的沉默，仍然无果。要么他一脸招牌式憨笑望着我，要么就是一脸茫然地瞪着我，问急了就是一句，那都是该作的工作嘛，有啥好说呢。

我哭笑不得，与他相顾无言，只差泪千行时，偶然见他低头在工作群里和同事安排工作，看见一张张工作现场的图片。那一刻，我如同抓住救命稻草，通过几张现场工作图，如同挤牙膏一样，才算挤出了架设城五河光伏站 10kV 配套线路的零星场景。

这些场景与之前我一路遇见的竟有些不同，因为都镇湾镇的特殊地理位置，无法找到完全符合建设光伏站条件的坡地，为尽可能满足经济效益，7 座光伏站全部舍去了靠近电网的条件。这就意味，7 座光伏站，7 条配套线路，需要他们全部重新架设。从 4 月 20 日到 5 月 30 日，在仅有 1 个月零 10 天的工期里让 7 条线路全部新生。

架线艰辛，个中苦楚唯有架线人自己懂得。7 条配套线路中，最艰辛的就数城五河光伏站。3.6 公里路程，55 基电杆，线路起点到终点 1060 米，近 1000 米的跨度距离，面对的是不见人迹的荒山野岭刺藤乱树。

担任城五河线路架设的主力，正是此刻我所在的麻池电工组。

4 月 20 日由王奎打头阵，开辟通道确定线路。所里总共两台皮卡，每天都有铺开的任务，人员四处分散，车辆不够，他们照旧顶着大雨骑一个小时的摩托车，从都镇湾镇出发到达麻池电工组。电工组同事天不亮就已准备好背篓，里面有镰刀、油锯、水壶、30 米的风绳和灭蜂药。

一行 7 人会合后，继续从麻池直奔城五河湖坑。

3 个小时后到达目的地，下车背上沉重的背篓。面对无法通过的刺藤乱树，背篓里的镰刀、油锯派上了用场，左砍右锯艰难前行。4 月间长江中下游开始进入梅雨季，原本面目全非的黄泥巴，再加上连日来不休不止地下雨，更加烂泥。一脚下去，满脚黄泥，一路走一路粘，脚下居然粘了重达 10 斤的黄泥巴，再加身后几十斤重的背篓，上下负重。起初大家一边开辟通道，一边捡路边的树枝时不时戳一戳泥巴。唯独王奎嫌一路走一路戳实在麻烦，最后干脆懒得理睬。不承想，黄泥比他更坚毅不拔，执着地向他脚下一点一点聚积，当他再一

倾情阳光

脚下去竟被死死地粘住，一时脚竟没能拔起，再用力，鞋脚分离，一屁股跌下来整个人滚在了泥里。爬起来的一刻，身上、手上、脸上，包括眼镜片全是黄泥巴，同行人笑得合不拢嘴。

"敢问路在何方？路在脚下！"这是歌里的唱词，也是之于他们最真写照。在这海拔 1060 米的深山处，55 基电杆的位置，3.6 公里线路通道，都是他们钻刺林、爬陡坡、风餐露宿、早出晚归，用血汗一步一步浸透出来的。

通过工作群里的一张张照片，我平生第一次了解了背篓里宝贝的用处。一堆乱石、几根枯柴，上面架着个水壶，那是他们在深山老林里烧水泡快餐面；30 米的风绳系在一棵粗大的树上，那是为了控制树倒的方向确保安全；只是那灭蜂子的药那次没有派上用场，那条肿成面包似的手臂，非是蜂子所蜇，而是在树丛中时不知道什么时候碰到了漆树。那漆树也是有个性的树，虽有经济价值也有药用价值，唯独不待见人的皮肤，不让人触碰，一旦触碰就会红肿发胀，十分吓人。

6 天时间砍出线路通道，不过才完成了工作量的 1/3。接下来转运电杆、挖窝子、放线，更艰巨的活儿还在后面。

55 根电杆，一根重达 980 斤，运到山下只能借助绞磨机一根一根、一节一节绞上去，一次绞运 200 米，一根杆子需要绞运 5 次。

问题是电杆可以用绞磨机，绞磨机还是需要人抬呀。近 200 斤重的绞磨机 4 个人抬着，山道陡峭，泥泞难行，随着线路的足迹一路抬到山顶，哪里是语言可以描述的，哪里又是旁人可以体味的。

现实是，城五河光伏站的配套线路他们架了整整一个月。那一个月里演绎的艰辛除了天知、地知、他们知，其他谁也不知。人们唯一知道的是一个月后 7 条线路齐整整地诞生了，城五河、峰岩、高桥、立志岭、璞岭、水竹园、五尖山，7 条线路像 7 条无声的血脉，悄悄地铺在了崇山峻岭间。

二

从麻池村返回长阳的夜晚，分明还下着瓢泼大雨。不想次日去往磨市镇多宝寺村光伏站时，竟是久违不见的秋阳高照。

站在光伏站前并没发现村书记覃启艳的身影，倒看见一个面向阳光劳动的背影。只见那人正拿着拖布在光伏板上清洁擦拭，作完手里的活儿转身才发现我们。交谈中才知他是多宝寺村村民杨明浩，今年47岁，因为腰椎脱出动了一次手术致贫，村里考虑他丧失了劳动力，家里又毫无收入来源，于是让他作了光伏站的管护员。隔几天他会来光伏站除草打扫灰尘，一年下来有30个工，一个工150元，可以挣到4500块钱，这笔钱是村里从光伏收入里面支付给他的。说起光伏板的具体维护，他倒对答如流，维护光伏板要注意杂草不能超过光伏板的最下沿，形成遮挡以后会影响发电的效率，还要保持光伏板的清洁，上面不能有灰尘，包括一些树叶，否则都会影响发电的效果。他边说边用手摸过光伏板：你看，没有灰尘，这样才能吸收更多光能发出更多的电。我好好照顾它们，让它们发出更多的电，卖出更多钱，我们老百姓的日子才能更有保障嘛。说完他自己先呵呵笑起来，模样憨实。

就在杨明浩已经拾起工具与我们挥手告别时，村书记覃启艳匆匆赶来，一面抱歉解释，一面满脸欢喜，"方总，截至9月我们多宝寺村光伏站售电101000元，真金白银已在账上。昨天各个乡镇光伏站都已经兑现收入"。"另外，我们村里新上的瓜蒌产业今年在光伏收入的支撑下扩大了规模。"没等我们插话覃启艳又接着说。说的那会儿，他正站在光伏板前，明媚的太阳投射在一块块光伏板上，泛出一片一片宝蓝的光泽映照在他喜上眉梢的表情上，几分相映生辉。第一次，三

## 倾情阳光

四人站在光伏站听到的不再是关于光伏建设艰辛的故事,而是一个散发着阳光的希望。

听覃启艳提到瓜蒌,我们感到新奇。听他介绍才知道,原来瓜蒌是一种中药材,不仅瓜子保健可食、口感好,瓜瓤还可作美容护肤品,瓜皮、根茎、叶子都是难得的中药材,从内到外,从上到下浑身是宝。而且,瓜蒌不挑土壤环境,随便什么地都可种植结果。最关键的,种植瓜蒌投入成本低,每亩最多只需 3300 元,当年种植当年即可收益,每亩平均可产生经济效益 6000 元。

为了让我们亲眼看看扩大规模后的瓜蒌产业,覃启艳和瓜蒌合作社经理杨军明带我们来到紧靠光伏站边的民福瓜蒌加工厂。一间一间操作间已然成形有序,相关机械设备已经摆放一边,静待安装。当他们找来炒好的瓜蒌子让我们品尝时,只觉口感香脆,瓜子仁饱满,滋味当真很好。一时间一行人不禁兴致勃勃,又随他们来到离光伏站不远的一处瓜蒌基地。

大约 20 亩的石砾之地上,竹竿为架,铁丝作网,瓜蒌藤顺着支架爬满铁丝网,比拳头大一圈的瓜蒌果吊满藤下。我们到来的时间,正赶上瓜蒌果成熟,阳光下一个个瓜蒌果开始泛着金黄的色泽,随风晃来晃去,胀着金子般的笑脸。

在我看来,没有比站在阳光下,置身一片金色的瓜蒌地上,听人描述一幅充满希望的蓝图更动人的画面。

"去年村里尝试引进种植了 100 亩,直接产生经济效益 40 万元,等今年深加工厂建成投运,效益还可翻番。今年村里因为多了光伏站这块经济收益,底气足了,3 月已经提前贷款为村里 75 户贫困户(全村 200 户贫困户)免费种植了 75 亩瓜蒌。其中一位叫刘祖安的贫困户已经种了三亩,收入 1 万多元,尝到甜头,随之又种了 5 亩,说要争取种到 10 亩。明年我们还会覆盖全部的贫困户,为他们承担全部成本,免费提供种子、育苗、安装搭架,等到瓜蒌成熟时,合作社再以最优的价格收购,帮助他们彻底脱贫。"覃启艳说得满面红光,一股掩饰不住的自信分外感染我们。

一行人正在兴趣盎然说着瓜蒌,关注我们每天采访行程的落羊河村书记陈祖菊发来微信,"截至 9 月落羊河村兑现光伏发电收入 77333.76 元。"她说,今年有了光伏收入作产业支撑,他们又以大户带动的形式,组织贫困户培育天麻 400 亩,种植川乌 200 多亩,发展中蜂 1000 多箱,养殖跑跑猪 300 头、黄牛 100 头、山羊 1200 只,门路越来越多,全村脱贫致富的希望不再是水中月镜中花。

巴东溪丘湾小龙村,通过所长田鹏炜的介绍我也得知,截至 9 月已经兑现光伏发电收入 65920 元。

秭归李宜林发来中心观村的消息,则更细致:"姐,中心观光伏电站在我们公司结算电费情况,2017 年 7 月电量 33691$Rw·h$、2017 年 8 月电量 17470$Rw·h$、9 月电量 20091$Rw·h$、7、8、9 月累计电量 71252$Rw·h$、电费收入 69826.96 元。"

而他的家乡归州,香溪村和贾家店村,两个站 7—9 月累计电量 128280$Rw·h$,结算电费 125714.4 元。曾经泄滩乡九条岭村那位给他下过一碗鸡蛋面的周立菊,已经成为光伏站维护管理员,夫妇俩在光伏收入的帮助下也开始有了自己小小的种植产业。

翻阅着这些温暖的回馈,沐浴着阳光,只觉近半月一路风雨走来历经的辛苦疲惫顿时消失殆尽。极目远眺,阳光的照耀下,花儿正在枝蔓恣意盛开,根茎正在土里竞相结果,仿佛一切能够感应阳光的事物都在突破土地,一点一点,呼之欲出!

离开时,车里正唱着古老的南曲,一首关于阳光扶贫人的歌:

倾情阳光

云暖风清，江水如镜，山河璀璨月空明

只见那山山孔雀开画屏

唱的是深山扶贫人

披星戴月，垦荒风云

借来天光惠黎民 ……

  动人之处我摇下车窗，再次回首阳光之下那片金色的瓜蒌地，回想沿着阳光扶贫路途一路走来的点点滴滴，心底不觉无限感慨。想起书中的一句话："相信付出，相信力量，相信眼前，相信梦想……"是啊，相信眼前，因为那是我们一行而来的亲眼所见，一片根植于深山大地不遗余力的倾情阳光。相信梦想，因为我们正在努力实现，为了将授之以鱼转变为授之以渔，为了将长期"输血"改变为自身"造血"，为了让罪恶的贫穷从此远离人间。我们相信从一场阳光扶贫的盛事拉开序幕的那一刻，千千万万双温暖的手，千千万万个坚实的脚印，纷纷伸向贫困山区的那一刻，昔日的寒苦必将被千丝万缕的阳光所驱散。

湖北省长阳土家族自治县是国家电网有限公司"国网阳光扶贫行动"的定点扶贫县。长阳山区电网底子薄,地理位置特殊,网改任务繁重。图为2016年8月长阳县供电公司一线员工翻山越岭走在农网改造的路上。

(摄影:李萍)

# 鹰的图腾
## ——记三代师徒皮志勇、易健雄、罗皓文

## 篇一 鹰的目光

### 一

我们不会无缘无故踏上一条路，我们踏上的每一条路都必有着说不清的机缘。皮志勇踏上援疆之路，我顺着他援疆的足迹，不远千里踏上阿勒泰之路，又随他一起踏上去往龙口变电站的路，这里面的机缘确实难以说清，能够说清的恐怕只有此刻脚下的目标。

龙口变电站在戈壁滩深处，我们使劲地跑，试图用车轮丈量戈壁滩的空阔，却似永远也跑不到边。好在不管天地如何辽阔，我们终是有目标而奔跑的人。

龙口变电站的身影终于映入眼帘。下车，风在耳边奔跑呼叫，砾石在脚下发出沉闷的声响，门卫加尔肯别克·马海有一张哈萨克族人的笑脸，如阿勒泰纯粹的蓝天。他给我们打开门，开关、主变这些熟悉的设备映入眼帘。想来天下的变电站都尽相同，不同的不过是设备背后的一群人，演绎的种种不同的故事。

戈壁滩检修后的午餐很独特：干馕就水。不过皮志勇说这里还有更独特的，比如冬天骑马在山里巡线，那时候就是干馕就着泉水和白雪。如此说我们眼前还有一个大西瓜，够幸福了。我学他一屁股坐在戈壁滩上开始一口西瓜一口干馕，席天幕地品尝起人生不同寻常的滋味。

当我正全力以赴地嚼着干硬的馕，皮志勇突然指着天空说："红梅

## 热血作证——光明守卫者的故事

姐，你看，鹰！"顺着他的手指，几只大鸟盘旋在高空，时而凌厉如风。

想起在路上他也指给我看过一次鹰，这是第二次，于是掉头问他："你喜欢鹰？"说是问，语气却不乏肯定。

果然，他点头。

"喜欢鹰的什么？"

"鹰的精神。"

"鹰的精神是什么？"

他望着天空，像似答我，又像似自说自话："听本地的老人们说，当鹰四十不惑时，它们就要选择一条炼狱之路。在50天里，它要不断用长喙猛烈地撞击岩石，直至折断并长出新喙；在下一个50天，它要用新喙啄尽老茧，让双爪灵活锋利；直到150天，它要用新喙拔去身上所有的羽毛，待鲜血淋漓的身体结痂、脱皮，再长出一身丰满轻灵的羽毛。终于，苍穹之王再生了。"

第一次身处空旷荒凉的戈壁滩，第一次目睹鹰在高空飞翔，突然听见这样的故事，一时间，昂起脖子呆呆地看着天空。

是什么指引了鹰的精神？

只见它们像大鹏一样飞翔、盘旋、降落，落在远处的山崖上，突然又是一个展翅冲向云端，好像发现了什么目标。

一个词跳入脑海——目光！不错，正是目光，目光决定了鹰的志向，志向决定了鹰的重生。万物有灵，它们与人类的目光何其相似啊，但不知在这份目光的背后，它们又经历了多少隐忍、摔打与磨砺！

一时间，一只鹰顿时成了一把心的钥匙，打开了我与皮志勇即将展开的话题，苍穹之下，戈壁滩之上，我们不无感慨地回首起来时路。

## 二

将时间追溯到1999年，皮志勇退伍复员，分配到原荆门供电公司变电部，成为一名继电保护人。上班一年半后在当时大力发展多种经营的背景下，他作为技术人员被派往武汉今人电力科技公司上班，与对方合作开发断路器和电压无功自动控制装置。

突然从国企到民企，除了体制与环境的变化，人与人之间的关系变得尤其微妙。每个人都像一座孤立的城，工作上的事从不互相打探，更别说公开讨论交流技术问题。

初到今人公司，皮志勇分在技术服务部，他拿起一张电压无功自动控制装置图，看得云里雾里。壮着胆子问组长，组长甩过两本书，外加一句："图都看不懂，还来这儿！"当时皮志勇一声不吭接下了两本书，心底暗自发狠，人不教还有书呢，只要自己下苦功学，不信有翻不过去的山。

他开始把自己所有的收入尽数投入学习中。自费每节课1000元请老师授课指导，除此外他拟定了采购资料目录：《单片机编程》《数字电路原理》《C语言编程》等。在今人公司工作的三年，他的薪水全部用在了学习和买书上，没拿过一分钱回家。很快，他掌握了单片机编程、硬件开发等技术，理解了傅氏算法、拉氏变传等复杂理论，熟练掌握了CAD、Protel等制图软件。如此走火入魔，勤苦为径，书本为师，一个月下来，他竟弄通电压无功自动控制装置图的所有原理。并为以后扬名继电保护领域打下了深厚的基础。

懂了图，开始跟随服务部技术人员跑客户现场，曾经接受设备安装服务的电力公司人员突然变成了为电力公司服务的设备安装人员，这种换位转变给皮志勇带来的是一段奇妙的体验。

第一次出去，技术员嫌他是新手，一副不情愿的样子毫无遮掩地

### 热血作证——光明守卫者的故事

挂在脸上，皮志勇全然不放在心上，只默默作事。第二次，又跟技术员到襄阳供电公司的变电站安装，这次客户不同以往，问出电压无功自动控制装置与电力系统变电站二次设备怎么对接的原理。技术员一时愣住。皮志勇是从事继电保护工作的，对二次设备足够熟悉，再加上对电压无功装置的了解，好似左手与右手的对接。他站出来替技术员将问题答了个透彻，对方很是叹服，技术员顿时愕然了。

那时起，现状开始发生有趣的变化。但逢出门安装，技术员纷纷要求和他搭班。

半年光阴，核心只有一个词"学习"，书本自学结合实践学习，皮志勇得到了足够的成长空间，不再满足作技术服务工作。他如同一只雏鹰羽翼渐丰，开始将锐利的目光投入更高远的地方。他想从软硬件开发、编程序、设计电路到最终出产品，所有关于电压无功装置的内核要全部学会。

雄心勃勃的皮志勇找到分管技术的副总经理刘全志，申请调入技术开发部，须知技术开发部可是公司核心技术部门，聘请来的都是高学历高水平的技术人才。刘全志当然没有答应。但回绝之余给他布置了一个课题，说："你如果完成了我可以考虑。"

刘全志让皮志勇画一个关于交通红绿灯的电路控制图，从设计、制版到调试完成，时间限制一周。这个突如其来的课题让本已失望的皮志勇仿佛又看见了希望。回去后第一天，入魔似的把电路设计出来，画出原理图。第二天又画布线图，一直画到凌晨。两天后他把设计图交给刘全志过目，刘全志暗吃一惊，眼前的青年不只聪明灵气，更兼有谦虚好学刻苦钻研的硬气，这是从事技术行业最可贵的品质。难得！心下顿生欣赏，不仅当场耐心给他作了一次技术指导，爱才心切的他还主动收皮志勇作了徒弟。

师父刘全志一直不提去技术开发部的事，皮志勇也不沮丧，失之东隅，收之桑榆，他相信只要好好努力，一切自有最好的安排。

国企与民营师父带徒弟是有区别的，前者为师父主动，后者则徒弟主动，你有问题问他就教你，不问不教，不会手把手地教，更别谈带到现场去面授机宜，顶多只在办公室的图纸、程序上作一些指点。皮志勇作徒弟的经历极有趣，师父喜欢打羽毛球、洗养生脚，皮志勇就陪他，趁着打球、养生的工夫和师父聊天，让他作指导。机遇垂青的当然都是心有所备的人。三个多月后，适逢年底公司有一个新的项目开发，皮志勇的一个观点亮出了他的实力，终于如愿调入技术开发部，拥有了与公司尖端人员并肩作战的资格。一年半的孜孜不倦，他从参与到独立作项目，从课题到科研开发到设计到出产品，一整套核心流程技术如电脑程序般储存进他的大脑。他不仅实现了掌握电压无功装置核心技术的梦想，连同继电保护的核心要领亦已全部弄懂。

说到这里还有一个故事。刘全志有一位华科同学叫苗世红，是华中科技大学电气工程及其自动化学院电力系主任兼研究生导师。苗老师带了四名研究生，因为开发一个新产品遭遇瓶颈想请教刘全志，刘全志因为太忙便把皮志勇派了过去。皮志勇出现的一刻他们打起了哈哈，来了个年轻孩子。面对满脸不屑一顾的苗老师，皮志勇极其谦卑诚恳，"苗老师您尽管问，即便我回答不出，我也可以带回去给刘总，然后再一起讨论"。从心底他也想验证自己这两年来所学的知识，究竟能否应对一位华科电力系研究生导师的提问。只有他自己知道那一刻真有点像研究生毕业答辩，有期待，也有紧张。

皮志勇站着，苗老师坐着，时间在交流中过去10多分钟，现场的气氛开始发生微妙的变化，苗老师高冷的声调开始变得温和，对学生说："来，给小皮倒杯水。"

时间又过去了 10 多分钟，苗老师的声音开始透出几分喜悦："给他搬个凳子。"

一席话毕，"小皮，留下来吃晚饭，我请客！"声音已然流露出大赏，言语不容回绝。

整个过程倒水、上座、请吃饭，全如一幕活生生的戏剧。让我不由得想起一次苏轼游莫干山的故事。当苏轼游玩来到山腰的一座寺观。道士不知其来历，冷冷应酬："坐！"对小童吩咐："茶！"

苏轼落座，喝茶。他随便和道士谈了几句，道士见来人出语不凡，马上请苏轼入大殿，摆下椅子说："请坐！"又吩咐小童："敬茶！"

苏轼继续和道士攀谈。苏轼妙语连珠，道士不禁问起名字，得知苏轼东坡之名。道士连忙起身，请苏轼进入一间静雅的客厅，恭敬地说："请上座！"又吩咐随身道童："敬香茶！"自此苏轼写下了一副有趣的对联：坐请坐请上座，茶敬茶敬香茶。

皮志勇与苗老师的这段经历与此典故倒有几分异曲同工，不同的是经此一缘，皮志勇与苗老师竟结成忘年之交，苗老师甚至几次邀请皮志勇作他的研究生。

话到此处，说者不觉，作为听者的我却不由得抚掌大笑，浑然忘记此刻我与他是坐在异乡的土地上。

## 三

2004 年，主业大力发展多种经营的体制发生了改变，变电部撤回了今人公司的投资，皮志勇也回归了单位继续从事继电保护专业。回来正赶上湖北省公司举办继电保护比武，变电部新上任的主任李志刚（现任荆门供电公司副总经理）与皮志勇开门见山："都说你这几年在外学得不错，这次可要好好检验检验你。"

随后，荆门公司反复挑选参加继电保护比武的另外三人，皮志勇任组长，四人开始入住偏远的郢中变电站封闭集训。

此次集训没有老师指点，全靠组长带头发挥作用。都是市公司选拔出的业务尖子，心气免不了清高，对这位突然从天而降的组长，他们多少有几分不服气，作好的学习计划不执行，我行我素。对此现象皮志勇以为语言往往苍白无力，能力需要时间证明，要用事实说话。

封闭到第七天，日以继夜刻苦学习的皮志勇病了。毕竟都是为公司荣誉而战的队友，不服归不服，同事感情丝毫无碍。他们听说皮志勇在乡镇卫生所输液，赶去看望，看见简陋的房间里，皮志勇坐在病床上一边左手挂针输液，一边将本子搁在腿上全神贯注地作题，几个人什么也没说，只是动情地叫了声"勇哥！"昔日清高也好，不服气也罢，全部丢至脑后。最终在皮志勇的带动下，四名成员无一人淘汰，其他三位都分别取得理论考试一、二、三名的好成绩，综合实超也取得了湖北省公司前几名，一起迈进了湖北省公司人才库。

在今人公司三年多的时间，皮志勇除了理论、技术上的飞速提升，最大的收获是他领略到了什么是真正的工匠精神。在他的意识里，工匠精神就是"传承、创新、引领"六个字。这六个字除了把前辈们工作的优良作风、亮点继承并传承下去，创新是关键，如何创新是值得每个技术人员去思索的核心问题。

回来继续从事继电保护工作的皮志勇发现一个问题，最初他所掌握的继电保护管理思维就是把这件事情作完作好，无法掌控结果，往往出了问题再火速赶到现场解决，极为被动。都说变电设备是电网的心脏，从事继电保护工作者，就是守护电网心脏者。既然职责如此重要，难道就不能防患于未然？为什么不能在检验过程中，或者在新建新投过程中把前期能够预想出的事故全部考虑进去？比如安排一次停电,停电的时候作一次校验,校验可深可浅,完全可以通过预想或是借鉴曾经出现过的案例来控制设备缺陷和隐患。再如变压器保护的校验中,常规检查主要是检验装置的功能和控制回路,整个过程可能会留下一些检验不到的死角,如果使用新的校验流程,借鉴有关案例来设想来校验,如此举一反三,全方位,全覆盖,何愁查不出死角隐患。

自从启用皮志勇创新的新校验方法,从2005年至2008年连续4年,给荆门供电公司拿了四个"无继电保护三误奖"。

创新是运用已知的信息,不断突破常规,发现或产生新的事物、新的思想。创新的本质是突破,突破旧的思维定式、旧的常规,这对于爱琢磨爱思考的皮志勇来说已属常态。

说到电流互感器的变比、极性试验,是一个再寻常不过的试验,可变压器套管CT试验却给继电保护人员带来极大困扰。每次试验,为了获得准确数据,常采用将套管CT拆卸下来进行测试,每次不仅需要大量的一次人员配合,而且花费的时间较长。按道理套管CT与常规CT原理上没有本质的区别,只是安装的位置比较特殊罢了。常规CT是将CT穿在阻抗较小的截流导线上,而套管CT不仅穿过了套管的引线,同时也穿过了变压器的绕组。常规CT可以用升流器通一次电流试验测试出极性、变比等参数,套管CT却不能,由于变压器的绕组阻抗较大的特性,无法适用升流器通流的方法,故而常用的仪表无法测出需要的极性和变比。

柴火砍不断就得检查刀。皮志勇将目光掉转到升流器,通过深入了解,得出套管CT之所以无法通过较大的电流,主要是由于升流器开口电压较小造成,那么提高升流器的开口电压,并且降低变压器的综合阻抗,不就可在套管CT上通过较大的一次电流了?他通过对变压器的分析与计算,大胆地提出了"阻抗升流法",将变压器非测试侧绕组

鹰的图腾

短接，以此消除变压器阻抗，再用大功率自耦调压器替代升流器，在自耦调压器输出端加上要测试的引出线，调节自耦调压器输出电压的大小，改变流过变压器绕组的电流，也就是套管 CT 的一次电流，再用钳形相位表测试套管 CT，极性和变比便可成功获得。

《孙子兵法》里有一句"知彼知己，百战不殆"，这句话一样适用人与设备，皮志勇早已练出了一双火眼金睛，一件设备摆在他的面前，只需要看看参数，通过参数和电路进行结合，便能了解设备的整个内部构造及原理，故而面对难题出现时才能极有把握地作出大胆改变。

事实说明用心决定成败，"用心"看似一个其貌不扬的词，实际犹如一个不显山不漏水的高人，内涵深厚。"用心"里藏着极致，藏着精细、琢磨、专研等一些细微不觉的词，如篦子一般，世间万事但凡经得住它们的梳理，收获终究不凡。

一直带来困扰的变压器套管 CT 试验问题再次被他迎刃而解，在同事眼中他已然如神一般。

2011 年，皮志勇作为骨干之一参与胡集变电站综自改造，一天傍晚他跟同事一边散步，一边聊天，同事不经意说到了二次电缆挂牌的问题。原来电缆挂牌是电缆的标签，在二次施工中工作人员常把重心放在二次接线上，常常忽略了电缆挂牌的处置，有的随便用一根扎带绑在电缆上，有的则用软线拴在电缆上。这样的处置方法，挂牌不仅容易脱落，也不便于二次人员查线。说者无意听者有心，"当时我只是随意地说了这么一句，哪晓得他为此就琢磨上了。"事后胡集变电站所长刘红云说："以后，我就看他经常在柜旁边忙活，然后低着个头在站内转悠。没几天，他就整出了一个'二次电缆挂牌固定架'。"此固定架是根据保护屏、端子箱等二次设备柜体尺寸设计，让挂牌达到整齐和美观效果，规范了布线工艺，同时也减少了二次人员查电缆出错的

热血作证——光明守卫者的故事

概率。

2013年11月13日,固定架被国家知识产权局授予"实用新型专利证书",说起来难以置信,只有当时在场的人知道这是一次散步"散"出来的专利。

在我眼里,电令人望而生畏,所有与电相关的工作流程容不得一丝"自由发挥",实在过于呆板乏味。而在皮志勇看来,恰恰是这样严谨容不得丝毫乱动的工作特性给足他思考的乐趣。正如他自己所说"其乐无穷"。我理解他的描述,这大约与毛主席说的"与天斗,其乐无穷;与地斗,其乐无穷"。有异曲同工之妙,只不过这里换成了"与设备斗,与问题斗,其乐无穷"。

人这一生要与环境斗、与时间斗、与问题斗。更多时候,还需要和自己斗,促使自己不停学习、不停思考、不停发现,从而进入一个自然良性的轨道。

皮志勇显然已经进入这样的良性轨道。看到家电师父拆卸电视机高压包,他受到启发,发明了"PT"升压法,这解决了检测电压互感器二次接线正确性的问题,保证了接线正确率达到100%;看到儿子给电动车换电池,他又受到启发,发明了移动式直流系统微机检测装置——蓄电池智能放电及特性测试仪,通过荆门电网三年的成功应用,现已成为检测直流系统不可缺少的设备之一。

对于一名思考入魔的人,他的四周无时不隐藏着奇妙,只等他某一刻去获取。

说起"变电站主变铁芯电流在线监测系统"的技术攻关,可值一提,这是皮志勇结合企业特点,带领团队完成的创新成果。这项为推进企业"三集五大"改革,解决人力资源矛盾而诞生的技术如今已在60座主网变电站进行了成功应用。自这套在线监测系统投入运行后,大量减少了运维人员频繁下站巡查次数，为解放人力资源、缓解人力矛盾奠定了基础，此项目正在申报湖北省电力公司科技项目优秀奖。

## 四

在同事们看来，因为他是皮志勇，所以冒出的一桩又一桩创新已属必然现象。而在我看来，他之所以是现在的皮志勇，之所以出现这样许多看似必然的现象，那是他于无数次喧嚣里的静默，寂寥中的坚守，攀登中的拼搏，是用血汗浇灌光阴而开出的花。

皮志勇在继电保护岗位一干就是 10 年。这 10 年，是继电保护装置换代的十年，也是电网高速发展的 10 年。荆门的电力发展史不会忘记，2012 年，国网公司进入智能电网建设时代，荆门公司作为湖北省智能化改造试点单位，承担 220kV 枣山变电站的智能化改造工作，同时担任试点单位的还有荆州的纪南变电站。纪南站使用二次人员达 30 多人，用 120 天完成改造任务。而皮志勇仅带领四名班员，用 130 天完成 220kV 枣山智能化改造工作。就算我这样的技术盲痴也能想象出幕后的工作量，必定是 130 个不眠不休的日夜。枣山站与纪南站两相对比，凸显而出的绝不仅仅是技术能力的强大。

知人擅用的领导，自然不会让人才长期只单一从事一项工作，他们把皮志勇放到了更重要的位置，调入修试公司担任副经理，给他更为广阔的舞台。

"先后组织大型作业、交叉作业数百次。为了减少用户的停电，我们经常性地开展零点抢修工作。在夜深人静的时候，在人们酣然入梦的时候，我们为了电网的安全稳定运行仍然坚持在现场。其实，不止这些，在雷雨交加的夜晚，在冰风雪地的现场……"

听着他讲述，我仿佛看见，烈日下他们化身为炙热的炭火，任盐碱在后背画成交叠的接线图,任风雪中他们变成冰冷的冰块,任霜花披挂装点成铁样质地的树。消缺、安装、调试、探索、钻研、实践,沉默着电一样的灼热,积蓄着电一样的能量,他们从一座变电站到另一座变电站,脚步从来不曾停歇。

"回顾多年的工作,激励我进步的不是一张张奖状,也不是一次次荣誉,而是穿着工作服,以及席地而餐、烈日而作、默默耕耘、无私奉献,立足平凡的检修前辈们。"皮志勇的这句话足够打动我,他道出了身为电力建设人的艰辛,也道出了他品质的朴实无华。

## 篇二 鹰的飞翔

### 一

专业到达了一定高度,经验积累到了一定厚度,这时候思考一下未来的走向是必要的,如同鹰的故事,到达一定阶段需要再次蜕变,用目光引领精神飞翔。

或许,面对这样一位始终立身百行,勤学为基的人,老天早有安排。

人生的舞台上,皮志勇和徒弟易健雄相识的幕布拉开。

巧合的是这次来疆,易健雄作为技术交流人员也跟我同行了。借着这千载难逢的好机会,我得以深入了解到师徒二人相遇的故事。

那是2008年,江南大学研究生毕业的易健雄来到荆门供电公司检修分公司,正逢新建第一座220kV南桥变电站。他第一次随师父们到变电站检修,现场那林林总总的变电设备和密密麻麻的接线端子,让他眼花缭乱,除了书本上见到的基本图型外,他连设备都认不全,心里感到茫然无措。眼看检修即将结束进入调试送电阶段中,变电站断

鹰的图腾

路器怎么也不能正常合闸,大家鼓捣了半天也查不出原因。在焦急中,他听见不知是谁叫了一句:"快请皮专家来。"

半个小时后,一个个子不高,30出头的小伙子风风火火地赶来现场,他不慌不忙地围着设备查看了一圈,然后掏出万用表量了一下合闸回路的电位,便自信地说:"是断路器的辅助节点接触不良,需要重新接线。"一查,果然如此,5分钟后,断路器成功合闸。

易健雄从同事口中得知,这位年轻的师父就是大名鼎鼎的皮志勇,国网荆门供电公司继电保护专业的首席技师(那时候还不是电网技术专家),多次在省电力公司技术比武中争金夺银。此后,他又见识了皮志勇师父将变电设备"大卸八块",然后像变魔术一样眨眼安装到位的绝技。他对皮师父高超的技艺佩服得五体投地。

让易健雄更惊喜的是,不久,他不仅分到了检修分公司继电保护班,并且与他为之倾慕佩服的皮志勇签订了师徒结对协议。要知道初入职便能够进入电力技术核心领域,跟随如此货真价实的良师学习,这样的机遇不是每个人都能遇见的。

"我一直是个追求完美的人,但个性比较内向,心理素质差。刚刚参加工作时,如果在工作中表现得弱于别人,就怕他人笑话。为了不让自己被他人笑话,只有拼命去学、去钻。单枪匹马地学、钻,既费时费力,也走了不少弯路。2008年,有了师父皮志勇,他教给我很多方法,就像公司传承的师带徒'五带'——带思想、带技能、带作风、带安全、带业绩。师父皮志勇是业务精英,他有很强的职业技能,也爱学肯钻,遇到问题不消灭不退缩的精神给我极大的带动。2008年9月,我们在荆门220kV南桥变电站遇到技术问题,那时候已经中午12点半,师父说这个问题不解决不能吃饭。"

回忆起当初,日常言语不多的易健雄竟说了很多。

"南桥的变电技术解决后,师父送给我一个笔记本。里面密密麻麻记录着南桥变电站技术遇到的问题、解决的方法等。第一次拿到这个笔记本,不仅仅是感动,还有震撼。在我眼里它不再是一本单纯的笔记本,而是能够影响我一生的精神财富。后来在师父的影响下,我也养成了爱记笔记的习惯。当班长后,我也带动班组员工养成记笔记的好习惯。这个习惯我一直保持到现在。"

在皮志勇看来,带徒弟的方法,不是师父不主动教,而是徒弟先自己学,在学习摸索中找问题寻方法,变被动思考为主动思考。思考后仍不能解决的问题再请教师父,师父再手把手地教。当徒弟取得经验,反复操作无误后师父会充分给予信任,放手让徒弟去作。

易健雄记得,2009年,沙洋马良变电站110kV调试装置回路,是师父皮志勇安排给自己的第一次独立任务,从图纸设计、接线、调试到后期送电竟然一次性圆满成功。从师父放手到接手,直到可以独当一面的过程中,他积累到更多经验,在工作中也开始变得更加自信。

皮志勇也常对徒弟讲述自己第一天踏上继电保护专业的情景。当时跟着师父到现场,看见复杂的二次回路、望着一个个继电器不知所措。但他用现实总结"立身百行,以学为基"的方式行动起来。工作中,除了跟着师父学,更要跟着书本学。为了了解设备的性能,别人看一遍的,他就看十遍;为了能掌握二次回路,别人画一遍,他就画十遍,通过勤奋来弥补自己的不足,通过时间换取知识的空间。

易健雄可谓深得真传。皮志勇开始发现易健雄一有时间,就扎进资料室,跑到设备区,着魔似的如痴如醉地潜心学习钻研。皮志勇进行检修、安装、调试设备时,他就在旁边仔细地观察,把检修、调试的过程和方法都记在笔记本上。有的接线很复杂来不及记录,他就用手机拍下来,晚上回去再学习揣摩,第二天再找机会练习。他边学边练边悟，记了9本达10万字的笔记和200多张各种装置图、接线图。

徒弟勤奋刻苦的精神着实让皮志勇感动，越发倾其所有地教授。有时间便给他开小灶，他们永远不会忘记办公楼六楼的那块小黑板，那就是他们的教室。多少个日夜师父皮志勇在黑板跟前，从点到面，从面返回到点，不厌其烦地给他讲解，使得易健雄迅速成长，一年时间便跟着师父把直流系统知识全部学通。

2009年4月易健雄一直记忆深刻，那是省公司举办直流检修高技能比武的日子，师父皮志勇与自己双双入选，他们知道这是为公司挣得荣誉的机会，更是师徒二人这一年来学成多少的验证时机。

5月1日开始封闭训练，为期一周的时间里师父皮志勇早已作好学习计划，晚上转钟睡觉，早晨5点半起来背书，大有闻鸡起舞的味道。8点钟吃完早饭皮志勇开始出题，易健雄开始练题，练题练完了之后改错，下午再学新的内容。与其说皮志勇是参加比武，不如说他是手把手教习辅导比武的老师。

天道酬勤，2009年9月，师徒联袂，双双跻身前六名，捧回了团体、个人两座奖杯，在直流检修高技能比武里师徒双双载入省公司人才库的史册。

听到这里，我竟开始抑制不住几分动容，在我看来，这对师徒的相遇是人间最完美的相遇！徒弟在师父的带领下完美蜕变，而师父的人生也在这份师带徒中步步升华。

## 二

师徒之缘正如火如荼，却发生了一段插曲，直流技术比武结束不久，皮志勇突然接到通知，国网技术学院在全国招49名老师去支教，时间半年。

## 热血作证——光明守卫者的故事

起初接到通知的皮志勇心里很没底，这次不同以往，无论是普通职工、保护班长，还是修试公司副经理，带徒弟，总归都是尽一名电力工人的职责去作好自己的技术。当老师却完全不同，从变电站换到了课堂，从台下站到了台上，不仅需要有深厚的技术理念与丰富的实践经验，还要懂得在课堂上提其神要生动传授出来，能作还要会说。何况这种类型的授课是国网技术学院的第一期，没有参考的课件、没题库、没有任何考核标准，且面对的不是本科生，就是研究生、博士生等高学历的学生，所以无论哪方面都是巨大挑战。

如果说从今人公司回到单位踏上继电的岗位，再到修试公司副经理的位置是自己的两次提升，那么国网技术学院任教的半年则是皮志勇的第三次提升。半年来每天8小时的课时，他苦苦研修、自作教材，把继电保护的书反复通读，用典型案例作支撑材料，插入生动的视频作辅助教材，加上之前在华科蹭课的经历，又借鉴工作中的经验，人生的第一堂课居然赢得满堂彩。自此皮志勇仿如武林高手闭关修炼打通了任督二脉一般，他真正作到了能武能文，提笔能写，站着能讲。多年的工作经验，理论和实践被他焊接得天衣无缝。

半年为期，师徒再续前缘，师父皮志勇境界再得提升，徒弟带得更是得心应手。从国网技术学院回来后他开始要求徒弟应该多实践，他给我打了个比喻："就像学车，必须亲自上路实践，只有在路上天天练习，才能强化驾驶技术，通过路考。"但是现实是，面临的设备都是运行设备，没有条件也没太多机会给人实践。一套保护装置停电时间最多24小时，终归有限。为了给徒弟再创实践机会，他继续发挥创造的智慧。看见改造退下来的屏，他顿时灵光一现，何不拿去建一个继电保护实训基地，以接线工艺、看图识图、校验调试、技术总结为主，为徒弟和班员提供一个实训练兵场，让他们反复练习，了解设备的内

鹰的图腾

核，使其即便没有丰富的工作经历，也能够练出一双火眼金睛。

皮志勇以为，人生的路能走多高多远完全取决于人的格局。对易健雄的格局，朝夕相处中他已了然于心。从国网技术学院回来，他对易健雄的教习方式也开始改变，从第一阶段单一技术教授转向第二阶段复合型思考。除去技术教习，他会经常带着易健雄反思省公司组织的一些项目，继电保护交流会也时常安排易健雄前往，时刻给徒弟放飞思想的时机。回首自己走过的人生历程，他太清楚，目光是一种引领，而飞翔才是最终的抵达。鹰之所以能翱翔高空，那是因为它除了目光，还有勇于放飞的精神。

功夫不负有心人，两年时间，易健雄掌握了继电保护工作的各项要领，先后独立完成了多座 110kV、220kV 变电站二次设备的安装调试工作，现场解决了一系列技术难题，确保了一次次送电成功。

易健雄没有让师父失望，他也像师父一样掌握了很多"绝活"，多次果断处理解决了重大技术难题，10 多次避免电网重大事故的发生。关于他挑战权威的故事，行内也人人尽知。

那是 220kV 马家磅变电站的一次改造时，自动控制设备出现故障，易健雄尝试了几个方案，都行不通。凭着对变电站的了解和设备特点的研究，易健雄大胆判定，设备的原始设计存在问题。面对易健雄的质疑，厂家的专家们赶来，摇头不信，连说三个"不可能"，并反问易健雄："我们干这行这么久，原始设计怎么可能出问题？"经过易健雄多番论证和现场演示，证明原始设计确实存在错误，才使得厂家的专家们心服口服。

原是一块璞玉，兼得名师雕琢，夺目之色遂渐引人注目，人生机遇也随之接踵而来。

2021 年 9 月，易健雄调任检修分公司继电保护专责岗位；2012

年 3 月,他调任检修分公司生技科副科长;2013 年 5 月,他开始担任二次检修二班班长。

为了鼓励易健雄向更高的山峰攀登,皮志勇与他再次提到了工匠精神:"传承、创新、引领,这三个词不是独立的,它们之间有着血脉相连的关系,'传'是一个承上启下的词,传的过程中既有老的作风、娴熟的技术,还得有自己的思想和智慧融入。不断发明创造新技术、新工艺、新成果,随时诊断处理更为复杂的故障,确保电网心脏的健康安全运行。只有如此面对电网日新月异的发展,才能真正作到克难攻坚。"

这番话,师父说得动情,徒弟也听得动情,二人郑重约定:"我们既是师徒,也是战友,今后既要联手攻坚,更要赛跑竞争,看谁解决的问题多,看谁研究的成果多。"一份特别的"君子约定",如同一股无形的力量,师徒二人全如一双欲待展翅高飞的雄鹰。

## 三

现实之所以比小说精彩,是因为一些故事情节总出人意料,突如其来。

皮志勇第一次作讲师出色的表现给校方留下了深刻印象,故而 2014 年技术学院再次给皮志勇发来邀请函。人生舞台仿佛又出现了相同的一幕,不同的是此刻徒弟易健雄已经成长为湖北省的技术专家。皮志勇几乎没有犹豫地想到了徒弟,对他说:"你代替我去,走过这一步会更有利于你的成长,这次讲习的专业正好你也擅长,只有走出去了,你才能像鹰飞翔高空,看得更高、更远!"师父总是以鹰作比,总是用鹰的精神激励他,让他在无形中也爱上了鹰。

是的,飞翔是一种抵达,他也要效仿鹰的飞翔。

在皮志勇向国网技术学院的极力推荐下,在单位领导大力支持下,易健雄替代皮志勇担任讲师的事情水到渠成。

易健雄还有最后一丝顾虑。家中刚添了女儿,妻子还在坐月子。不是他儿女情长,而是这个家庭一路走来颇多艰辛,实在有着难以外道的苦楚。

周六易健雄起了个大早,近乎稀奇地没去单位加班,给父母和儿子作好早餐后,把一碗热好的鸡汤递给还在月子里的妻子。

"好久没有吃到你作的爱心早餐了,怎么今天有空给我们作,不用加班吗?"看着忙完厨房又去拖地、洗衣的易健雄,妻子问道。

"今天不是周六嘛,单位没事,领导要我在家好好照顾你。"易健雄先是愣了一下,继而边作事边回应妻子。

这可真是破天荒的事!他是运检公司变电检修班长、技术骨干,日常不是在新建变电站就是有检修任务,天天忙得打转,双休、节假日都少有时间休息。以往就算回到家里,也是电话不断,家务这类活儿根本不插手。看着反常的他,妻子感觉有什么不对劲。

"是工作出了什么纰漏,还是受了领导批评?是因你的失职,还是……"妻子开始止不住胡思乱想。

没等妻子说完,易健雄把话抢了过来:"我老是加班,一家老小都指望你。老大都六七岁了,我都没好好照顾你们娘俩,心里很内疚。再说,你现在坐月子,我今天就想表现一下。"

谈恋爱时候嘴都没这么甜,难道今天太阳从西边出来了?妻子越想越觉得不对劲。

"易健雄,你今天必须跟我说清楚,不然我跟你没完!"妻子情绪激动起来,易健雄终于将几番吞下去的实情吐了出来。

"这么好的锻炼机会怎么能错过呢,你放心去吧,有我在。儿子现在懂事了，能帮我搭把手了。我把爸妈接过来，有什么事可以照应一下。家里的事你不用操心，你只管放心作好你的工作，你的成绩就是对我和孩子最好的报答。我们会作你的坚强后盾。"妻子的话彻底打消了易健雄的顾虑。他转过身子，抬起头，没有让眼中的泪水掉下来。

一个人来自何处不重要，重要的是你要去往何方，人生最重要的不是所站的位置，而是所去的方向。

坚定不移循着师父的脚步，他在国家电网公司技术学院兼职培训师授课400课时，一步一个台阶他走得扎扎实实，鹰的翅膀已然展翼。

一系列的成绩源源不断涌现，他主持研究的QC成果《解决变电站主变温升超标的问题》获湖北省质量协会一等奖；与师父皮志勇联合研究的QC成果《分散式微机保护装置智能辅助降温器的研制》获中国水利电力质量管理协会优秀奖；他发明的《便于安装和检修用电缆槽盒》《金属封闭开关柜验电用网门》成果，获得国家实用新型专利；先后在国家、省级权威刊物发表了《变电站安全事故应急管理研究》等四篇论文，撰写的《变电设备隐患排查治理》等多个案例入选省公司典型经验库，他还参与编写了湖北省电力公司《继电保护工技能操作规范》等教材，他先后获得荆门市职工技能之星、荆门市"五一"劳动奖章、湖北省电力公司生产技能专家、湖北省青年岗位能手、国家电网公司优秀党员称号。

2015年7月，易健雄的人生之路再次晋级，他正式成为了检修分公司总经理助理。

徒弟奋勇，师父岂能不争先。这里皮志勇先后出任检修分公司变电运检室技术主管，成立"皮志勇创新工作室"，主持发明了"变电站便携式直流电源"等五项国家专利，在国家省级刊物发表10多篇论文，编写出版了《变电站二次知识读本》《智能变电站调试与运行维护》等教材。先后获得湖北省电力公司和国家电网公司技能专家、湖北省电力公司和国家电网公司劳动模范等称号。

在徒弟易健雄的大力协助下，以"皮志勇创新工作室"为载体和依托，形成了与生产一线员工的技术创新链：一线员工负责发现、收集技术难题，"皮志勇创新工作室"负责攻克创新；一线生产员工负责试验跟踪、信息反馈，"皮志勇创新工作室"负责改进、总结、推广。在这个创新链上，连着数百位员工，每个星期都有一大堆技术难题被提出来。几年来，二人联手攻克了50多个变电技术难题，为企业至少节省成本、增加效益5000多万元。2012年，师父皮志勇在徒弟易健雄的鼓励下，还考入武汉理工大学取得了硕士学位。2015年6月，"皮志勇创新工作室"被湖北省电力公司列为首批"示范工作室"。

这段故事，我们从阿勒泰一直讲到了布尔津，路途60公里，与现实走过的路程实在无法画上等号。这段路程有多长，洒下过多少心血多少汗水唯有他们自知。我只跟随他们身后，看着师徒二人的背影，并肩走入新疆220kV龙湾变电站，看着看着，仿佛那份曾经的君子约定，正于光阴深处悄悄散发着无穷无尽的光芒。

## 篇三　鹰的天空

### 一

轮到罗皓文出场，再将时间回转到2013年。

这一年罗皓文研究生毕业，上班之前首次参加荆门公司岗位培训，老师在课堂上提到了皮志勇和易健雄的名字，两位荆门公司仅有的国字头专家。那是他第一次听见他们的名字。课堂上老师毫不吝啬时间，专门给学员们讲述了关于他们成才的故事，听得罗皓文热血沸腾，心底不由得暗自感叹，太厉害了！对于马上就要踏入职场的他来说，传说中的皮志勇与易健雄就像飞翔在高空的雄鹰，令年轻的心无限憧憬无限崇拜。

培训结束，开始安排工作，罗皓文分到了检修公司的保护班。

第一天报到，接待他的竟是自己心中的雄鹰——易健雄。当时正逢检修公司成立二次检修二班，易健雄初任班长。更让他兴奋的是，皮志勇也见到了，也在保护班，是变电运检室副主管，兼二次检修一班班长。第一天上班，传说的两位大神竟然被他全部碰到，有点像作梦，难怪说现实永远比电影精彩呢。他回忆当初仍是一脸兴奋。

罗皓文遇见了易健雄，不久罗皓文和易健雄结对成了师徒，不早不晚。要说这里面的机缘，怕是只有这一句话能够诠释一二，"无论你遇见谁，他都是你生命中注定该出现的人，绝非偶然，他一定会教会你一些什么"。

初次见面，罗皓文欢喜，易健雄更加欢喜。如今自己也成了师父，也带了一个研究生徒弟。看见罗皓文的一刻，他仿佛看见了曾经的自己，分外亲切。初次见面，易健雄恨不得倾囊而出，交给罗皓文一份学习流程，还有专业书、多年的笔记、一张总结继电保护的框图，临了又抱出一摞崭新的笔记本，"我的师父第一天送给我的就是一个笔记本，里面密密麻麻记录着他遇到的问题、解决的方法，对我帮忙特别大。现在我也要将这个习惯传给你，希望你能好好继承并发扬"。罗皓文接过师父递过来的笔记本，摩挲着无字的内页，厚重而温暖的感觉从手中直入心底。

"有了师父就好像有了引路的人，每作一项工作，师父都提醒我主动思考、在实践中学，遇见不懂的再手把手地教，让我收获很大，成长很快……不过，中途有段时间我对师父其实有过一丝烦。"

说到最后一句，罗皓文面上流露出一点不好意思的神情，而我因他的话锋陡转，一时没反应过来。

"师父太啰唆，涉及安全方面的工作，每次都在耳边，重复地说，像《大话西游》里的唐僧。每次作完事情一遍又一遍地检查，我们检查一遍他不放心，还要自己检查一遍，自己检查了还不放心，又拉着运维人员再检查。蛮简单的事情，我看一遍，他看一遍，够了嘛，还要再看一遍。两个小时的事，要作到四个小时。"

原来如此，听到这里我忍俊不禁，也不打断他。我知道，他还有后话。

"2014年，我上班的第二年，110kV响岭站枣响线送电，全套安全措施，试验调试方案全部都是我们作的。那天忙了一天，从白天忙到晚上7点，晒了一天太阳，感觉特别累，就想早点回去。我和同事对照工作票逐一检查完毕，告诉师父，申请工作票终结。师父接过工作票口里说好，却又带着我们把50多项工作票逐一地检查了一遍。包括动过的回路、所有的端子，甚至连端子牌之间的连接片，他都用起子一个一个敲，看看是否有松动。细到每个螺丝的连接是否拧紧，篦子一样篦了一遍。检查完了，又去检查一次设备。"

罗皓文表示不理解，我们是二次人员，作好自己工作就好了嘛，干吗还去检查人家一次设备？但师父说要作就得作，罗皓文只得老老实实又跟着把和一次设备相关联的全部检查一遍，包括指示灯都没放过。这样又像篦子篦了一遍，一个小时过去，晚上8点肚子饿得咕咕叫。可以走了吧？谁知师父又说，等送电完再走。为什么非要送电完了才能走，走了送电不一样嘛，罗皓文心底犯嘀咕，终究没敢说出来。又是一个半小时过去，晚上9点半终于一次送电成功，没有任何问题了，师父高兴地说："走，吃饭去！"只是那会儿罗皓文早已饿过头了，

## 热血作证——光明守卫者的故事

一点食欲都没有。

事后他才知道，其实师父的胃一直不好，那时他不但要忍着饿、忍着难受，还要带着一脸温和的笑，耐心教导他："一次设备和二次设备是肝胆相照的关系，检查一次设备又等于给自己的工作加上了一把安全的锁。""一项作业，从设计方案到施工到完成，再到最后顺利送电，才能称为一项完整的作业。如果临到送电我们走了，一是有问题必然又要返回，二是从工作质量的角度也叫虎头蛇尾，不负责任。要想成为一名合格的技术人，就得具有工匠精神，耐心、细心、精心，是起码应该作到的。"

"我跟师父除了学到知识和技能，更重要的是跟他学会了作人。师父是一个非常谦逊的人，脾气特别好，从没见过他发火，作任何一项工作都是不慌不忙，面对问题总是一脸从容淡定，特别沉得住气。什么是工匠精神？之前我并没有特别的体会，直到和师父在工作中朝夕相处，才终于深刻感受到。"

罗皓文一番话发自肺腑，当初作徒弟没有了解到师父的良苦用心，如今自己也作了二次检修班的班长，成为一名工作负责人，再忆当初才知道了什么叫感同身受。

曾经心烦师父唐僧似的啰唆、强迫症、完美癖的特质，如今他一样传承得滴水不漏。班里推广使用作业安全风险管控系统，因为要在手机上操作，非常麻烦，每次现场作业都要传照片，作不好还要扣分扣钱，班员非常抵触。他就采用师父的方法不管班员什么态度，他都不急不躁，大会念、小会念、天天念，比唐僧还会念，越是抵触他越念，一次念记不住，十次二十次地念，念得大家耳朵起茧，最终记不住也记住了。

"现在班员都说我和师父一样，嘴碎、有强迫症、完美癖，没办法，不当工作负责人就不知道肩上的压力和责任，只有等他们也成为工作负责人就能理解我的感受，就像我现在终于理解当初师父的感受一样。"

果然，只要说到罗皓文师徒，同事们几乎异口同声，像商量好的似的。

"他有强迫症、完美癖！"罗皓文的同事吴继雄笑着脱口而出。

"罗皓文上班总是提前半小时，我们来了，他已经工作了半小时。明明已经拧紧的螺丝，他过一会儿再拧一遍甚至两遍。连一个 PPT，从找图片到文字校排也要重复许多遍，直到再找不到纰漏。十足的完美主义者。"

"他们师徒三代，传下来的不仅仅是技术，还有一种症状，师父把徒弟也传染得挺严重的……"轮到采访二次检修二班的杨旭时，他调皮地卖了个关子，看着我疑惑不解的眼神，才大笑，"强迫症啊！他们三个啊，对工作的那股劲儿，完全就是强迫症晚期！"

"有一次，我跟他一起去马河变电站进行间隔调试，本来调试完毕就可以回家了，出于习惯，他又转回去对回路进行了测量，结果发现有异常，当时天色已经比较晚了，从马河回荆门还有好几个小时的山路呢。其实这种问题可以第二天再派人来处理，而且白天光线好，查找问题也方便。可他却说，既然我们已经发现问题了，那就一定得把它解决掉，不然总觉得心里有事儿，会睡不着。于是我俩又打着手电筒、拿着万用表一个节点一个节点地查，查了近三个小时终于把故障点找到。消缺处理完了后，他这才一脸轻松，说可以回家睡个安稳觉了。我当时就开玩笑说他有强迫症，他说师父易健雄就是这样的，师父教给他最宝贵的东西之一就是严谨的工作态度，而师父的师父也是这么教的。"

说到这里,刚才还一脸嘻哈的杨旭突然又变得正经起来:"虽然有时候我们挺烦他,又啰唆又有强迫症,但我们都知道,他们身上的这种'症状',就是我们所说的'追求极致的工匠精神'吧!"

杨旭说得没错,工匠精神不只包括高超的技艺和精湛的技能,更含有严谨细致、专注负责的工作态度,精雕细琢、精益求精的工作理念,以及对职业的认同感、责任感。杨旭用工匠精神对应师徒二人的言行,无疑是最真的写照。

## 二

古人有一句话"苟日新,日日新,又日新",提倡的就是要敢于不断否定自己,因为否定才会推促自己不断学习,不断蜕变新的自己。

罗皓文把这句话奉为座右铭。白天在工作现场时,师父在一边调试,罗皓文便在一旁仔细观察,随时记录。晚上,他就对照接线图纸反复琢磨,直到弄懂弄通,并在工作中应用于实践。

遇到复杂的二次设备接线,他也学师父当初作徒弟时,用手机拍下来,用日记加图片的学习方式,将白天的工程流程和现场全景式展示出来,再利用休息或下班后的时间细细研究。

师父第一次见面赠送的那些洁白无字的笔记本,如今已是图文并茂,4年光阴,7大本近100多万字的笔记。那些工整的一笔一画,纵横交错的电气原理图,是他技术成长留下的印记,也是他人生路上从徒弟成长为工作负责人,一步一步踏踏实实留下的脚印。

"我经常跟罗皓文说,他可以出一本书,书名就叫《论高手的自我修养》。"对于罗皓文,杨旭更多的还是佩服,"在我们这儿,个个都是高学历、高职称、高技能的'三高'型人才,竞争激烈。罗皓文能够这么快地脱颖而出,不是没有缘故的。"

"他一点儿都不受环境影响,任何时候都能静下心来作自己想作的事。"杨旭记性好,"记得 2015 年的时候,响岭变电站送电成功,当时已经是凌晨两三点了,我们大伙儿都在外面欢呼庆祝着呢,只有他一个人静静地坐在屋子里,一边整理材料一边写总结,在那个时候一般人哪还有心思写总结啊?可他就是能潜下心来,耐得住寂寞,把工作作到最好。"

"还有一年冬天,我们跟着罗皓文一起到钟祥郢中变电站搞线路保护改造,工期是一个月。每天的接线工作完成后,他都要认真作记录,然后再现场反复检查好几遍,细到一颗小小的螺丝钉是否扭紧都不放过。那年的雪下得可大了,风刮在脸上跟刀子割似的,他却没感觉一样,我们都被他身上那股子干劲所感染,跟着他在雪地里一点一点地复查,每天都是 10 点多才收工回宿舍。那次我们提前一个星期就完成了改造任务,质量堪称完美,从那次罗皓文的能力已经算是有口皆碑了。"

据我所知,真正让罗皓文能力进一步得到检验的是 2016 年 3 月,枣山变电站全面改造。

此轮改造与以往不同,枣山变电站主供荆门城区,位居枢纽至关重要,不可能全站停电改造,只能采用带电方式作业,即改造部分停电处理,不改造部分照常运行,不仅时间紧、任务重,技术含量也高,十分具有挑战性。

变电站智能设备高度集成,二次测控、保护系统相互联系复杂。部分运行设备与改造设备关联,从而衍生出较多的危险点,危险点一旦隔离不到位,改造设备试验过程中就可能影响运行设备,造成运行设备异常动作,导致电网事故发生。

作为此项改造的负责人罗皓文接到任务后,便一次又一次到变电站进行实地勘察，反复推敲施工方案，进行可行性分析。在两个月的改造时间里他经常十一二点还在办公室挑灯夜战。好不容易下班回了家，满脑子都是工作，连说梦话都是工作上的事。

一天晚上夜里1点多，妻子严文洁突然被罗皓文一句话吵醒，"定值单执行了没？""大半夜的哪有什么定子转子？不好好睡觉，你在跟谁说话呀？"妻子轻轻回了句，半响没有人回应。她凑近一看，只见罗皓文睡得正香，原来是在说梦话。

两个月的白天黑夜，两个月的艰辛付出，枣山变电站综合改造工程完美收官，最终获评国网湖北电力优质改造精品工程。

说到这里，师父易健雄给我插入了一段小故事。

2016年10月21日，110kV杨湾变电站在进行停电操作的过程中，10kV分段开关异常跳闸。罗皓文到现场后发现虽然开关已经跳闸，但保护装置中查不到任何报文，检查装置的各个插件和二次回路均未发现异常。罗皓文反复查看后台的近千条报文，一条毫不起眼的"PT断线告警"引起了他的注意。他大胆猜想，开关误跳可能是保护装置制造工艺不良导致。后来，最终试验证实了他的猜想，厂家也发函确认了错误存在。细心的罗皓文发现并及时处理此条严重隐形缺陷。

在易健雄眼里，徒弟稳重，心思缜密，与实际年龄还真是不相符，外表怎么看都像一名刚出校的大学生，工作起来却像有了数十年工作经验的老员工。最难得的是爱钻研、肯吃苦，作任何事情都会把前因后果弄得一清二楚。他的身上既有自己的影子，也有青出于蓝而胜于蓝的势头。

三

既然是师带徒，模仿从来不是问题，模仿是走向成功的捷径，就看你怎样去模仿，如果在模仿的过程中提其神要，加入自己的思考，那么你就有了独立存在的价值，不会沦为他人附属的影子。就像我们在文学创作中再三强调的一个观念：要有"我"，有个人的气息，这样作品才会有独属于自己的生命力。这也是"学我者生，似我者死"的最好注脚。

罗皓文学习师父，学习师父的师父，他们在工作中创新引领的精神，同时也保持勤于思考的状态，传承之中又不被束缚，思考之中有自己的灵动，实践之中琢磨出自己的套路。

2015年4月，在220kV柳河变电站解决合并单元同步性调试时，罗皓文发现合并单元同步精度受制于标准源单端输出。若是在母线不停电的情况下，这种试验便不具备参考性。他利用所学的锁相环技术，研究发明了电流锁相输出的合并单元同步检验方法，大大降低了工作的复杂程度，为新增间隔的安全稳定运行提供了有力的保障。

随后罗皓文为解决实际工作难题，推出的"智能变电站GOOSE虚拟二次回路图形化方法""断路器专用观察窗""无线变压器六角图测试仪""管型母线在线监测系统""高压开关柜防凝露除湿系统"等科技成果，相继获得国家级专利。

对罗皓文的出色表现，师父的师父国网技术专家皮志勇一直关注在眼底，应该说隐在身后的皮志勇的目光就从没有离开过徒弟，以及徒弟的徒弟。他像一束光，总会选择恰当的时候照亮。

2017年罗皓文在皮志勇的倾情引荐下，经湖北省公司推荐，到国网公司参与第二代智能变电站总体技术方案的编制。罗皓文出发前，女儿还不满百日，等他回来，女儿已经会满地爬了。心中有梦的人自然不会让光阴白白流逝，它会用流出的汗、付出的心血将光阴凝结成果实。罗皓文参与编制的第三代智能变电站总体技术方案已经在国网公司系统内推广实施，由他亲手负责的"变电站一键顺控"技能也已在国网系统得到广泛应用。

提到师父,以及师父的师父,罗皓文的心底总会泛起一股暖流。在他的成长生涯里,他们就是强有力的左膀右臂,扶持着他展翼天空。

2018年初,师父的师父皮志勇在新疆阿勒泰帮扶,一直构思想结合这些年摸索实践下来的技术经验写一本专业书籍,他倾注心血搭好书的框架后,第一个想的就是罗皓文。他是过来人,太明白对于一个亟待成长的年轻人来说,机会有多重要。皮志勇的初衷,一方面希望罗皓文通过编书进一步得到历练,另一方面也希望通过编书的过程拓宽罗皓文的知识面,为最终翱翔高空积蓄力量。

正月初二,皮志勇从新疆返回荆门探亲,放下行李第一件事便给罗皓文打电话,说了编书的想法。罗皓文听到这个信息,激动之余立即赶到皮志勇的家。他们促膝长谈,交流了4个多小时。罗皓文带着笔记本记下了每个环节,并认认真真用红笔圈下了关键信息。就这样一个春节,一老一少,别人在走亲访友推杯换盏,而他们却相守相谈沉浸在技术的交流中。春节过完,皮志勇带着未完成的书稿回到阿勒泰。相距千里,他们依旧通过电话、微信、视频等方式保持沟通交流,就这样一稿一稿地写出来,又一稿一稿地修改,不知不觉一本专业书籍成了这一老一少隔代师徒的纽带。谁也不知道他们熬了多少个夜,谁也不知道他们度过了多少个不眠之夜,只知道2018年9月20日,皮志勇和罗皓文等共同编写的《变电站设备监控告警信息分析》一书正式出版,受到专业领域的一致好评。由此罗皓文的技术生涯因师父的师父,又添上了丰富的一笔。

精神的神奇之处在于它如同薪火,点燃的一刻不仅可以照亮身边的人,并且可以一代一代传承下去。在罗皓文的影响下,由他负责的二次设备检修班"青春匠心梦三代师徒创新工作室",一批批岗位标兵、技术能手和技能比武冠军脱颖而出,一个个QC成果、科技创新和合理化建议竞相涌现,善思能干、一岗多能的技术人才成长起来,为企业创效1000多万元。

入职不过 4 年，年龄不过 28 岁，多少同龄人还沉浸在青春的懵懂挥霍中，他已经拥有 5 项新型专利发明、4 篇专业技术论文，入围"中国好人榜"，获省级技术专家称号。

在两代师父的托举下，罗皓文向往的鹰的天空不再遥远。

## 四

一位诗人说："血脉、神经与灵魂聚在一起，才撑得住一个国家的站立和行走。"

那么，这三代师徒一路走来，支撑他们站立和行走的又是什么？

第一代师父皮志勇说，是目光！他们追求人生的质量，努力实现人生的梦想，而在这份努力的背后，支撑他们的便是一直坚定执着的目光。

某种层面目光就是一种力量，它是指引着飞翔抵达天空的力量。就像鹰，它们之所以看得更远，除了它们站得高，更因为它们目光辽远，志在蓝天。因为有着这样一份目光的指引，一代一代鹰的精神，一代一代师徒之路才得以代代传承，永无断源。

8月,高温40摄氏度,在内蒙古沙漠无人区,国网内蒙古送变电公司员工完成上海庙-山东临沂±800kV特高压直流线路工程组塔施工。

(摄影:罗宇亮)

# 沙漠里的骆驼草

## 一

起初听到上海庙这个名字，或许会理解是上海的一座庙宇。然而此上海庙非彼上海庙，它地处蒙东，说起这个名字的来历，还流传着两个传说。

相传成吉思汗西征时，不慎将一只靴子掉落到此地，当地人为了表示对成吉思汗的崇拜，将那靴子捡起，并修了一座庙专门供奉。因为靴子在蒙古语的发音为"沙海"，供奉鞋子的庙宇就叫"沙海庙"。后人慢慢就将这个地方叫成"上海庙"了。

另一个则是传说成吉思汗西征时，当地一个美貌的女子因崇拜成吉思汗而心生爱慕，当她拾到成吉思汗掉落的那只靴子时，如获珍宝。从此一生陪伴这只靴子直到离开人世。当地人被她的真情所感动，于是专门修建了一座庙宇供奉这只靴子，"沙海庙"也就是"上海庙"的地名由此而来。

两个传说，大致雷同，只是后者更多深情，有几分说不出的动人。只觉得怀揣着这样一个古老而动人的故事，再踏上前往上海庙的路途，会抑制不住地浮想联翩，料想前方等待我们的风景多少有几分与众不同吧。

终于进入蒙东了，那一刻，人开始跌入了另一幅画面，此前的花红草绿粼粼清水像被施了魔法一般，一点一点消失。上海庙终于也到了。下车一刻只见一望无际的沙漠，满目荒凉，放眼望去，只有那一丛丛稀疏矮小的骆驼草摇曳于黄沙中。

如果说来前对于上海庙我还带着一些浮想联翩，那么此时此刻我

## 热血作证——光明守卫者的故事

算是踏踏实实地回到了现实。

没有传说，没有想象中的故事，只有一座隐没在黄沙中的工地。他们告诉我，那就是上海庙——山东临沂±800kV 特高压直流输电工程的起点，担负着为中部地区输送清洁能源的使命。

仰视眼前矗立在沙漠中的铁塔，远远地看着那片隐没在风沙里的工地，我只能告诉自己，此行任务原本不是为寻找传说而来。

## 二

我开始了平生从未有过的经历，在一处远离人烟的荒漠，一个冷硬枯燥的工地寻找起一位从未见过的陌生人。

我们捂着口鼻在风沙中穿行，直到看见一位戴着红色安全帽、身穿蓝色工作服的背影。"他就是赵飞驰。"顺着陪同人员的手，我看到一位年届不惑的汉子。他正站立在构架基础旁比画着，他右手指了指独立于钢管上的操作工人，对着身旁一位着红马甲的工人说了些什么。红马甲点了点头，然后钢管上的工人停止了作业，慢慢地爬下来。他的样子看上去有些生气，先是掏出手机来打了一通电话，然后站在一边，一直等到操作工人搬来几块跳板固定在钢管上，检查稳固时方才离开。

陪同人员说他是工程监理部总监，他的任务不仅需保证工程质量，还要保证现场安全、监督规范施工，每天在工地不停转悠，如同鹰眼一样盯着每个环节。"工作上他只认原则，不认人。"这是陪同人员的介绍，也算我对赵飞驰的初识。

据说11月15日上海庙工程土建就得全面交完任务，8个半月的土建工期，在特高压直流建设史上绝无仅有。当时辅控楼的塔吊已巍峨而立，长长的吊索迫不及待地开始滑动起来。正在当口儿，却被一

沙漠里的骆驼草

纸暂停令给戛然而止。施工单位心急火燎，找到赵飞驰，说只要赶工过两天就可以完成检测了。可赵飞驰说，这涉及本质安全，必须停工。深入地下的排水管只顾抢进度，导致回填土压实系数不合格，必须重新回填，否则绝对不许施工。那一刻，他谁也不认，蛮横得有些不近人情。

然而，在我看来这位"不近人情"的人却分明很和蔼，见到我们的一刻，黝黑的脸上堆满着朴实的笑容。

一番握手寒暄，他继续巡查，身边开始多了我们跟随的身影。

回首上海庙工程的初始，他未语先叹。在这个遗世独立的荒凉之地，要搭建起一个五脏六腑齐全的特高压工程场地，实在难以想象。且不说起初工程建设部反复踏勘上海庙换流站站址，调研现场建设环境、气候条件、人文习俗所付出的大量心血。仅前期的四通一平——通水、通电、通信、通路、平地，就十分磨砺。四通一平是保工程进度的首要保障。上海庙所属蒙东鄂托克前旗市，正好处于内蒙与银川交界处，涉及通水、通电、通信，需要联系好当地部门才能开通。原本就是远离城市、乡镇的荒凉之地，又是两省交界处，通水、通信具体所属哪个地方的职能部门管理，他们自己也说不清。这般情况下，只能两条腿、一张嘴，四面八方地跑。一次、二次……七次、八次……涉及前期准备工作，如同一位主妇的日常操劳，细枝末节，点点滴滴，异常细致琐碎。真要说，似乎又说不出什么惊天动地的事，要不说，人又明明忙得紧张兮兮脚不沾地，因为在这诸多琐碎的环节里有一点儿差池，都会直接影响后期施工，耽误的都是时间。还未入场，立下军令状的他们已经知道时间就是金钱，甚至比金钱还要宝贵。

2016年2月26日，工程终于如期开工了，大家以乐观的态度相互鼓励；上海庙站虽然在一片荒芜的沙漠之地，但与氧气稀薄高海拔的青藏高原相比，还是幸运得多！

现实可不会因乐观而让步，该有的磨难一分都不会减少。

荒漠的冬天总是奇寒而漫长，一年中从11月到来年3月都属冬天的范围。大漠的寒风如同脱缰的野马，从来不知疲倦，一味呼啸，恶狠狠地卷起沙尘肆虐大地，刮过人身体的一刻犹如刀刮。零下30℃到零下20℃的低温仿佛给整个荒漠施下一道魔咒。赵飞驰非常深刻地记得，开挖地基那会儿土层上冻，深度接近2米。明明看上去是土，凿起来却比石头还硬。自然环境恶劣，工期又不能耽搁，除了加班加点，拼命开挖，以血肉之躯对抗自然，别无他法。那是怎样的滋味？只有真正身处其中的人才能体味。就像只有刀割在自己的肉上才能知道痛一样。

"地基挖完了，土地开始化冻，春天要来了。"

"沙漠的春天！"见我听到这里眼睛一亮的样子，他呵呵一笑："荒漠里的春天可不像咱们平原大地莺歌燕舞、花红柳绿的。这里春天的最大特征就是正式开启沙尘暴模式，黄沙蔽日。一直从3月刮到7月，和季节一样充满激情与活力。"

六级风力挟裹着黄沙，漫天飞扬，一座工地、一群人，如同海市蜃楼般时隐时现在沙尘中。尽管戴着帽子，用毛巾把脸部包裹得严实，武装到只露出一双眯着的双眼，依然无法阻挡风沙的侵蚀。一天下来，脸上是沙，耳朵里是沙，衣服里外、鼻子嘴巴嗓子里全部都是沙。这是通过他的讲述再现的情景，毕竟我不曾亲身经历，这样画面与我终究还是不疼不痒地隔着距离。

"当然，沙漠也有可看的风景，比如骆驼草开花的时候。"赵飞驰见我表情开始变得凝重，有心活跃气氛，才突然转换了话题。"骆驼草是生长在沙漠或戈壁的植物，矮小，枝上多刺，因为骆驼喜欢吃，

沙漠里的骆驼草

所以叫骆驼草。这种草很特别,沙漠的水有多深它的根扎得就有多深,不怕风沙不怕干旱,生命力超强。每年6月到8月骆驼草会开出粉色的小花。长期待在沙漠里,能够看上一眼这样的植物,还是感觉非常非常美好的。"

我用心捕捉着他的话,注意话到最后时他用了两个"非常"加强语气词。一个看起来粗犷的大老爷们居然说出这样一句话,那一刻我心里禁不住有些动容,眼前不由自主浮现一幅画面:一片灰黄的荒漠中,一团团碧绿的骆驼草恣意盎然,一朵一朵米粒般的粉色小花悄悄地开了,羞涩地藏在碧绿的叶刺里。那样绿粉相间的色彩,虽然只是稀稀疏疏的、淡淡的,显得那么微不足道,却足以给单调荒凉的大漠增添些许色彩。它们顽强地生存,认真地开花,以自身的素美装点着大漠,陪伴着一群远离家乡的电力建设人。多少次,这些人从它们身边走过,它们凝视着他们朴素的背影,他们欣赏着它们朴素的模样,默默相视,彼此陪伴,送走一个又一个沙漠黄昏……

三

我的失神浮想最终被一位迎面而来的黑脸汉子打断,他心急火燎,把赵飞驰拉到一边,嚷嚷着"有件重要事你赶紧帮我协调"。赵飞驰耐心听他说完,才给我介绍:"这位是黑龙江送变电工程公司土建B包项目部的经理肖景瑞,你不是还要采访人物吗,我给你推荐他。"

当我喜出望外将目光调向肖景瑞时,刚才还嗓门高八度说话顺溜的东北汉子,突然间变得张口结舌、手足无措起来,双手连摇,口里连说:"别别别,我没啥可采访的,建议你们还是采访采访咱们项目部的总工张改生,80后的小伙子,从事变电土建工作7年了,特别棒!"说完,不由商量立刻掏出电话寻找张改生。等到将张改生拉到我们面前，自己一溜烟地跑了。

冷不丁被肖景瑞带到我们面前的张改生让我有几分忍俊不禁。天生一副富有喜感的脸，一双眯眯眼笑起来像笑，哭起来也像笑。就像此刻，明明面上是一脸的不自在，那双眯眯眼还似在笑，令我一时也禁不住失笑。和他交谈，与肖景瑞如出一辙，反复重复那几句话"我没啥说的""真没啥好说的""作的都是自己分内的事，没觉得啥呀"。"还是去找土建A包的胡新建吧。老胡年龄大，身体不好，还有高血压，但和我们年轻人一样长期坚守现场。每次在工地干活，他都会随身带药，谁让他回去休息他还跟谁急眼。要不你们去采访采访他。"

这样推来推去，一时间令我颇为无奈了，一旁的赵飞驰哈哈笑，指着张改生说："他今年刚刚'升职'作了父亲。6月他老婆刚生完孩子。老婆怀孕的时间里他很少回去，他们家父母离得远，不能常在身边照顾，都是他老婆独自在家自己照顾自己，挺着大肚子上班买菜作饭也挺不容易的。他老婆临产前半月，他们肖经理专门给他放假让他回去陪老婆待产，他还不肯回去。"

"为什么？老婆没有怨言吗？"同为女人，站在他老婆的角度来看，我简直有些不能理解。

他不好意思地挠挠头："那会儿还没生呢，上海庙工期紧，工地事太多，人手又不够，要回去了肯定不放心。怨言肯定会有，但是她还是挺理解我的，两人好好沟通就没事啦！"说完依旧那副笑眯眯的样子。说实话，我特别喜欢看他的笑容，那种笑诙谐、自信而阳光，仿佛根本不知道什么是忧愁一般，很是感染人。原本还想和他聊聊家里的事，一通电话打来，小伙子接完后赶紧跟我们说抱歉，要去处理一件急事，得先走。说罢转身只留给我们一个背影。

## 四

　　从工地返回,恰好赶上下班时间。下班路过的人和赵飞驰打招呼,一口一个"老赵",很是亲热。见此情形,我笑说,都说你不近人情,我看着感觉挺好啊。他又是哈哈一笑,因为工程上的事与施工单位有争论那是常有的,安全第一,质量第一,这是原则问题。和谐是工程的主旋律,有原则的和谐才是真和谐。一个工程项目,来自五湖四海的人相遇到一起,是缘分,要珍惜。但是以安全为前提的珍惜才是真正的珍惜啊。

　　这番话说得无可挑剔。只是当我转换话题,问到如何兼顾家的问题时,他没了此前的对答如流。这个问题,不只他,对每一个长年在外的建设者来说,或许都是难点、痛点。在工作中他们是铁人硬汉,无畏艰苦,但在工作外他们又是儿子、丈夫、父亲,一样内心柔软。长年在外,每次接到家中有事的电话,自己又鞭长莫及时,心底总有说不出的酸楚和亏欠。虽说一年中也有几次假期,但每次不过一个星期,除去来去路途,在家待不了几天。逢上类似上海庙工程施工人员紧缺、工期紧张的情况,半年回不了家都是常事。如他所说,自从作了这一行,顾不上家是注定的,妻子不能陪,家里顾不上。儿子从小到大几乎没有管过,想要陪伴他成长只能是一个美好的奢望。转眼儿子大学马上就要毕业,想着在儿子最需要父亲陪伴的时间里自己却一直缺失,心里总不免有几分遗憾和失落。如今,一家人,三个点,他只能默默希望他们谅解。毕竟,在这个工地上,与自己类似情况的人实在太多太多,人人都有不为人知的苦楚,只是谁也不愿多说。

● 热血作证——光明守卫者的故事

五

作别工地，我们继续顺着上海庙至山东临沂特高压线路的指引，向着沙漠深处前进。

这是我平生第一次行走在沙漠中。漫漫黄沙，空旷辽远。此情此境，我不由自主想到了唐代诗人王维，开元二十五年（737），他以监察御史的身份出使西凉，行到大漠，一排车辙像一条蜿蜒的蛇缓缓地向着沙漠深处延伸。伫立荒漠，他抬头望远，只见黄沙莽莽，无边无际。昂首看天，天空没有一丝云影。不见草木，断绝行旅。极目远眺，只有一轮浑圆的落日，镶嵌在荒凉的沙漠之中，更见天尽处有一缕孤烟在升腾，诗人精神为之一振，遂以诗作画，一联"大漠孤烟直，长河落日圆"留下了那幅永恒的历史画卷，以及与那份难言的孤独与苍凉。

怀揣这样一幅历史画卷行走在沙漠，感觉注定是奇特的。黄沙漫漫，挂在天边的仿佛依旧是唐时的那轮落日。当风吹过，拽起一股沙土打着转飞翔如一缕孤烟飘向天际时，更觉几分恍惚。那远挂天边的落日之下，如果没有一条条横贯沙漠的特高压线路、一尊尊如巨人般的擎天铁塔，一时间真不知今夕何夕。

心中感叹造物者赋予大自然的神奇，亦感叹电力建设者书写的沙漠奇迹。落日与铁塔、银线与金辉构筑出的画面如此诗意，又是如此雄浑刚毅。那一刻，我突发奇想，就算是盛唐伟大诗人兼画家的王维，借给他一万分的想象力，能否想象到今天的情景？当他面对今人建造的特高压，得以所见这一尊尊井然有序的铁塔巨人，脚踏沙漠，手挽银线，托举着蓝天的情景，感受它们表面无声，体内却激情流淌着千万伏的电流，将一种叫"电"的能源源源不断地输向中国大地，将一种敢比太阳的光明传遍中国每一寸土地时，他又将感受到怎样的震撼？

沙漠里的骆驼草

又会留下怎样的诗句？

这当然是历史上任何一位伟大的诗人穷极一生也无法想象出的。

就算是身为现代人的我，如果不是此刻亲耳所听、亲眼所见，依然无法想象。

画面更迭，眼前换成了清一色的黝黑面容，那样的黑一眼就能分辨是长期紫外线照射形成的。沙漠里最大的特点是温差大，日照长，5 点天亮，9 点才天黑。夏季早晨起来可能只有七八摄氏度，到了中午就会超过 40℃，而地表温度完全能达到 60℃以上。此刻如果在沙堆里埋一个鸡蛋，不一会儿就可以捂熟。再用手摸一摸塔材金具，烫得可以作铁板烤肉。一天内最难熬的尤数 12 点到下午 4 点。太阳直射大地，在一望无际的沙漠上，一根草都没有，人无处躲藏，只能站在太阳下面任其炙烤。汗水从皮肤里面渗出来，来不及流淌便立刻蒸发，只在脸上留下白色的汗渍。如项目部经理赵建军所说，那种感觉就好像把人放在火炉上炙烤一样。初来施工时，由于眼睛无法忍受沙子反射的强光，还戴着墨镜，后来时间一长，嫌戴墨镜影响工作，干脆不戴了，直接用久经风霜的手、脸与紫外线顽强抗争。几个月下来，凡是现场施工的人都变成了清一色的黑。

沙漠的气候特殊，地质也特殊。沙似乎永远不知疲倦，一味随着风儿在流动，总是随心所欲将平整的沙地变成一个又一个凹凸不平的沙丘。松软的地表，凹凸不平的地势，人行走在上面一脚下去常是满鞋流沙。举步尚不易，更别说大型常规施工机械驶进，如何将几十万吨的塔材运输到沙漠腹地成为首要的难题。

采取人力或者骡马运输？距离太远，行进速度慢，难以满足施工需要，再说也无处找那么多的骡马和人力呀。唯一科学可行的办法只能是采用履带车转运。履带车车轮特殊，接地面积大，适合在沙漠行走，容易通过。可是履带车也有它的弊病，因为车重，速度也受限制。要想不耽误施工，要将几十万吨的塔材、线材、金具按时运入沙漠，只能不分白天黑夜来回运转。

材料运转的过程中，基础施工也在同步进行。无论条件多么艰苦、多么难以想象，竣工时间是铁的原则，工程连接必须一环紧扣一环，必须科学而有条不紊地前进。

因为我们来时基础施工已经结束，放眼一望无际的流沙世界，面对一座座已然立起的铁塔巨人，隔行如隔山的我们心里难免有很多疑惑，只能向赵建军一一询问。

"这沙子下面是不是也有泥土和岩石？"

"沙子的下面还是沙子，在施工过程中，我们就从没有挖到过土。"

"如此高大沉重的铁塔，在如此松软的沙漠里如何保证它的稳固呢？"

"每基铁塔基础施工时，我们都是通过增大每条腿的受力面积，也就是混凝土的数量，来增强承载力和抗拔力。"赵建军认真回答。

对赵建军的话，后来我还是通过查资料才得以理解的。正常地势施工，普通铁塔每基的混凝土总量只需要40多立方米。而沙漠中每基铁塔单条腿的混凝土方量是70多立方米。

沙漠中铁塔基础施工的艰巨性，除了体现在混凝土的使用量上，更体现在铁塔基础的开挖上。那开挖的基础就是铁塔的根基，如同房子的地基一样，却又比房子的地基要艰难得多。

沙漠腹地，风沙与狼出没的无人区里，没有水、没有电、没有机械，所有的基础开挖都依靠原始人力。既然沙子下面还是沙子，沙子流动性又那么强，一铲子下去，沙粒可能又会迅速回填，一个坑怎么

沙漠里的骆驼草

才能挖出来？在我看来，这实在是一个无法想象的问题。"大面积开挖，让挖沙的速度超过回填的速度。人定胜天。"虽然这样的回答在我看来几乎不算回答，实在不算高明，但又不得不承认，这只能是唯一可行的办法。实际情况是，他们半个月才能挖出一基铁塔基础，50公里的无人区，90基铁塔的基础，施工人员整整挖了3个多月。

荒无人烟的无人区，困难的处境何止施工，还有生活呢，这一群与天地对抗的毕竟都是肉体凡胎，他们还得吃住啊。无人区无法驻扎生活，他们只能就近寻找牧民生活的地方驻扎。工人每天6点钟起床，吃过早饭坐2小时的农用拖拉机赶往现场，直到晚上8点后才回到驻地吃饭。至于中午只能在工地天作屋、地当席，端上碗站在风沙中，一口米饭一口沙地吃。

文字终究苍白，除非那一刻你在现场，能够亲眼看见他们。所谓"茫茫大漠千里滩，荒芜沙海起炊烟。头顶烈日照，身披朝暮寒。渴饮苦涩水，饥餐沙粒饭"。这里字字句句都是写实写真。

"再苦、再难我们也能撑住，就是在这远离人烟的大漠有时候会忍不住想家、想亲人，那种感觉会让人受不了……"这是临别时一位年轻工人对我说的，这句朴实的话语，让我陷入无言的沉默。

返回路上，不知道是不是流沙灌满鞋子的缘故，脚步越来越沉重。满腹的滋味堵在嗓子里，一时难以吐出，开始想起了赵飞驰对我说过的骆驼草，想起了那首关于骆驼草的歌：

没有杨柳青，没有松柏长，我们生长在无尽的大漠上。原有多高，我们生长多高；水有多深，我们根扎多长。我们就是那无惧风沙骆驼草……

● 热血作证——光明守卫者的故事

我从心里敬佩骆驼草,它在恶劣艰苦中演绎着生命的顽强,在"一年一场风,从春刮到冬,天上无飞鸟,风吹沙石跑"的荒漠上,以难以想象的顽强默默地承载着大漠中的一切。它们是荒漠中的奇迹,它们是荒漠中的骄子。它们以一种不息、不死、不灭的精神,诠释着生命中蕴含的一种壮烈、一份坚韧、一腔豪迈。

六

走出沙漠。再次目视一座座铁塔井然有序的画面,一尊尊擎天巨人手挽手肩并肩耸立在荒漠中的画面,心里突然涌出莫名的动容。那一刻,突然感觉它们是有温度有情感的,只是它们具有的情感与温度、常人难以感受。谁能知道,在它们冰冷刚毅的身后,其实隐藏着多少人的艰辛?多少人的血汗?多少个家庭的苦辣酸甜?而知晓这一切的除了他们自己,唯有这莽莽的黄沙、这凛冽的寒风、这炙烤的太阳、这枯燥的工地与坚毅的铁塔。

# 含笑花

## 一

我终于站在了 1000kV 荆门特高压变电站的门前。大门为我们缓缓打开，又在身后缓缓合上。一望无际的阡陌田野，诗意素美的秋色关在了墙外，眼前的变电站顿时成了一个独立的世界，写满宁静，不乏孤寂。

跟随站长韩继东和班长刘志军来到会议室坐定，一盏茶的工夫，我想采访的那位值运行班的姑娘走了进来。她戴着眼镜，扎着马尾，清秀的脸庞上挂着甜甜的微笑，青春可人的模样，直让我眼前一亮。第一次觉着原来穿着工作服也能这么好看。

可能因为刚从工作现场过来，她怀里还抱着一个笔记本。那时间我突然显得几分好奇，于是指了指她怀里的本子，"能给我看看吗？"

她依旧是一脸甜笑，点点头，然后坐在我身边，将本子递给我。

打开扉页，我知道了她的名字叫王蕾。随意翻阅，有关于电器专业知识的记录，也有关于运行值班的心得，字迹娟秀，恰如其人。就在我合上本子的一刻，不期一朵花瓣飘落下来。细看，原来是一朵已然枯萎的含笑花瓣，夹着花的那一页我意外地看见了几行文字：

又是一夜通宵，走出值班室，发现含笑花又开了，我一眼看见它们悄悄地藏在叶子里，小花苞微微张开，我凑上去深深地闻着它们香甜的气息，真开心呀……

因为这朵花，因为这段话，刚开始还有些索然的心顿时怦然一动，

## 热血作证——光明守卫者的故事

不由自主浮现出一幅画面：夜班后的清晨，一位姑娘走出值班室，捶了捶酸痛的腰，揉了揉干涩的双眼，习惯地眺望那棵含笑花树，不期发现竟然绽放了三两朵。白色的花蕾微微张开，悄悄然地藏在叶子里。她欢欣地跑了过去，立定树前深吸着含笑花的香甜，全然忘记了夜班后的疲劳……

那一刻，我仿佛也闻到了含笑花的香气。

我小心地夹好花瓣，合上本子，递给她，目光里有对这位姑娘掩饰不住的喜欢。

"你也喜欢含笑花？"听我如此相问，先前还有些不好意思的她冲我肯定地点点头。

"嗯！小时候隔壁邻居婆婆家有棵含笑花树，好大的。每逢花开的季节香气都会飘到我们院子里，像糖果一样的香味，甜甜的，闻着就特别喜欢、特别开心。"

说到了含笑花，开始还有几分拘谨的王蕾变得活泼起来。"那个婆婆特别好，知道我喜欢她家的花，经常给我掩着门，方便我随意进出。我和邻居家的姐姐们喜欢捡拾天井石条上掉落的花瓣，捡了花瓣夹在书里，书的每一页都染着淡淡的香呢。"

话题继续，她也知道了原来眼前的这位何老师也是极喜欢含笑花的，而且生活中还是一个出了名的花痴。小姑娘顿时没了约束，对我开始变得滔滔不绝，将我带入一幅又一幅画面里：邻居老婆婆搬了靠椅坐在了含笑花的树荫下，竹编的小篮放在腿上，一边作着针线活，一边偶尔抬眼看看谁路过家门口。风徐徐吹过，花树的叶子沙沙低吟。阳光一点点从天井的石条上褪去，枝上的含笑花瓣透着夕阳暖红的颜色，偶有几片花瓣和叶儿，打着转儿落在了老婆婆身上。而她的身旁，一位可爱的小姑娘，小手握着落花，仰着头闭着眼，正使劲地闻着甜

含笑花

甜的花香……

因为含笑花，我们瞬间拉近了彼此的距离，聊天也开始逐渐变得随意快乐起来。

我知道了她是独生女，90后，家在黄冈。2015年毕业于华中科技大学，9月在武汉结束一个月的培训后，便满怀憧憬来到荆门特高压站报到了。报到那天她和几位新同事走进站里，她说她隐约闻到了含笑花的香气，众人笑她想象过于丰富。由于不熟悉环境，她也不敢确定，只有任他们取笑了一番。直到一天跟刘班长巡视完设备走出设备区，她发现墙角处一个不起眼的地方果然有几棵含笑花树，小巧玲珑的白花藏在叶子里，正孤独地散发着香气。那一刻，她既惊喜又得意。

尽管在他人看来，这个站太过安静、太过孤独与寂寞，可是在王蕾看来，因为有了这些香甜的含笑花，有了站里那些可亲可爱的师父，分明觉得特别温暖、特别欢喜。

## 二

最初来到站里，阳光活泼的王蕾也并非一味只知道欢欣，也有过忐忑与不安。刚踏上岗位那会儿，看着那些冰冷的设备，高高的龙门架、庞大的变压器、呲呲作响的线路，只觉得陌生。特别是第一次坐在主控室里，面对现场全新的特高压运维模式，感觉在学校学过的知识根本派不上用场，心里又着急又不自信。

"幸亏刘班长这些前辈，一次一次带我们在现场熟悉设备，教我们看接线图，很认真很仔细地教我们。"

说到这里，姑娘语气里充满了庆幸和感激。

王蕾口中的刘班长就是刘志军，他是进入荆门特高压站的第一批运行人员。2008年中国首座特高压示范实验工程在荆门开建之初，刘

## 热血作证——光明守卫者的故事

志军就和他的队友们提前进场,参与了全程工作。那会儿作为新毕业分来的大学生可没有如今王蕾这样的幸运,当时特高压在全国都属陌生的领域,没有任何材料、经验可以借鉴,更没有前辈手把手地教。面对陌生的设备状态、联网、运行方式,只能自学。从一次设备到继电保护,把在学校学过的知识与现场实际设备对照,一边向有丰富经验的同事们请教,一边一点一点探讨摸索。那会儿刘志军既担任着生产准备小组的组长,又担任着运行值长。在设备跟踪、验收及系统调试期间,针对特高压设备及系统的新特点,还亲自编写了现场运行规程及作业指导书。不仅为新投运的荆门特高压站提供了一份可靠运行的保障,也为以后相继投运的特高压运行提供了一份模板。

如今,一晃 10 年过去。10 年的时间里,中国的特高压开始如雨后春笋般,一座一座屹立在天南地北,茁壮成长、日益强大。荆门特高压俨然成了中国特高压技术的摇篮,而刘志军也俨然成了资深级的特高压导师。

有如此重量级的导师手把手地辅导授教,王蕾才很快从陌生变得熟悉,渐渐变得自信起来。这时候,面对已然熟悉的设备,已然熟悉的工作流程,俏皮伶俐的她开始有了别样的描述。

"那些主变、开关、刀闸、避雷器、互感器……它们矗立在一起,就像排列整齐的士兵方阵,每天都等着我去检阅。每一次设备巡视的时候,就感觉自己像将军,挺自豪挺有成就感的。"

"初到站里不了解这些设备,感觉它们冰冷刚硬,等到走近了解了,才知道它们其实也有语言,只不过只有亲熟它们的人才能听懂。比如导线与导线相连,健康时它们就会不断发出呲呲呲的声音,欢快、规律且富有节奏。如果出现故障了,它们则会发出另一种声音,杂乱无章,一听就不正常。"

说到夜间刀闸分合操作时的情景,别人说发出弧光的瞬间就像一团火,声音特别大,尤其在寂静的晚上感觉特别强烈。如果逢上暴雨夜,一声巨响犹如打雷一样,更是恐怖。唯独她,面对分合时的弧光,用了特别绚丽的词组。那样的场景落到她的眼里,不但不怕,反而还变成了奇妙而神奇的景象。

如此生动的描述我真是第一次听见,如果没有对运行工作的全心投入,想必也说不出这番生动的语言。一时间面对眼前的小丫头,又是欣赏又是心疼。要知道,每次值班,她需要连续不间断地值上48小时,48小时里她需要每过5分钟切一次监盘画面,要认真作好每天的值守记录,每天早、中、晚还要分别去设备区进行三次巡视,一次巡视下来就得3个小时。

韩站长说得没错,干运行就是年复一年日复一日的重复,枯燥乏味,必须守得住寂寞,耐得住孤独。但是,在我看来又不止这些,除了守得住寂寞、耐得住孤独,还得技术过硬,还得应变机智,还得吃得下辛苦,还得胆大心细。

换句话说,他们必须要有细致机智的心性、熟练专业的技术,通过时刻监控电网的变化与风险,巡视发现各种潜在的隐患。一旦发现问题,马上通知检修人员到场。就一座变电站而言,如果说检修人员相当于医院的主治医生,那么运行人员则相当于日夜守卫的护士。

问起王蕾上班以来最辛苦的一次工作,她说是例行一年一度的检修工作进行的通宵操作。

那是今年5月19日,为了避开用电高峰,按国调命令,配合南阳、长治特高压站,操作时间选择在晚上8点进行。站里的员工除去轮休的,其余人员全部就位。随着国调一声令下,大家开始各就各位忙碌起来,填写操作票的、监护的、操作的、接听调度令的、现场检查设备状态的、检修的,整个一次有条不紊的大会战。100多项细致琐碎

热血作证——光明守卫者的故事

的任务,从 19 日晚上 8 点,一直操作到第二天中午 12 点才结束。当时因为处于兴奋工作状态她还浑然不觉辛苦,直到操作结束,那一刻才感觉脑袋像石头一样沉重,累得只想立刻倒在床上。

若说印象最深刻的夜班,也是今年的一个晚上,她在进行红外线测温时发现有一组刀闸温度过高,属于危险缺陷,必须把刀闸停下来处理。可让她沮丧的是,这组刀闸有一相怎么也拉不开。可能是因为刀闸长年在室外,被腐蚀了,所以她试了好几次也无法完成,只得打电话通知检修人员。当夜,她陪着检修人员在现场检修到凌晨转钟,这才将刀闸停了下来。"我们站处于荒郊野外,到了夜晚周围都是黑乎乎的,所以当时感觉特别害怕,但是在变电站值夜班,一旦遇上紧急状况,即使胆子再小,也要让自己变得勇敢起来。"

事实上从她来到站里,经过一年时间的锻炼,她不再是那个夜里一听风吹草动就害怕的姑娘。她开始变得勇敢独立,跟着老师父们不仅学习到书本上学不到的知识,还学习到身为运行人员该具有的职业精神。

"夏天到了,雨季来临,要准备迎峰度夏,高温天气里大型设备运行温度高、接头易发热、充油设备易漏油;雨天到了,设备易进水受潮、破坏电缆回路绝缘;冬天到了,风雪来临,设备运行温度低,设备易冷凝结冰,收缩应力可能对设备造成损坏……每当到了与自然较量的时间段,韩站长和刘班长他们总是如临大敌,不敢掉以轻心,带着我们巡视设备格外精心细致。那段时间里他们基本上都是住在站里,半月甚至一月才回一次家。"

"刘班长曾说,无论他是否在岗,只要夏天打雷,就会担心线路会不会因为雷击跳闸。逢上大风大雨大雪天,又会担心变电站的设备是否能够承受这样极端恶劣的天气。他说在变电站上班时间长了,都不知不觉地患上了职业病。其实,我知道那不是什么职业病,那就是

含笑花

值得我们新员工学习的认真负责的职业精神。"

### 三

说着话,转眼到了王蕾当班的第二次巡视。为了既不中断话题,又不妨碍她的工作,我干脆跟着她和同事进入了设备区。

进入设备区后的小丫头俨然变了一个人,成熟自信。她靠近主变,仔细检查油位是否正常,有没有渗漏油,又抬头检查金具有没有异位,通过听声音和仔细检查外观。离开主变跟随她进入1000kV高压区,只听见一阵呲呲呲的电流声充斥耳边,顿时有说不出的恐惧。经过王蕾解释才知,原来这声音叫电晕爆破声,是高压电线之间产生电晕刺破空气的声音。正常天气下声音很小,只有逢上风雨天声音才会变大。今天正好风大,天又下着丝丝细雨,于是我听到的放电声才会特别强。那一刻她俨然是一个勇敢而见多识广的老师,而我只是一名胆小而孤陋寡闻的学徒而已。

跟着她一路巡视,我开始多少有了些了解,面对这样的天气巡视设备更得格外谨慎,得排除天气的干扰去听、去看。要将眼力、听力、感觉一起调动起来,需要格外心细如发。

跟着他们足足巡视了3个多小时,1000kV、500kV、110kV设备区域,如同篦子一样细细地检查下来,我腿也软了,人也被风吹透了,直流清鼻涕。

走出设备区的一刻,我问王蕾:"之前你们站里来的女生都走了,你有没有想过有一天也会离开?"她摇摇头,甜甜一笑:"没想过。挺好呀,为什么要离开。在这里可以学到好多知识呢。"

"她可不会离开,因为她的守护神也在咱们站里。"身边一路很少说话的王蕾的同事,关键时候终于忍不住给我爆料。

## 热血作证——光明守卫者的故事

我说呢，小丫头的笑容怎么总是那么甜？原来是爱情滋润的。

王蕾的同事告诉我，她的男朋友叫张庆恒，在站里工作8年了，作检修专业，他们就是在今年一次例行大修技改任务中结缘的。

说到他们相爱的过程前，不妨先说说作为一名合格的变电站运行值班员还得具备的三项技能，一要懂得看设计方案，二要懂得看线路图纸，三要能倒闸操作，监控信号、处理后台程序。作为新来的运行人员，要想掌握这些必备的技能，必须借助实施大修技改项目的机会去现场学习。就在今年5月，站里开始一年一度大修技改项目时，王蕾他们便被安排到了现场进行学习。

王蕾自己也没有想到，这样一次现场学习，竟会让她意外收获到爱情。

回忆那次现场，张庆恒留给王蕾的印象：有技术、有能力、懂得特别多。她看着他认真地工作，每一步都那么熟练、细致。闲暇时，总见他抱着图纸在那里研究，那种专注投入的神情特别吸引她。学习中遇见不懂的问题时她总喜欢向他请教，而他总是教得非常耐心细致。在他的认真指点下，王蕾开始从懵懂变得了解，逐渐入门。这时间，她发现当她再看到他时，心里不觉怦然而动了。而在张庆恒眼里，王蕾不仅漂亮，而且活泼开朗，工作上也十分上进好学，挺招人喜欢。就这样等到一场技改检修任务结束，他们的关系也从同事关系迅速升温，话题也从工作转向了生活。特高压作证，技改大修为媒，两颗年轻的心就此牢牢地系在了一起。

基于对王蕾的好奇，我见到了张庆恒那天正好他也在站里上班。这位来自北方的小伙子进入我视线的一刻，只觉他一身的书卷味，沉静而儒雅。他们坐在一起的一刻，让我不由自主想起"天造地设"这个成语。看着他们并肩相依的情景，不由得想，这世间最美的风景也不过如此吧。

和张庆恒交谈的过程是愉悦的,他有着涉猎极广的知识面,对特高压的理念理解独到,极有思想。最难得的是,言谈之间,分明感受到他有一颗非常踏实沉静的心。当我问他今后有什么打算,是否想着有一天通过应聘考试离开这里?没想到他的回答倒和王蕾如出一辙,只不过比王蕾阐述得更透彻。"守一辈子变电站也许很枯燥,但是,作什么不枯燥呢?只要是工作,终归都是周而复始的,只要是周而复始的,终归都是枯燥。我倒觉得在这里特别好,很安静,适合学点东西。只要把心扎根下来,会感觉到里面学问特别大,值得一辈子去研究学习。"

在我们交谈的过程中,我注意到只要是张庆恒说话的时候,王蕾都是带着甜甜的笑意看着他。那种眼神分明是一脸欣赏,一脸崇拜,一脸依恋。

## 四

临别时,我悄悄问王蕾:"能带我去看看你喜欢的含笑花吗?"

姑娘开心地点点头,抓住我的手,风一样跑开了。

于是我看见了她笔下的那几棵含笑花树,它们比我想象的更纤细矮小,默默地藏在靠近设备区的角落里。身边陪伴它们的除了各种或高或矮或粗或壮的树木花草、高高的龙门架、庞大的主变、雄伟的铁塔,还有旷野的风、飞鸟、草虫及一只已然将家安在站里的小松鼠。它们陪伴着含笑花树亦守望着它们,安然知足地度过着春秋冬夏⋯⋯

"何老师,你知道含笑花什么味道吗?呵呵,我告诉你吧,含笑花的味道,其实就是幸福的味道。因为,它是香香甜甜的。"只记得,那时说话间,她就站在含笑花树前,俏皮地对着我,笑呀笑,在我眼里直笑成了一朵含笑花的模样。

2010年7月28日,京广铁路咸宁段动力牵引线路一绝缘瓷瓶被雷电击坏,导致京广铁路动力只有单电源供电,如不及时恢复,将严重影响京广大动脉交通的正常运行。那夜一直大雨滂沱、雷电交加,由于铁塔在山上,车上不去,咸宁供电公司20余名线路员工只能手拿肩扛着大型抢修设备。

(摄影:詹文峰)

后记

# 在场书写的足迹

一

"爱过才知情重,醉过才知酒浓。"之于一名写作者,估计只有真正苦过、痛过、全心付出过的作品,才会铭记。有朝一日作品成书,拿在手中的一刻才会禁不住泪目。

一篇一篇翻阅,一幕一幕画面开始如电影般在眼前闪现。

2016年6月,我参与了中国电力作家"重走红军长征路光明行"活动。我们从江西出发,沿着红军长征的足迹,沿着电力员工服务革命老区的光明足迹,经贵州,至四川,穿二郎山,过泸定桥……最后到达康定甘孜。在甘孜我们翻过海拔4298米的折多山口,去过位于海拔3500米处的500kV新都桥变电站,还一起观看过一部微电影《路》。《路》演绎的是发生在甘孜供电公司的真实故事,包括演员都是甘孜公司自己的员工,当时现场每个人看得泪流满面。因为那部微电影,我认识了女主人公唐诗晴。

从大会议转小会议室,唐诗晴和她的女同事们坐在一起,开始向我们讲述她们的故事。那时间,一个一个不为人知的故事,连同她们的泪水开始流淌而出。

这群女子都是为了爱才来到这个苦寒之地的。为了支持丈夫守护藏区光明,她们放弃了舒适的生活来到高原,一起呼吸稀薄的氧气,承受环境的艰辛,忍受长期与幼子分离的痛苦……她们一边讲一边哭,我们则一边听一边哭,现场自始至终被泪水所模糊。从甘孜回来我情不自禁提笔书写出《再唱一曲<康定情歌>》,那是我书写的第一篇电力题材纪实文,它存在的价值是让我终于感受到,之前一度排斥的电力题材，并非以为的那么枯燥冰冷，终于知道其实无论什么题材，落脚点终归都是人——一群有悲有欢、有血有肉的平凡人。

至此，我踏上书写纪实文学的路，追寻全球能源互联网特高压的足迹去过沙漠草原，书写了《沙漠里的骆驼草》《含笑花》；追寻国网湖北省公司三县一区"阳光扶贫"的足迹，去过神农架、巴东、秭归、长阳等偏远山区，创作出《倾情阳光》。

《倾情阳光》是我采访书写经历里最为艰难的一篇。

2017年9月，我正式接到去往三县一区采访"阳光扶贫"的任务。那是我第一次接触"阳光扶贫"的选题，第一次驾驭跨越四个县市区的长篇纪实。任务艰巨，时间紧迫，再加我又是带队组长，自己要采访，要带领小组组员采访，每天采访结束还要安排第二天的采访行程，协调采访对象……压力史无前例。

在那偏远而崎岖险峻的深山，一群电力建设者在短时间内为236个贫困村建设236座光伏电站，可以想象必然会有艰苦卓绝的故事上演。但是那些故事不会凭空而降，尤其我们所面对的都是擅长作事不擅长言语的一线员工，如果采访者的脚步不够踏实，信念不够坚定，情感不够真诚，那些鲜活的场景、动人的故事，很可能就会如同一个秘密永远埋藏在不为人知处。

为在短时间内尽量挖掘出动人的故事，我们选择哪里最艰险，哪里最难行，便去向哪里。

从9月中旬出发，为期半个月的深山采访，不是小雨迷蒙，就是大雾弥漫。车每天行驶在崎岖险峻的山路上，那一路真是险象环生。我们走过仅一车宽无遮无拦的悬崖边的烂泥路；我们经历过从神农架去往落羊河，历时8个小时，在云雾中翻山越岭。因为能见度太低，即便小心再小心，路上还是几次遭遇迎面而来的车如幽灵一般猛地刹在眼前；在秭归，从中心观村返回，因为山路溜滑导致我摔倒、大脚趾骨折，瘀青红肿到连鞋子都塞不进去；更糟糕的是到了长阳，因为一路失眠，免疫力极速下降诱发了带状疱疹。初时发现症状去秭归县

在场书写的足迹

医院检查，被医生误诊为蚊虫叮咬，导致药不对症越来越严重。等到了长阳，整条右腿疼痛得彻夜难眠。因为时间紧迫，为不拖累小组任务进程，还是跛着腿继续进山采访。直到整个行程结束，返回荆门检查才知得了带状疱疹，情形已经非常严重，当时便倒在了医院。10天后出院，交稿时间迫在眉睫，在身体极度虚弱的状态下开始创作《倾情阳光》，5万多字的初稿，30多次的修改，一直改到3万字，个中甘苦难以外道。

二

与《倾情阳光》相媲的还有《铁塔的足迹》，那是经历三县一区采访后的又一次刷新。

这次需要到达的地方是西藏高原，阿里联网工程地。阿里联网即阿里与藏中工程的互联，是继青藏联网工程、川藏联网工程和藏中联网工程之后，建设的第四条电力天路。是"十三五"时期加快西藏电力发展，和建设西藏统一电网"最后一公里"的关键性工程。从日喀则到阿里，3352座铁塔族群，历经1689千米的跋涉，跨过人迹罕至的沼泽地、无人区、少人区，跨过海拔平均4572米处，最高5357米处，完成3次跨越雅鲁藏布江，翻越5000米以上的孔塘拉姆山、马攸木拉山，实属史无前例的工程场景，极致艰苦的建设画面。

与我一同前往西藏的还有黄冈的周双双、省检修公司的林闯，我们一起追随阿里联网湖北送变电公司拉孜项目部（3）包段的足迹去往日喀则的拉孜。

一下从平原飞到了海拔4100米的日喀则，当天晚上三个人高原反应强烈。因为剧烈头痛，第一天在日喀则几乎一夜无眠。因为时间关系，第二天我们还是继续赶往拉孜。一路走一路听拉孜项目部接待人郭晔介绍才知，我们将要到达的拉孜不仅海拔更高，而且我们想要到达的一线现场80%都在高海拔的高山之上。

◉ 热血作证——光明守卫者的故事

在拉孜的半个月苦不堪言。因为"高反"每天晚上最多只能睡4个小时，睡眠极浅，吸氧吃药也解决不了问题。头越来越痛，脸眼看着浮肿。为了让我睡好觉，项目部经理曾红刚找藏民讨寻秘方，听说喝青稞酒可以入睡，便给我灌了一大壶青稞酒。说来好笑，一个没有酒量、极少沾酒的人，在高原每天晚上临睡前开始给自己灌酒，把自己灌得晕晕乎乎，只为能够多睡一小会儿。即便如此，临到结束采访，想在西藏好好睡上一觉的愿望始终未能实现。

刚开始我和笔下的主人公曾红刚见面，交流非常机械，我问他答，我一旦词穷，对方就陷入沉默，十分生硬。为尽快消除彼此的陌生感，进入自然交流状态，我向他询问所属湖北包段205基铁塔建设最艰苦的地方，我说我要去。他说那都是高原上的高山，和内地爬山不一样，这里海拔起点就是4300米，要爬上去太难了。他说您本来就有"高反"，这个过程会非常痛苦。他所说的我何尝不知，只是书写纪实文学，尤其书写这样一群平凡朴实的一线员工，要想写得生动，除了深入现场，去走他们走过的路，吃他们吃过的苦，根本没有捷径可走。

曾红刚开始带着我从海拔4300米的基点出发，直到海拔5357米处，迄今为止世界上架设500kV输电铁塔的最高点。我们像拜访朋友一样，一路邂逅一座一座铁塔，一路聊天，聊工作也聊生活，更多的还是聊关于眼前一座一座铁塔诞生的故事，非常自然，非常真实，非常动容。

每一天跟随他们走在路上，每一天刷新着我对艰辛的认识。这份艰辛既有来源于对他们的感知，也有来源于自己的亲身体验。按说一个人对于艰辛体味得太多，往往会因为见得多了而习以为常，就好像一道十分美味的菜肴，因为总是重复地吃从而味觉麻木。但事实刚好相反，当我越是见过太多艰辛，心底越是一次比一次柔软。再看那些耸立在高原高山上的铁塔，会忍不住唏嘘，因为那些铁塔不是凭空诞生的，每一座铁塔背后都站立着一群人，都是孩子的父亲、妻子的丈夫、父母的儿子，他们没有超能力，都是凡胎肉体有泪有痛的平凡人。

## 在场书写的足迹

那一路在场追寻,半个月的深度采访,见证他们的足迹,感受他们的艰辛,触摸他们的苦乐,自己也如同经历了另一种人生,它所呈现的意义,是带给一个人的另一种锤炼、成长和洗礼!

回来后我整理了一个星期的录音,这时发现自己获取的素材虽然够多,却十分散乱,且内容坚硬枯燥。面对这些素材,该怎么凸显枯燥背后的温度?该怎么适当取舍,使一个人成长的历程如山峦起伏?第一段又该如何开得巧妙,能够起到一根主线的作用,牵出人物的故事,并将所有的故事一一自然串联?

仅第一段就写了八天,国庆长假八天时间全耗在第一段书写上。第一天写出来,第二天马上推翻;第二天又开始,第三天又推翻……总不满意,死不放过自己,每天作梦都在构思,几乎到了走火入魔的地步。慢热笨拙的我,一篇近9000字的文章竟然写了近一个月。

全球能源互联网特高压建设,三县一区的阳光扶贫,西藏的阿里联网,这些工程因为本身意义非凡,影响重大,更因极其艰苦的地理环境,注定会演绎出不平凡的艰辛。只要用心写,不难。但我们不得不承认,那些不平凡的艰辛毕竟是少数,回到日常,回到我们身边,平凡占去绝大比重。尤其当我多次经历过艰苦卓绝的建设现场,回头再来感受身边的一线员工时,只能用平凡中的平凡来形容,甚至连他们吃的苦都微渺如尘。要写好他们真的很难。

然而再微渺的苦也是苦,就如同再小的果实也有它的滋味一样。这些微渺的苦不过是太渺小太碎屑,像一粒一粒碎沙,散落在一个寻常人寻常的经历里。要想收集这些碎沙,要想探究这些寻常的人,须踏着他们寻常的足迹一点一点用心发现捡拾。

电力行业里输电外线工从事着一份艰辛的专业,他们是一群跟随铁塔奔跑的人,不分风霜雪雨、春夏秋冬,立塔、架线、巡线、检修……随着线路的延伸,过平原、跨沟壑、上高山,哪里有铁塔线路哪里就有他们,如同自然里一棵行走的野草。

当我生出书写输电工的念头后,便开始和他们一起走在了巡线

### 热血作证——光明守卫者的故事

路上。

冬天下冻雨跟他们上黑山。一路弯曲旋转50°的山坡，路面冻得像铁板，我跟在他们身后一步一步小心翼翼地往上爬。结果因为路面太滑，中途一不留神如同溜冰一样从山腰滚了下去，毫无抓手的我只能抱着头听天由命，还好最终被一块石头挡住。回家检查才发现右腿摔得大面积瘀青，当即忍不住自嘲写了一首《冬日巡线》：

冻雨成冰最惊魂，
仰天长叹步难巡。
忽摔一跤君莫笑，
检修路上多艰辛。

春天去山区仙居巡远双线。这是一条号称荆门最难巡的线路，巡一基塔要绕一座山头。需要反复上山下山，下山上山。之前上山的巡线通道，要么被山民伐树给堵住，要么被疯长的刺藤野草给封住。无路可走时只能硬钻，手挂伤了，脸挂破了，头发挂成鸡窝一样，腿脚满是泥巴，狼狈不堪。一个上午只能巡4基铁塔，12点再次到达一座山顶时，由于过于疲惫，神志开始变得呆滞，差点一脚踩到一条晒太阳的蛇，结结实实吓出一身冷汗。

8月三伏天去巡双河掇胡线。顺着无限延伸的铁塔线路一直走，巡完98号铁塔竟迷了路。树藤太过茂盛将人团团包围，置身其中分不出东南西北，怎么也找不到通向99号铁塔的出口。正午时分烈日当头，树藤团团包围，没有一丝风，加上来回折返体力消耗过度，我开始出现中暑症状，脸色发白心慌气短，最后都记不清怎么找到的出口，只记得一路硬撑跌跌撞撞爬到铁塔脚下，倚靠在一棵树下时感觉昏天暗地。最终一次极致的体验换得一篇《通向掇胡线》，那是我为我的公司、我身边的同事们写的第一篇散文。

10月秋天，一场世界军运会保电拉开序幕。各个地市公司开始抽

## 在场书写的足迹

人支援武汉军运会保电,荆门供电公司也不例外。身边的一线员工身着国网绿工装坐上车开始一辆一辆出发,如同军人出征。因为被他们出发的一幕所打动,脑子一热便也申请了去武汉,成了他们的编外一员。

去的那天我大致了解了他们需要负责 24 条线路,近 700 基杆塔。我不记得具体线路名,只记得有最难、最远、最绕、最艰苦等代名词。负责人陈克勇问我,这里总共九个人,你选择走哪几个人的线路?如果想轻松一点,完全可以选择其中几条富有代表性的线路认真走完也就足够。但那时九个人九双眼睛都看着我,感觉如果我放弃任何一个都会让他们失望,既然大家都有艰辛付出,放弃任何一个都不公平,于是我选择了 9 个人,24 条线路。

每天天不亮起床,风雨无阻,整整齐齐站在路边集合分工,领完任务再各自奔向四面八方。我和他们共同经历阳光灿烂、风里雨里,迎着铁塔线路的方向走过繁华的闹市、荒凉的废墟、偏僻的街巷、美丽的公园,走过灯火阑珊、夜深人静,一起走哪吃哪,街边一碗面条或是一份快餐盒饭。每天的工作内容极其枯燥乏味,所谓的辛苦也平凡得不知如何提及,但是如我文中所说,因为生活其中,透过这极其平凡、单调、乏味、枯燥,又极其机械、疲惫、艰辛的背后,我看见了一种隐藏着的朴素之美。5 个晨昏夜幕,89491 个脚步,最终换得《九个人的气血相连》和《阳光下的红房子》。

### 三

世事无常,这个词大约是对 2020 年的最好诠释,谁也不曾料到军运会保电的辛劳还未全部消散,转眼迎来惊涛骇浪的疫情风暴。当新冠肺炎疫情开始如野火蔓延时,整个湖北省"封城",所有人老老实实宅家,我们的一线电力员工却再次投入抗疫保电的战场。

置身这场前所未遇的灾难,很多平凡的人都在默默付出,有医生、警察、环卫工人、社区工作者,更有我们的电力员工。如果每个群体都能有一颗温暖的心去体验,有一双有心的眼睛去发现、见证,再将自己亲眼看到和亲身体验的,通过手中的笔如实传递出去,对于疫情的寒冬来说或许也能增添一份力量、一点温暖。

1月30日我跟单位联系后,开始跟随他们走在了抗疫保电的路上。出门那天战战兢兢,毕竟当时疫情已呈蔓延之势,传染的速度令人望而生畏,走出家门就意味多一份风险。那一天于我不同寻常,但于那些一线电力员工们却依旧如常,从疫情警报拉响,人人自危封闭在家的一刻起,他们每天如一日24小时不间断地走在保卫光明的路上。

第一天,跟随荆门供电公司检修分公司东宝变电运维班巡视保重要医疗点的变电站。一座一座的变电站、一台一台的设备,要像人类体检的医生一样,从"五脏六腑"到"血管神经"细致检查。如果不谈疫情的背景,那天的经历似乎不足言道,只是因为疫情封路车辆无法通过,为去花竹变电站步行了一个多小时。

第二天,继续跟随掇刀变电运维班出去。掇刀运维班相比东宝运维班担负的任务更艰巨,不仅涉及保重要医疗点,还有保生产医用口罩的重点企业。有过第一天的体验,第二天我变得淡定许多。然而老天似乎有意考验人,如同电影安排好的剧情,晚上回来我突然接到单位分管领导的电话。当天随我出去的两名同事,他们班有个女孩接触过武汉回来的同学,一周前女孩和同学一起吃过饭,而她的同学就在我与他们出去的这天确诊患有新冠肺炎。一时间,女孩、同事和我,成了一根链条上最危险的人。

当时接到电话的感觉记忆犹新,仿佛掉进了冰窟窿。随后冷静回忆当天细节,我们都戴了口罩,我还带了乙醇酒精,喷过手,喷过鞋底和衣服,衣服进门第一时间也丢进了洗衣桶,就算有过近距离接触应该也没事。谁知弱智的我事后才突然想到那瓶乙醇已经买了4年。没有开封过的乙醇会不会过期?网上一查,两年过期,顿时崩溃。

领导让同事送来预防药,送来消毒水,安慰说大家都戴着口罩没

在场书写的足迹

事的。不管他人如何劝慰，结果还未到来前，一切都是未知。最终女孩是否会幸运，与女孩近距离相处的几位同事是否会幸运，而我又是否会幸运，谁能知道。

新冠肺炎之所以令人畏惧，是因为它传染的不止一个，而是一片，如果自己真有什么，会直接连累无辜的孩子、亲人，还有邻里上下。对于一贯自尊的人来说，无疑打击巨大。我开始24小时戴着口罩，孩子打几个喷嚏就忍不住心惊肉跳，家人干咳几声便开始心里发毛。每天在煎熬中度过，远远地躲着家人，自己碰过的每件物品随手消毒灭菌，从来没有那样嫌弃过自己，恨不得把自己丢出去，消灭掉。

记得接到电话的当晚，极度焦虑，睡不着，于是忍不住给一起隔离的同事吴继雄发微信，问他，万一我们真的被感染了，你会是什么心情？会后悔吗？他回答我，何姐，不要想太多，不怪任何人，也不后悔。

当时脑子里就浮现出吴继雄瘦小黝黑的样子，他属于搁在人群里不会引起任何人注意的人。就像一棵不引人注意的小草一样。他的话让我无比焦虑的心开始生出各种滋味。不得不说，面对灾难，人心是如此脆弱，人性又是如此真实。我毫不隐瞒自己当时真实的心情，曾想，如果万一我被感染连累到自己的孩子、家人和邻里上下，再让我看待回头的选择，我一定会后悔。

一个很小的故事、很小的细节，但又如此真实。个中感觉，就像埋在泥土里的种子，发生着怎样微妙的变化，唯有自知。就着这种特别真切的感觉我写下了散文《"非常"寂静时》，并在隔离期间通过电话采访书写出《风雪中的兄弟》，等到终于解除警报再次走向基层一线，创作出《天空没有翅膀》《热血作证》。

至于那篇《铁塔的影子》是6月与一线员工吃在工地，住在蚊子成堆的仓库换得；《没有故事的"战场"》是7月与一线员工驰援恩施抗洪抢险通宵奋战换得；《老马、老李、铁大个》《浩哥的爱情》《一个人的遇见》则是11月行走在荆门供电公司双河保电一线现场换得。

## ● 热血作证——光明守卫者的故事

如今翻阅这本《热血作证》，与其说是一本纪实之书，不如说是一条纪实之路，一条坚硬的路、修行的路、蜕变的路。它让我真正认识到什么是美的本质，什么是文学的本质，让我深刻感受到，要书写平凡朴素的人物，写者的情感一定得纯粹、朴素、真诚，唯有如此才能具有在平凡的场景里发现并体味善良之美、朴素之美的能力。才能在面对那群平凡的人时，真正代入自己的情感，在他们身上掏出如醇厚的泥土、朴实的草木、沉默的石头、坚硬的铁塔的质地。才会发现在一份平凡的工作背后原来凝结着如此不为人知的血汗与艰辛，才能真切领悟，为什么平凡的坚守可以称之为伟大。

就像歌里唱的"平凡的人总是给我最多感动"。这一路走来，我突然发现平凡之所以带给人感动，常常不是我们能够看见或者能够说出的那部分，恰恰是我们看不见也说不出的那部分。一本《热血作证》是我在场书写一路留下的足迹，也是对那些看不见也说不出的部分进行的获取和见证。关注平凡，体味平凡，也许这正是这本《热血作证》诞生的目的和意义。

在此，谨以此书献给为人间缔造光明的国家电网，为守卫光明默默牺牲奉献的每一位电力人，以及每一位默默无闻、努力工作的平凡人！